무림공적

지천우 新무협 판타지 소설

武林公敵

무림 공적 3

지천우 新무협 판타지 소설

초판 1쇄 찍은 날 § 2006년 6월 23일
초판 1쇄 펴낸 날 § 2006년 7월 3일

지은이 § 지천우
펴낸이 § 서경석

편집장 § 문혜영
편집책임 § 최하나
편집 § 장상수 · 문정흠

펴낸곳 § 도서출판 청어람
등록번호 § 제1081-1-89호
등록일자 § 1999. 5. 31
어람번호 § 제2-0944호

주소 § 경기도 부천시 원미구 심곡1동 350-1 남성B/D 3F (우) 420-011
전화 § 032-656-4452 팩스 § 032-656-4453
http://www.chungeoram.com
E-mail § eoram99@chollian.net

ISBN 89-251-0134-3 04810
ISBN 89-251-0131-9 (세트)

3
무림공적

Fantastic Oriental Heroes

무림공적

지천우 新무협 판타지 소설

武林公敵

도서출판 청어람

목
차

제1장
신마쌍쟁(神魔雙爭)

인간(人間).

나뭇가지처럼 쉽게 휘어지는 게 인간일 수도 있고, 하나의 산처럼 부동심을 지키는 게 인간일 수도 있다. 한 인간을 단 하나의 잣대로 판단하기란 불가능하다. 자신의 눈으로는 하나의 허약하고 초라한 두 노인으로밖에 보이지 않을지도 모른다. 살짝만 건드려도 부서져 버리는 존재로밖에 보이지 않을지도 모른다. 물론 그렇게 판단하다가는 제 기능을 하지 못한다며 애꿎은 눈을 욕해야 할지도 모른다. 눈을 쉴 새 없이 비벼야 할지도 모른다.

하지만 아무리 눈을 비벼도 시야에 들어오는 건 달라지지 않을 것이며, 눈이 받아들이는 정보가 한없이 혼란스러울 것이다. 그렇다. 발을 뗐는지 떼지 않았는지, 검을 휘둘렀는지 않았는지, 미동했는지, 부동을 지키고 있는지. 자신의 눈은 완전히 상반된 개념을 가지고 혼란스러워할 것이다.

어떻게 그런 일이 있을 수가 있냐고?

인간은 모두가 인간이기도 하고, 아니기도 하다.

인간의 범주에 속할 수도 있고, 속하지 않을 수도 있다.

노인들의 존재 정의는 그다지 중요하지 않다. 정의하든 말든 두 노인은 분명 자신들과 같은 하늘 아래, 같은 땅 위에 존재하는 인격체이다. 인간의 탈을 쓴 악마이든, 천사이든 일단은 살을 부대끼며 살아야 할 인격체이다.

하늘에 닿을 수만 있다면 가슴속 깊은 심연에서 피어오르는 질투심을 토해내고 싶게 만드는 존재들.

일검에 공간이 뒤흔들린다.

하늘과 땅.

하늘은 찢어질 듯했고, 땅은 갈라지기 시작했다.

그 기세는 갈수록 더해졌다. 인간이라면 갈수록 지치는 것이 인지상정이지만 노인들은 힘이 차고도 넘치는지, 그야말로 물 만난 물고기처럼 자신의 능력을 뽐내고 있었다. 누가 더 빨리 검을 휘두를 수 있는지, 누가 더 강한 힘을 검에 담을 수 있는지, 누가 매서운 검초를 아슬아슬하게, 그리고 여유롭게 피할 수 있는지 마치 내기를 하는 듯한 모습이었다.

공간,

그리고 시간.

그 둘은 자연의 섭리에 개의치 않아 하는 듯했다. 태초로부터, 모든 게 존재하던 그때로부터 지금까지, 그리고 영원히 자연과 함께할 공간, 그리고 시간.

노인들은 공간과 시간을 왜곡(歪曲)했다.

한 검을 나누는 곳과 다음 검을 나누는 곳의 위치는 자그마치 십 장은 차이가 나는 듯했다. 심할 때는 삼십 장이나 공간을 왜곡시켰다. 분명 발을 옆으로 조금 벌렸을 뿐인데, 땅이 알아서 제 몸을 수십 장 접는 듯한 모습.

그야말로 눈으로 좇을 수 없는 대결이었다.

그런 대결을 사층 전각의 지붕에 쭈그려 앉은 채 담담하게 보고 있는 이가 있었다.

한 번 얼핏 봐서는 얼굴을 쉽게 기억할 수 없는 외모였다. 특징이라고는 조금 짙은 눈썹과 다부진 이목구비. 그중에서도 특히 조금은 예리해 보이는 듯한 눈만이 얼굴의 전부였다. 관심이 없다면 그냥 중원을 이루는 수많은 사람들 중 하나로밖에 인식되지 않으리라.

조금은 가파르다고도 할 수 있는 지붕에 앉아 있는 그의 모습은 한없이 편해 보였다. 지붕이 딱히 미끄러운 편은 아니지만 그렇다고 거칠지도 않다. 그럼에도 불구하고 양반다리로 편하게 앉아 있는 그의 모습에 위화감을 느낄 법도 하지만,

이상하게도 자연스러웠다.

흑운을 뚫고 은은하게 퍼지는 달빛에 그의 백의가 미약하게 빛을 발했다.

휘잉—

잠잠하기만 했던 바람이 강렬하게 다가왔다. 너무 짧지도, 길지도 않은 휘인의 머리가 바람에 몸을 맡긴 채 휘날렸다. 지붕의 자리에서 전혀 미동을 않는 걸 보면 바람이 보기보다는 약하다는 생각을 할지 몰라도, 그의 왼편에 위치한 나무들은 거의 바닥에 드러눕다시피 했다.

'어마어마하군.'

휘인은 진심으로 놀라고 있었다.

조금은 호승심이 일기도 했다.

평소의 그를 생각한다면, 조금은 놀랄 법한 모습이었다.

감정의 변화가 백수의 하루 일과만큼이나 적은 휘인에게 있어서, 호승심이라는 감정은 그야말로 경천동지할 만한 일이었다.

휘인은 지금껏 자신의 무공을 처음서부터 끝까지 펼쳐 본 일이 없었다. 아직은 그 정도의 실력을 지닌 자를 만난 일이 없었던 것이다. 그의 사부가 있었지만, 일정한 경지에 들고서부터 비무는 일체 없었다. 오로지 끝없는 무리만 파고들 뿐. 그의 사부는 무리의 지름길만을 터주곤 그 외의 도움은 없었다.

그런고로 아직까진 그에게 맞수란 존재하지 않았다.

무림에 자신의 맞수가 없으리라 생각한 적이 단 한 번도 없었다. 잣대는 없었지만 자신의 경지가 끝이 아닌 한 맞수가 없을 리 없었다. 분명 표면에 드러난 검존, 신승, 도악 이외에도 각 파의 장문인들은 쉬운 상대가 아니리라.

빙산의 일각이라는 표현이 정확하게 들어맞지는 않아도, 무림의 표면에 드러난 고수보다는 은거하고 있는 기인들이 더욱 많다고 전해진다. 무림이 풍전등화의 위기에 있을 때마다 어디선가 나타나는 희대의 영웅. 그 영웅은 당대의 최고 마두를 무찌르고 홀연히 사라진다. 어린아이들에게나 들려줄 법한 이야기들이지만, 실상 현실도 그다지 다르지 않았다.

휘인은 그들의 존재가 느껴졌다.

보이지 않는다고 해서 존재하지 않는 것은 아니다.

대표적으로 기(氣)가 그렇지 않은가.

단 한 번도 본 적이 없고, 앞으로도 볼 일이 있을지는 모르지만, 그들의 존재가 느껴진다. 같은 공기를 들이마시며, 같은 하늘을 바라보며, 같은 땅을 밟으며 살아가는 그들. 확연히 느껴지지는 않지만 그래도 어렴풋이나마 느껴진다.

하지만 눈앞의 그들.

그들은 눈에도 보이고, 직접 느껴지기도 한다.

휘인의 눈에 그들은 허약해 보이는 노인들이 아니었다.

하나의 무인.

그들의 눈빛, 발걸음, 움직임. 자신의 세포 하나하나가 그들에게 반응한다. 그들의 기세의 대상이 자신이 아님에도 불구하고 몸이 근질근질거린다. 당장에 검을 뽑아 들고 싶을 정도로 그들의 기세는 자신을 유혹했다. 어떻게 보면 은밀한 악마의 유혹처럼, 때론 강렬한 욕망의 유혹처럼.

'나도 하나의 무인인가?'

자기도 모르는 새에 휘인의 입가에는 자조 섞인 미소가 걸려 있었다.

잠시 한눈을 판 사이 이미 노인들의 기세가 이전과는 사뭇 달라졌다. 이전과 같은 폭풍지세(暴風之勢)가 아니었다. 이전의 기세는 그 기운만으로도 육체를 날카롭게 베어버릴 듯했다면, 지금은 평상시와 같은 평범한 기세였다. 들고 있는 칼이 무거워 보일 정도로 허약한 기도를 풍기는 노인들.

하지만 휘인은 알고 있었다.

그들은 기를 극성으로 돌리고 있다는 것을. 그렇지 않고서는 상대의 강맹한 기도를 견뎌낼 수 없기 때문이었다. 그들의 기세는 오로지 원하는 대상으로 국한될 수 있다. 그렇기에 대상이 되지 못하는 휘인은 그들의 강맹한 기도를 느낄 수 없었다. 기세가 오로지 대상에게 쏟아지기에 그만큼 상대가 느끼는 위압감은 대단하다.

흔히 파락호들의 싸움은 기세의 싸움이라고 한다.

고수라고 다를 바가 없다.

기세에서 밀린다면 더 두고 볼 것도 없다.

일 초.

한 초식이면 승패의 여부가 결정된다.

흔히들 이기어검술과 검강이 난무하는 생사투를 기대하지만, 실제로는 필살기 하나면 승패의 여부가 결정이 된다. 적당히 검을 나누며 틈을 노리는 건 또 하나의 승패 여부 결정 방법이지만, 고수들에게 있어서 그 방법은 시간 낭비일 뿐이다. 적당히 검을 나누고, 초식의 우위를 점하려는 노력의 세월은 이미 지나도 한참 지났다.

한눈에 초식의 장단점이 들어오고 대비 방법이 떠오른다.

모든 초식에는 그 초식과 상성 관계에 있는 초식이 있다.

두 노인은 이미 초식 간 상성 싸움의 단계도 초월했다.

결국에는 일 초식만 있으면 된다. 필살기라 칭할 수 있는 오의(奧義)를 상대가 막는다면 자신이 죽는 것이고, 그 오의를 막지 못한다면 패하는 자는 상대가 될 것이다.

그렇게 승패 여부를 쉽게 가릴 수 있음에도 불구하고 두 노인은 쉽게 필살기를 꺼내지 않았다.

이유는 단 하나이다.

죽음이 두려운 것은 아니다.

그들은 죽음을 항상 최고의 상대의 검과 함께 떠올린다. 위치가 위치인지라 쉬운 죽음은 단 한 번도 꿈꿔본 적이 없었다.

그들이 조심스러운 데에는 이유가 있었다.

업(業).

자신들의 어깨에 짊어지고 있는 짐이 너무도 크다. 지금 같은 때 죽음을 맞이하고 싶은 마음은 조금도 없었다.

아직은 눈을 감을 수 없다.

상대의 검에 생을 마감하기에는 아직 미련이 남았다.

그렇기에 필살을 확신하지 않고서는 감히 오의를 펼칠 수가 없다.

그들은 평소의 여유로움을 조금씩 잃어갔다.

쉬운 상대가 아니다.

그때 단가후의 검이 날카롭게 빛났다.

그의 동작이 이전보다 조금 커졌다.

그의 기도가 날카롭게 벼려졌다.

'헛.'

준비를 채 하기도 전에 단가후의 검이 나뉘어졌다.

'분검(分劍)?'

단번에 검이 여덟 개로 나뉘었다.

주청학은 마치 벽을 자신의 허약한 검으로 막는 듯했다. 자신의 검이 그렇게나 초라해 보일 수가 없었다.

다시 검이 나뉘었다.

이번에는 열여섯 개의 검이 위협적인 기세로 베어 들어왔다.

주청학은 다리를 찢으며 몸을 완전히 바닥에 맡겼다.

단가후의 검이 한차례 지나가자 주청학이 몸을 벌떡 일으키며 검을 아래에서 위로 베어 올라갔다. 그에 단가후는 황급히 검을 틀어 올라오는 검을 아슬아슬하게 막았다. 그리고는 발로 주청학의 검을 비껴 찬 후 그를 향해 검을 찔러갔다.

주청학은 가슴팍을 향해 찔러오는 검을 장을 펼쳐 막았다.

보는 이로 하여금 식은땀을 흘리게 하는 생사투임에도 불구하고 둘의 표정은 여유로웠다. 본신의 힘을 아끼면서도 자신의 실력을 최대로 드러내고 있었다. 굳이 필살의 비기를 사용하고 있지 않았기에 검을 휘두르는 자나 막는 자나 긴장감이 없었다. 물론 항상 지금과 같지는 않을 것이다.

그 예로 점차 검에 담긴 기운이 매서워지고 있었다.

검초가 점차 예리해지고, 담긴 힘은 점점 벅차오르기 시작한다. 초식이 화려해지고, 또 더 다변하여 눈을 어지럽게 하였다.

눈의 잔상이라는 게 있다.

눈은 일정 빠르기 이상의 물체를 보면 잔상을 경험하게 된다. 잔상이 채 사라지기 전에 이동하는 물체는 저 멀리 멀어져 간다. 그 모든 정보를 받아들여야 하기 때문에 처리 속도가 느릴 수밖에 없다. 잔상은 실제로 있었던 움직임이다. 단지 눈이 그 정보를 빠르게 처리하지 못하여 잠시 동안 모습이 남아 있는 것뿐. 허초 하나하나가 바로 그 잔상이다. 허초 하나하나가 매섭게 몸을 스치고 지나간다.

그들 정도의 경지에 이르면 허초 하나가 진짜로 보이고, 허초로 보이는 비기가 따로 있는 법이다. 그 차이를 분간하는 데 뛰어난 오감이 크게 작용하기도 하지만, 대부분이 머릿속으로 먼저 짐작을 해야 한다. 예측만이 공방을 이어준다.

그뿐이 아니라 다음 상대의 발 동작에 주시를 해야 한다.

치고 빠질 것인지, 치고 들어올 것인지는 오로지 상대의 발에 달려 있다. 상대의 움직임을 잠시라도 놓치면 치명적인 공격을 내어주게 된다.

괜히 생사투가 자리 싸움이라는 말이 존재하는 게 아니다.

상대가 방어에 취약한 자리가 따로 있고, 공격에 강한 자리가 따로 있다. 모든 상황에서 완벽하게 검을 휘두르는 자는 없다고 볼 수 있다. 심지어 검존이나 수라마제도 상대적으로 약한 자리가 있다. 물론 상대적이지만, 둘의 경지가 비등하다 보니 그 정도의 차이만으로도 생사투에서 우위를 점할 수 있다.

자리 싸움의 중요성을 잘 아는 그들이 상대에게 더 유리한 자리를 선점하게 내버려 둘 리가 없었다. 그야말로 필사적으로 상대를 막고, 자신은 내뻗고.

서로의 기세가 매서워지고 있는 가운데 주청학의 검이 한층 더 빛을 머금었다.

검에 검강을 덧씌운 것이다.

평소에는 검기만을 덧씌우지만, 주청학은 조금은 힘을 더 보태기로 한 모양이었다. 검강에 힘입은 검을 검기의 검이 버텨낼 리가 만무했다. 단가후의 검 역시 적색의 검강이 덧씌워졌다.

검강을 쏘아내는 것과 유지하여 검을 더욱 길게 만드는 건 별개의 경지였다.

내공의 소모가 막심하기는 물론, 더욱 효율적인 검초를 선사한다. 검강으로 검의 모양을 자유자재로 변형시킬 수 있어 상대의 빈틈을 훨씬 효과적으로 공격할 수 있다. 반대로 쉴 새 없이 빈틈을 노려오는 검강을 쳐내는 상대는 점점 심리적으로 압박을 받으며, 생사투에서 불리한 상황에 처하게 된다.

무공도 창의력이 크게 작용하는 부문이다.

상대의 고정관념이나 선입관을 정면으로 받아치는 게 극대의 효과를 기대할 수 있다. 보편적인 검로는 상대에게 파훼당하기를 원한다는 뜻이나 다름없다.

생사투는 새로운 국면으로 접어들었다.

누가 먼저라고 할 것도 없이 둘은 거리를 벌렸다.

그리고는 흔들리지 않는 눈동자로 상대의 눈을 맞받아쳤다.

눈으로 수십여 합이 오고 갔다.

둘은 신중할 수밖에 없었다.

눈을 깜빡이는 잠시도 둘에게는 기나긴 억겁의 시간으로

느껴졌다. 시간은 상대적인 흐름이다. 누군가의 의지에 의하여 조절될 수 있는 건 아니지만, 사람마다 느끼는 시간 흐름은 현격하게 차이가 난다.

고수들일수록 그 차가 심하다.

똑같은 시간이라도 고수가 그 시간에 활동할 수 있는 정도가 더욱 크기에 그렇다.

누구는 반 각에 차를 한 잔 마시지만, 다른 누군가는 중소 문파를 멸문시킬 수 있다. 차를 마시는 동안은 몇 번 손을 까딱하는 것 이외에는 별다른 활동은 없지만, 중소 문파를 멸문시키는 동안은 검을 적어도 수십 번 휘둘러야 하며, 발도 끊임없이 놀려야 한다.

시간을 '왜곡' 시킬 수 있는 그들이기에 느끼는 시간의 흐름은 다른 이들에 비해 상대적으로 느릴 수 있다.

맹렬하고도 날카로운 기세가 서로에게 쏟아졌다.

상대를 베고자 하는 의지.

의지가 곧 유형화되어 상대의 살갗을 스치고 지나갔다.

살기(殺氣)에 살기가 반응한다.

단가후가 미소를 지어 보였다.

마음이 동하였다.

단가후가 자신의 애검을 집어 던졌다.

주청학을 향해 찔러오는 검은 일직선상으로 매섭게 다가왔으나, 이내 또 다른 하나의 검에 의해 막혔다.

그 검은 바로 주청학의 애검이었다.

보통의 검이라면 한 번 부딪치고 나서 힘이 다해 땅에 떨어져야 함이 상식이거늘, 두 검은 멈출 줄을 몰랐다. 마치 인간의 손에 만들어진 검이 아닌 하나의 동물처럼 역동적으로 움직였고, 앙숙처럼 서로의 몸을 해하려 했다.

캉캉!

검의 주인에게서 여러 장을 벗어났음에도 불구하고 그 기세는 맹렬했다. 부딪칠 때마다 검풍을 일으키며 뒤의 땅을 움푹 파이게 만들고 하늘을 가르는 듯한 착각에 빠지게 만들었다.

그 두 검들만큼이나 두 주인은 바빴다.

눈으로는 잔상밖에 잡히지 않을 정도로 빠르게 손속을 나누었다.

검 따로, 몸 따로 움직이는 주청학과 단가후.

이기어검의 시전으로 내력의 소모가 막심할 텐데, 둘은 마치 애초에 검 없이 싸웠다는 듯 권과 장을 휘둘렀다.

권과 장은 맞부딪치기 전에 멈추었다.

손속에 사정을 두어서가 아니라 권권(拳圈)과 장권(掌圈)이 충돌하며 일으켜지는 강한 반발력에 의해 더 이상의 침입을 허락하지 않아서였다.

그들은 무리하지 않았다.

밀려지지 않으면 다시 권로를 바꾸어 휘둘렀다.

막히면 다시 권로를 바꾼다.

단가후는 일방적인 공세(攻勢)를,

주청학은 일방적인 수세(守勢)를 지켰다.

공세라 해서 유리한 게 아니었고, 수세라고 하여 불리한 게 아니었다.

공세를 취하는 단가후는 권이 막힐 때마다 혹은 헛손질을 할 때마다 심적 압력이 가중되었고, 주청학은 공세의 틈이 쉽사리 보이지 않아 부담감이 더해져만 갔다.

시간이 흐를수록 머릿속에 짙어지는 하나의 생각.

죽음.

죽음에 연연하지 않는다고 생각하였으나, 인간이라면 분명 생존 본능이 깊숙이 자리잡고 있다. 본능은 이성으로 절제할 수는 있지만 근원을 뿌리 뽑을 수는 없다.

무의식중인, 그리고 감각적인 둘의 생사투에 이성이 자리할 곳은 없었다. 이미 모든 심력은 이기어검과 상대의 심장을 향해 날카롭게 겨눠져 있었다.

죽음에 완전히 초연해질 수 있는 사람은 없다.

정도에서야 크게 차이는 나지만, 악조건에서 지속적으로 자극을 받는다면 그 정도가 미세하게 줄어들 수도 있다. 억겁의 세월을 고행해 온 고승이나, 매일 밭을 가는 평범한 농민이나. 혹은 또 모른다. 삶에 미련이 없는 자라면 악착같이 본능을 억제할 수 있을지도.

하지만 무림맹주와 마교의 교주는 야심이 있는 자들이었다.

각기 다른 색의 야심이지만, 아직 삶에 미련이 남아 있는 이들이었다.

그들은 점차 심적인 부담감에 치일 수밖에 없었다.

무공이 무공이다 보니 그들에게 있어서는 조금 생소한 개념일 수도 있다. 누가 감히 무림맹주와 마교의 교주를 죽일 수 있겠는가. 일종의 자만심이었다.

뇌의 저편에 희미하게 사라져 가고 있던 본능.

처음에는 희미했다.

하지만 권과 장을 교환하면 교환할수록 점차 수면 위로 떠오르는 하나의 본능.

생존 본능.

한 시진간이나 무의미한 소모전이 지속되었다.

인간이라면 일단 죽음에 대하여 공포를 느끼게 된다. 공포는 이성을 마비시키며, 어쩔 때는 큰 실수를 용납하게 만든다.

그 정도로 큰 공포를 느끼는 건 아니었지만, 그래도 절기를 펼치는 데에는 망설임을 가져다주었다.

서로에 대해서 너무도 잘 알면서도, 정작 상대의 무공에 대해서는 너무도 몰랐다.

무지가 주는 공포는 의외로 컸다.

일체의 틈을 주어서는 안 된다는 강박 관념에 절기를 사용하는 데 망설이게 되었다.

조금의 틈만으로도 상대에게 치명적인 공격을 허용할 수 있기에 점차 조심스러워져만 갔다.

그것도 한 시진 동안이나.

한 시진이면 하나의 자극에 충분히 익숙해질 법도 한 시간이다.

슬슬 지루해지기도 할 법한 시간이다.

단가후의 눈동자가 살기에 이글거리기 시작했다.

그의 기세가 달라졌다!

주청학은 자세를 바꿨다.

앞으로 한 발을 내뻗고 두 손바닥을 비스듬히 펴고는 단가후를 노려봤다.

수세에서 공세로 자세를 바꾼 그였다.

공세와 공세.

한 치도 물러서지 않겠다는 의지가 엿보였다.

그리고 그때,

단가후의 등에 지옥의 야차를 연상케 하는 형상이 떠올랐다.

그 모습에 놀라기도 전 단가후는 허공에 대고 연신 주먹을 휘둘렀다. 주먹의 끝에는 강기들이 뿜어져 나왔다. 하나의 물줄기를 연상케 하며 물결을 만들었다. 마치 야차가 입을 벌려 본신의 힘을 모두 토해내는 듯한 모습이었다.

주청학은 물론 그 강기의 물결을 맞받아치지 않았다.

황급히 그 찰나의 시간에 허공으로 박차 올랐다.

하지만 그곳에서 그를 기다리고 있는 건 어느새 회수된 단가후의 검이었다. 지옥의 야차가 그의 정신을 혼미하게 만들었던 것일까? 뒤늦게 자신의 애검을 회수하려 했지만, 이미 상대의 검신이 지척에 다가와 있었다.

선택권은 없었다.

주청학은 급히 기를 응집하며 장을 뻗었다.

피할 겨를은 없었다.

분명 상대의 내장을 터뜨릴 만한 위력적인 장법이었지만, 단가후의 검은 검강을 머금고 있었다.

이상하게도 그 검강은 점차 몸을 불렸다.

지옥의 야차가 기염을 토해낸 듯한 검은 물결은 검에 흡수되다시피 하며 검의 연장선을 형성했다.

그 상태로 단가후의 검이 다시 한차례 휘둘러졌다.

무리하여 장법을 펼치는 바람에 기의 흐름이 순탄치 못한 가운데, 뱀 껍질로 이루어진 채찍처럼 휘둘러져 오는 단가후의 검을 온전히 받아치기란 불가능했다.

여유로웠던 상황이라고 해도 분명 이번 공격은 막기 어려웠을 것이다.

금세 회수된 빙옥검으로 주청학은 힘겹게 상대의 검을 막아냈다.

생긴 것만 채찍일 뿐이 아니라, 그 효과도 채찍과 똑같았다.

한 번 강하게 내리찍고는 금세 반동을 타고 회수되는 물결들.

그것으로 끝이 아니었다.

콰직!

"쿨럭."

기어코 주청학은 피를 토해냈다.

내상이 깊지는 않았으나, 지금의 상태를 봐선 더 깊어질 듯했다.

그뿐만 아니라 뼈마디가 신음을 토해냈다.

휘잉!

바람을 가르며 다시 한 번 채찍질하는 물결.

주청학은 횡으로 몸을 이동했다.

절묘한 보법에 단가후의 공격은 무위로 돌아갔다.

채찍 형태의 무기는 단점이 하나 있다.

다른 무기들에 비해서 재공격 시간이 길다.

고수라면 충분히 몸을 준비시켜 놓을 수 있을 정도로.

주청학은 정순한 기를 끌어올리며 빙옥검을 번쩍 들었다.

단가후의 모습은 지옥의 야차를 떠올리게 했던가?

기세에 못 이겨 백발이 휘날리며 은은한 검광으로 주위를 밝히는 주청학의 모습은 마치 무신이 현신한 듯했다. 그 외양 자체만으로도 엄숙한 느낌이 감돌았다.

안광이 번뜩였다.

조건 반사와 같이 단가후의 눈에도 섬뜩한 안광이 번뜩였다.

그들은 잠시 동안 시선을 교환했다.

상대의 살기가 확연히 느껴졌다.

피부를 에워싸는 살기에 몸이 점점 무감각해져만 갔다.

그럴수록 그들은 심법을 운용하며 뜨겁게 달구어진 마음을 차갑게 식혔다.

소강전을 끝낸 건 단가후였다.

휘잉!

다시 한 번 창공을 가르고 휘둘러지는 검은 물결의 채찍.

보는 이로 하여금 섬뜩하게 만드는 소리였다.

콰과광!

이전과 다른 점이 있다면, 그의 채찍은 폭강 형태를 띤다는 점. 이전처럼 오로지 날카롭게 살점을 떼어버리는 강기가 아니었다. 폭강에 스치기라도 한다면 화상에 입은 듯 살이 타들어갈 것이고, 살을 통해 들어서는 폭강의 기세는 오히려 한층 강맹해져 뼈를 으스러뜨려 버리고도 힘이 남아 혈관을 상하게 할 것이다.

실로 무서운 절기였다.

다행히도 폭발음은 주청학의 몸에서 들린 소리는 아니었다.

주청학의 몸 주변의 희뿌연 막에 의해 폭강은 제대로 힘을 써보지 못한 채 회수되어야만 했다. 검막에 막힌 듯했다. 아니, 검막이라고 하기보다는 강기로 촘촘하게 엮어진 그물막이라고 표현하는 게 더욱 정확하리라.

강기가 폭강의 역동적인 힘을 한풀 꺾었다고는 하지만, 폭발의 여운이 남아 열기가 그대로 전해졌다.

물론 그 열기는 후끈한 정도밖에 되지 않았다.

단가후는 눈을 가늘게 떴다.

나름대로 회심에 찬 공격이 별 효력이 없어 언짢아서라기보다는, 주청학의 검에서 눈이 견딜 수 있는 한계 이상의 빛을 뿜어내서였다. 눈을 감지는 않았으나, 시야를 확보할 수는 없었다. 주위 분간이 전혀 되지 않았다.

물론 보이지 않는다고 해서 존재하지 않는 건 아니었다.

콰쾅!

단가후는 검을 집어 휘둘렀다.

섬뜩한 느낌에 검을 휘두르길 잘했다.

마치 벽을 힘껏 때린 느낌과 함께 그는 서너 걸음을 물러섰다.

주청학의 공세는 그것으로 끝이 아니었다.

마치 자신에게 벽을 연신 던지는 듯했다. 벽은 피할 수 있는 종류의 것이 아니었다.

오로지 정면으로 깨부숴야 한다.

단가후는 물결을 날카롭게 세웠다.

휘잉!

잘 벼려진 물결은 벽을 날카롭게 동강 냈다.

한 번.

두 번.

세 번.

그리고 계속.

동서남북.

사방팔방.

횟수, 방향에 관계없이 상대의 공격은 계속되었다.

그의 공격에 맞춰 단가후의 방어도 계속되었다.

일 합 일 합이 힘겨웠다.

거기까지 생각이 미치자 단가후는 마음을 고쳐먹었다.

검은 물결은 하나의 강줄기를 연상하게 할 정도로 굵어졌다.

충만한 힘이 느껴지자 그는 마치 지평선을 더욱 넓히기라도 할 양 천지를 일도양단(一刀兩斷)해 보였다. 실제로는 이루어지지 않았겠지만, 그들의 위치에 있어선 정말 하늘과 땅의 사이가 더욱 넓어진 듯해 보였다.

그의 일검이 이전과 달라진 건 담긴 힘뿐만이 아니었다.

검의 연장이 되었던 검은 물결이 검과 분리되어 주청학을 향해 베어 들어갔다.

단가후로서는 힘이 빠지게도 주청학은 쉽게 몸을 띄워 그 힘을 피해냈다.

큰 동작만큼이나 예상하기 쉬운 공격이었다.

어차피 시간을 벌기 위한 공격이었다.

이대로 가봐야 내력의 소모전, 그 이상 그 이하도 되지 못한다.

주청학은 단가후의 의도를 알 수 있었다.

'필살(必殺)!'

단가후의 눈이 그렇게 말하고 있었다.

안광이 그 어느 때보다도 번뜩이고 있었고, 느껴지는 기도가 달라졌다. 필살의 의지 없이는 절대 저런 기도를 풍겨낼 수가 없었다. 태산의 앞에 선 듯한 느낌.

무심해 보이기만 하는 단가후의 눈이 이렇게 섬뜩할 수가 없었다.

주청학은 고개를 들어 사기가 낀 하늘을 올려봤다.

'나의 죽음? 아니면 상대의 죽음?'

사기가 무엇을 뜻하는지 읽을 수 없었다.

남의 운명은 알아도 자신의 운명은 알 수 없다는 말인가.

"허허허."

조금은 허탈하기도 했다.

무림맹주의 허탈한 웃음에도 불구하고 단가후는 긴장의

끈을 놓을 수 없었다. 상대의 기도 역시 강맹하게 바뀌었다. 감당할 수 없을 선으로.

망망대해(茫茫大海)를 바라보는 듯한 심정이 이러할까.

딱히 보통의 노인과 달라 보이지 않는 맹주에게서 무신(武神)의 기도가 느껴진다. 자신을 북돋워 주는 마기가 아니었다면 주저앉았을지도 모른다.

"마지막이로군."

최종 절기 중에서도 절기.

오의(奧義) 중에서도 오의.

필살(必殺)!

필살이란 상대를 꼭 죽인다는 뜻.

오로지 죽이는 것 이외의 의지는 담겨 있지 않기에 최종 오의를 시전한 이후의 방어는 존재하지 않는다. 마지막 한 줌의 진기마저도 오의에 쏟아 붓는다. 모든 힘이 다 불어넣어지지 않으면 그건 필살기라 부를 수 없다. 오로지 상대를 죽이는 데 모든 기가 사용되어야만이 진정 그것을 필살기라 부를 수 있다. 이후 자신의 생명은 전혀 생각할 기력도 없이.

필살의 의지가 담긴 오의를 상대가 받아낸다면, 필살되는 건 자신이 되리라.

"자네가 없어도 마교는 잘 돌아가겠지?"

이제 곧 죽을지도 모른다는 생각이 뇌리를 스쳐 가자 여유가 생겼다.

말할 틈도 없이 열심히 검을 놀리던 방금을 생각하면 참으로 이상한 일이었다.

아니, 지금 그들의 상황을 놓고 봐도 상당히 모순되는 여유였다.

단가후에게도 여유는 있었다.

주청학과는 조금 이질적인 여유였다.

휘인이 보기엔 주청학은 죽음에 초연해졌다. 오랜 난투 끝에 드디어 죽음에 초연해질 수 있었던 것이다. 이전까지는 조금이나마 죽음에 연연했다. 그의 어깨가 결코 가볍지 못했기에 더욱 그랬다. 하지만 난투가 계속될수록 비로소 진정 죽음에 초월할 수 있었다. 나름대로의 깨달음이라고 할까?

휘인은 그의 눈에서 그 모습을 읽을 수 있었다.

하지만 단가후의 모습에서는 그런 느낌을 얻을 수 없었다.

오히려 단가후의 눈에는 욕망이 이글거리는 듯했다.

사면초가(四面楚歌).

그는 벼랑의 끝에 세워져 있었다.

그럼에도 불구하고 그는 삶에 대한 미련을 버리지 못하고 있다. 대부분의 사람은 그런 상황에서 포기를 하게 되어 있다. 얼마나 야망이 크든, 욕심이 크든 간에 모든 것을 버리고 마지막으로 발악을 한번 해보게 된다. 미련을 지워 버리고 죽음에 대해 초연해지게 되어 있었다.

겪어봤기에 휘인은 잘 알고 있었다.

또 다른 경지로 들어서게 되는 전환점이기도 하다.

똑같은 상황임에도 불구하고 주청학은 초연한 눈을 하고 있고, 단가후의 눈은 미련을 버리지 못한 눈을 하고 있었다.

그런 눈을 하는 데엔 분명 이유가 있다.

인과응보(因果應報).

이유가 없다면 결과도 없다.

자연의 섭리이다.

어떤 경우에도 반드시 성립되는 하나의 법칙이기도 하다.

단가후라고 다를 리가 없었다.

'무엇이 그에게 여유를 주는가.'

죽음에 대한 초연이 아니다.

휘인은 어느새 지붕에 올라서 초조하게 그들을 바라보고 있었다.

자기도 모르는 사이에 식은땀이 흐르고 있었다.

'왜 내가 이렇게 초조하게 서 있는 거지?'

무엇인가가 꺼림칙했다.

사기가 그윽한 하늘에서부터 단가후의 심상찮은 표정까지.

죽음 이외의 무언가가 그의 마음을 안정시켜 주고 있었다.

'무엇을 기대하는 거지?'

그들의 기세를 봐서는 양패구상 이외에는 다른 결과가 없어 보였다. 이상하리만치 둘의 기세는 비등했다. 어느 한쪽이 현격하게 우세하지 못하니 오로지 운에 따라 둘의 승패가 갈라질 것으로 보였다. 그 누구도 승패를 장담할 수 없는데, 도대체 무엇이 그를 안정케 하는가.

더 이상 생각할 겨를이 없었다.

눈을 부시게 만드는 광휘(光輝).

어둠을 선사하는 칠흑(漆黑).

한 치의 물러섬 없이 기세가 충돌했다.

광휘가 어둠을 몰아낼 듯하면, 그 광휘를 어둠이 잠식했다.

먹히고 몰아내고.

그것도 잠시였다.

각 기운이 팔방을 향해 쭉 뻗쳐졌다.

공력을 극성으로 끌어올린 결과였다.

동시에 둘의 모습이 사라졌다.

휘인 역시 그들의 모습을 놓쳤다.

콰과과광!

다시 그들이 모습을 드러낸 건 빛과 어둠이 사라지고 둘의 위치가 바뀌고 나서였다.

눈을 깜빡하기도 전에 둘은 어느새 위치가 뒤바뀌어 있었고, 충돌의 여파로 주위가 초토화되어 있었다. 공터는 더 이상 이전의 공터가 아니었다. 지도가 없다면 그 누구도 이곳이 어디인지를 분간할 수 없으리라.

누가 먼저라고 할 것도 없이 주청학과 단가후는 서로를 향해 돌아봤다.

"운이 좋았군."

입을 연 것은 단가후였다.

그러자 주청학이 고개를 끄덕였다.

"무승부."

한 치의 오차도 없이 둘의 힘은 균형을 이루었다. 의도했던 바가 아니었다. 물론 의도했다고 하여 균형을 이룰 수 있는 것도 아니다. 오랫동안 호흡을 맞춰본 사이가 아닌 한 생판 모르는 무공을, 그것도 자신의 무공과 완전히 다른 속성을 띠는 무공과 균형을 이루기란 불가능이었다.

하지만 기적같이도 둘에겐 아무런 피해가 없었다. 아니, 외적으로는 그렇지만 서로의 기가 침입하여 입은 내상이 상당히 컸다. 이렇게 담담히 이야기를 할 수 있는 게 신기하다고 여겨질 정도로.

"교주, 이게 하늘의 뜻인 듯싶은데 어떤가?"

단가후의 눈이 묘하게 비틀렸다.

하지만 이내 눈을 풀고는 고개를 끄덕여 보였다.

"무림맹주님의 뜻이라면."

주청학은 이 생사투를 한낱 비무로 치부하자는 의도가 역력히 드러났다. 단가후의 눈빛이 점점 이글이글 불타올랐다. 주청학은 그의 마음속 깊이 능구렁이 하나가 똬리를 틀고 자리잡은 듯한 느낌을 지울 수가 없었다. 하지만 이내 의심을 지웠다.

휘인은 눈을 부릅떴다.

세상에 태어나 이렇게 놀란 적은 없으리라.

무림맹주(武林盟主).

그 단어가 지칭하는 인물은 이 세상에서 단 한 명밖에 없었다. 자신과 직접적인 관계는 없었지만, 간접적인 관계가 있는 인물이기에 휘인이 받은 심적 충격은 상당했다.

'화린의 할아버지.'

채 충격이 가시기도 전에 교주라는 단어가 뇌리를 맴돌았다.

"마교의 교주!"

휘인은 자신도 모르게 자신의 생각을 바깥으로 토해냈다.

도대체 무림맹주와 마교의 교주가 이곳에서 생사투를 벌이는 이유는 무엇인가.

무림의 삼대세력 중 두 세력의 우두머리가 생사투를 자신의 눈앞에서 벌였다는 것이 머릿속을 쉽게 떠나지 않았다. 만사에 조금은 무덤덤하다고 할 수 있는 휘인은 이번만큼은 감정을 주체할 수 없었다.

그만큼이나 무림맹주와 교주는 큰 영향력을 발휘하는 단어였다.

휘인이 이렇게 놀란 데에는 그가 그들을 목격하고 나서부터 그들이 신분을 밝힌 것은 방금이 처음이었기 때문이다. 경지를 고려해 보건대 짐작이 영 불가능한 것도 아니었다. 무엇보다도 숨 막히는 마기가 역력히 느껴지는데도 몰랐다면 바보가 아닐까. 다만 둘의 위치가 위치이다 보니, 이런 곳에서 그들을 마주할 거라 전혀 예상하지 못했기에 놀라움은 극에 달했다.

그러나 마음을 조금 가라앉혀 보니, '말도 안 돼' 라고 생각한 부분이 아귀가 척척 들어맞았다.

그들이 아니라면 누가 저런 신위를 보여줄 수 있었을까.

은거기인이 아닐까 생각했던 자신이 바보 같기도 했다.

휘인의 눈빛이 바뀌었다.

놀람에서 의아로.

무엇이 그의 의아심을 사는가.

휘인은 고개를 갸웃거렸다.

주청학과 단가후는 비무 후의 예를 취하기 위해 천천히 거리를 좁히고 있던 중이었다. 비무가 끝난 다음에는 꼭 상대에게 포권을 하며 고개를 숙이게 되어 있다.

순간 등골을 스쳐 지나가는 서늘함.

사기가 한없이 날뛰는 하늘.

어느 것 하나 예사롭지 않았다.

휘인의 눈은 단가후에게 맞춰져 있었다.

그의 얼굴은 상당히 창백해 보였다. 한꺼번에 너무도 많은 기력을 소모하여 상태가 안 좋아 보였다. 주청학이라고 별반 차이가 나 보이지는 않았다.

상대가 상대이고, 초반에 공세를 내주게 되어 단가후보다도 상태가 안 좋았다.

핼쑥한 얼굴이, 톡 건드리기만 해도 쓰러질 듯이 보였다.

유난히 단가후에게 신경을 쓰는 이유는 그의 주위에 사기가 조금씩 맴돌기 시작하기 때문이었다. 그 사기는 마치 주청학을 향한 검의 모습으로 보여 휘인은 초조했다.

'내가 왜 이렇게 초조해하는 것일까?'

다시 한 번 의문이 들었다.

딱 놓고 보자면 자신과 무림맹주는 아무런 관련이 없었다.

개인적으로 친분이 있는 것도 아니고, 먼발치에서 본 적도 없었다. 무림에 나와 지금껏 처음으로 그를 보는 것이다. 그런데도 불구하고 자신은 그를 걱정하고 있다. 그 때문에 이마에 식은땀이 맺혀 있고, 심동이 요동을 친다.

'화린 때문일까?'

만약 맹주가 위험에 처하면 그것이 화린에게 좋은 작용을 하지는 않을 것이다.

혹여나 맹주가 죽어봐라.

휘인이 알기론 화린에게 맹주 이외의 친인척은 없다.

그녀가 느낄 고독함.

그리고 정신적 분열.

거기까지 생각이 미치자 마치 자신이 그 일을 겪고 있는 듯 괴로웠다.

휘인은 지붕에서 뛰어내렸다.

제법 높은 전각이었음에도 불구하고 가볍게 착지했다.

휘인은 기운을 숨긴 채 천천히 그들과의 거리를 좁혀 나갔다.

무엇인지는 몰라도 자신을 옭아매는 이 섬뜩함을 지울 수 없었다.

그때 주청학과 단가후는 포권을 취한 채 고개를 숙이고 있었다.

그리고,

휘익!

단가후가 품에서 무엇인가를 던져 냈다.

'암기!'

암기가 감히 현경 고수의 호신강기를 뚫지는 못할 것이다.

그렇다고 휘인이 안심을 하고 있는 것은 아니었다.

단가후가 품에 손을 가져간 그 순간 휘인은 박차 올랐다.

그의 다리 사이로 땅이 접혀 들어갔다.

흔히 말하는 공간의 왜곡 현상.

휘인을 발견한 단가후는 소스라치게 놀랐다.

그야말로 은밀하게 금고를 따고 있다가 주인에게 걸린 모습이 연상될 정도로 놀란 모습이 역력하게 드러났다. 마야(魔爺)라고 불려지는 천하지존(天下至尊)의 모습이라고 생각하기에는 어폐가 있었다. 그런 마야가 놀랄 정도로 휘인의 등장은 충격적이었다.

무서운 속도로 수십 장을 좁혀오는 것뿐이 아니라 상대는 검을 찔러오고 있었다. 가공할 만한 기세가 먼발치에서도 확연히 느껴졌다. 상대의 흥분한 듯한 뜨거운 기.

'미간일점홍?

자신의 미간을 향해 찔러 들어오는 검.

자신과 같은 경지에 오른 자에게 미간일점홍을 휘두르는 자라니.

순간 단가후는 웃음을 터뜨렸다.

비웃음이었다.

그의 미소는 오래가지 않았다.

그 가공할 만한 신법에 여유를 부릴 시간이 없었다. 무엇보다도 상대의 눈빛이 마음에 안 들었다. 애송이는 아닌 듯했다.

단가후는 가볍게 왼쪽으로 큰 걸음을 걸었다.

미간일점홍은 일직선상으로 공격하는 무공이다.

극쾌를 동반하기도 하지만, 워낙에 단순한 공격이라 기습이라 할지라도 쉽사리 당하지 않는 무공이 미간일점홍이기도 했다.

정말 소스라치게 놀란 것은 그때였다.

'검로를 바꾸는 미간일점홍이라니!'

마치 혼(魂)이 이탈했다가 제자리를 찾은 듯한 충격이었다.

무엇보다도 검로를 바꿨음에도 불구하고 그 속도가 줄어들기는커녕 오히려 날카롭게 자신을 향해 찔러 들어온다는 점이 자신의 사고를 마비시키는 데 큰 도움을 주었다.

아무리 고수라고 해도 기상천외한 공격법에는 놀란다.

첫 경험이라는 게 그렇게 중요한 것이다.

처음 당하게 되면 당연히 두 번 당하는 때보다 더 당황하게 되어 있고, 제대로 된 대처를 할 수 없다. 극강의 고수라고 해도 예외일 수는 없다.

특히 내력의 막심한 소모 상태에 있는 고수라면 당황하는 정도는 배가된다. 내력은 힘의 근원이라고도 할 수 있지만, 마음을 안정시켜 주는 안정제 역할도 톡톡히 해낸다. 마치 돈과도 같은 것이다. 모처럼 기루에 놀러 왔는데, 돈이 달랑달랑한 상태에서 놀러 온 것과 황금 여덟 궤를 들고 놀러 온 것의 차이. 그 차이는 심적 안정과 불안정을 낳는다. 당연히 황금을 잔뜩 들고 온 것이 심적 안정이 커 실컷 놀 수 있다. 돈이 달랑달랑한 자는 심적 여유가 없어 노는 것이 노는 게 아닌 셈이 될 수 있다.

단가후는 지금껏 이만큼이나 내력을 소모한 일이 없었을 것이다.

그렇기에 그의 머리는 거의 비어 있다시피 했다.

그뿐만 아니라 안 그래도 내력이 달리는 상황에 무리하여 무영혈수침(無影血嗽針)을 사용했다.

무영혈수침은 근래에 개발된 마물(魔物)이었다.

마교에서 피를 공급하면 사라지는 독특한 금속을 소량 발견하였다. 그 독특한 금속에 관심을 가지고 있다가, 나름대로 쓸 수 있게 개량하여 만든 마물이 바로 무영혈수침이었다.

무영혈수침을 풀어 쓰자면 피를 빨아들이는, 흔적이 없는 침.

피를 흡수하면 마치 존재하지 않았던 것처럼 사라지는 마물이었다.

피를 공급하면 사라지는 독특한 금속의 장점은 바로 흔적 없이 살인하는 데에 있었다. 물론 그 자체로는 고수들을 상대하기에 흠이 있어 침의 끝에 무미, 무취, 무색의 독을 바른 후, 고수들의 호신강기를 전문적으로 부술 수 있는 희귀한 금속을 끝의 위에 살짝 덧칠하여 만든 마물이 바로 무영혈수침이었다.

금속의 희귀성으로 인해 단 세 개밖에 만들지 못했고, 마물의 위험성이 인정되어 오로지 마교의 교주만이 소유할 수 있었다.

무영혈수침.

무영혈수침이 고수를 죽이는 이치는 간단했다.

침의 끝부분에 얇게 바른 금속이 고수의 호신강기를 뚫는다. 침은 상대의 몸통에 들어서면서 피에 노출되어 점차 침이 얇아지고 약해진다. 피에 의해 흔적이 사라지는 시점은 대충 심장 안에서였다. 물론 자신이 가장 빠르게 던졌을 경우이다.

심장 안에서 무영혈수침이 사라지면 오로지 무미, 무취, 무색의 독만이 남는다.

독은 직접 심장에 닿자마자 심장을 마비시킨다. 그 무미, 무취, 무색의 독은 보통 독이 아니라 바로 마비 독인 것이다. 시간이 흐르면 흐를수록 저절로 희석이 되어 사라져 버리는 그런 마비 독.

어떤 고수라도 이 침에 맞으면 단번에 호신강기가 뚫리고, 정확하게 맞았다면 심장이 일각가량 활동을 멈춰 발작으로 죽게 된다. 피의 순환이 끊겨 상당히 괴롭게 죽는다.

이 무영혈수침에는 두 흔적이 남는다.

호신강기를 파괴하는 특수 금속이 심장 부근에 박혀서 남게 되고, 침이 몸통에 들어간 그 부분에 점이 생기게 된다.

흔적이 남는데 왜 무영혈수침이겠는가.

누군가가 직접 의도하여 심장을 파내지 않으면 절대 특수 금속을 발견할 수 없을 것이다. 그야말로 발견하기는 불가능이라고 감히 말할 수 있다. 정말 어떤 미친 자가 심장을 파내었다고 해도, 심장의 어느 부근에 박혔는지 전혀 알 수 없다. 워낙에 그 금속이 적은 부분 칠해져 찾을 수 없다는 게 옳은 표현이다.

또 마비 독에 닿는 즉시 심장이 멈춰도 피가 잠시 살짝 이동하기에 그 혈류를 타고 금속 부분이 사라지는 경우도 생각할 수 있다.

또 일단 침이 몸에 들어가면 그 부분에 점이 생긴다. 박히는 그 시점에는 붉은 점이지만, 약 여섯 시진 후에는 검은 점으로 바뀌어 정말 점인지 아닌지 분간하기 힘들 정도로 변하여 제아무리 눈썰미가 좋은 자라도 알아볼 수 없어 그다지 제약은 아니다.

시체를 검사하는 자가 만약 무영혈수침의 존재를 안다고 해도 과연 그 마물이 쓰여졌는지를 분간할 수 없는데, 무영혈수침을 모르는 다른 자들은 상대의 사인(死因)을 아예 맞출 수 없다. 무영혈수침은 마교인들 중에서도 서열 삼위까지밖에 모르는 마물. 그야말로 이 마물로 죽는 자는 남들에게 자연사로밖에 인식될 수 없을 것이다.

무영혈수침은 이런 마물이었기에 자신이 믿고 있던 회심의 한 수이기도 했다.

그리고 실제로 성공한 한 수이기도 했다.

성공한 회심의 한 수 역시 그의 긴장의 끈을 끊어 지금처럼 당황하게 하는 데 일조하였다.

검로를 확연하게 바꾸는 미간일점홍을 본 적이 없다는 사실.

무림맹주를 흔적없이 죽였다는 사실.

이 두 사실은 극심한 혼란을 야기했고, 그 결과로 미처 피할 수 없는 지금의 상황에 처하게 만들었다.

순간 단가후의 눈에 들어온 것이 있었다.

정확하게는 사람이었다.

피의 공급이 끊겨 안색이 파리해진 무림맹주가 마침 자신의 쪽으로 쓰러져 오고 있었다.

단가후의 선택은 간단했다.

오른손으로 힘없는 주청학의 목을 움켜쥐고는 그의 머리로 자신의 머리를 가렸다.

'당했다!'

휘인이 그 사실을 인식했을 때는 이미 늦었다.

조금의 여유만 있었다면 주청학을 비껴갈 수 있었을지도 모른다.

하지만 운명은 그렇게 순탄치 못했다.

마교의 교주가 무림맹주를 방패막이로 삼았다는 사실을 인식하여 받아들이기 이전, 이미 자신의 검은 무림맹주의 미간을 회전하며 뚫고 들어가고 있었다.

그야말로 최악의 상황이었다.

무림맹주의 미간을 뚫어버리다니!

이미 암기에 당했다지만!

단가후는 휘인이 당혹스러워하는 그때를 틈타 경공을 펼쳤다.

휘인은 잠시를 망설였으나,

어느새 모공에서 기를 피워 올리고 있었다.

이미 손에 전해져 오는 느낌으로 무림맹주가 죽었다는 사실을 알 수 있었다. 단가후의 암기에 이미 죽었다고 확신한 휘인은 애써 자신의 실수를 덮으려 했다.

최대한 자신의 충격을 최소화하려 했다.

그리고는 경공을 펼치려 했다.

하지만 다시 한 번 휘인은 자신의 의지대로 행하지 못했다.

"당신!"

자신을 발견한 단가후가 이러했던가?

혼이 빠질 만큼 놀란다는 게, 소스라칠 정도로 놀란다는 게 바로 이런 느낌이었던가?

등 뒤에 느껴지는 기척.

꽤나 익숙한 기척이었다.

휘인은 천천히 뒤를 돌아보았다.

보고 싶지는 않았다.

하지만 혹시나 싶었다.

자신의 착각일지도 모르잖은가.

휘인의 눈에는 생기가 없었다.

'아아!'

자신의 눈에 분노로 이글거리는 눈이 비춰졌다.

익히 아는 자였다.

온통 금빛인 사람.

머리에서부터 발끝까지 금빛으로 물든 사람.

그런 사람은 단 하나뿐이었다.

'금천!'

쥐도 새도 모르게 다가온 인물.

그 어떤 상황보다 극악한 상황에 다가온 인물.

그 누군가를 지금의 상황에서 만난다고 해도 가장 만나고 싶지 않은 인물. 그렇지만 자신이 하늘에게 제대로 밉보였는지, 오늘 자신의 뜻대로 이루어지는 일은 단 하나도 없었다.

그는 바로 금천이었다.

제2장

무상무념(無想無念)

휘인은 크게 동요(動搖)하는 자가 아니었다.

자신만의 철칙이 있었고, 그 철칙을 지키는 데 바쁜 사람. 의식적으로 새로운 변수에 대한 적응을 하기보다는 새로운 변수를 자신의 철칙에 맞추는 데 관심이 있는 사람이었다. 모든 일은 철칙에 맞춰질 수 있었다. 또한 모든 일은 운명적으로 일어난다는 전제가 있기에 그는 철저하게 부동심(不動心)을 고수할 수 있었다.

이렇다 보니 어떤 일이 있어도 크게 동요하는 법이 없었다.

물론 사람에게는 언제나 예외가 적용되니, 한두 번은 동요를 한 적이 있었다.

화린에게.

그녀는 새로운 운명의 흐름으로 자연스럽게 스며들어 왔다.

자신과는 상반되는 사람.

자신의 철칙을 철저하게 무시하는 사람.

그러면서도 전혀 어색함이 없는 사람.

이내 휘인의 눈에는 다시 금천이 잡혔다.

애써 잡념을 지웠다.

지금의 상황을 정리해 보면, 지금은 자신에게 절대적으로 불리하게 작용하고 있었다.

부르르.

휘인이 몸을 떨었다.

자신의 입장이 명확해졌다.

뚝뚝.

무림맹주의 이마에서 피가 쏟아져 휘인의 백의와 바닥을 흠뻑 적셨다. 휘인은 그제야 무림맹주를 그나마 바른 땅에 내려놓고 지혈을 시작했다. 이미 싸늘해진 무림맹주의 시체가 자신의 손을 수전증 환자처럼 떨게 만들었다.

금천은 휘인이 주청학의 지혈을 끝낼 때까지 얌전히 자리를 지켰다.

'무슨 속셈인지는 몰라도, 이 천하의 금천은 당하지 않겠다!'

금천은 휘인의 태도에도 불구하고 어림없다는 듯이 콧방
귀를 뀌었다.
'맹주의 죽음이라!'
직접 만져 보지 않아도 느낄 수 있었다.
죽은 사람이 누워 있는 것과 산 사람이 잠을 자는 것에는
큰 차이가 있다. 잠을 자는 사람은 들숨과 날숨이 규칙적이지
만, 죽은 사람은 마냥 누워 있다. 그것이 아니더라도 기운이
다르다. 산 사람의 기운, 그리고 혼이 빠져 나간 육체덩어리
의 기운. 죽은 사람의 기운에는 모골이 송연하게 만드는 무엇
인가가 있다.
금천은 믿겨지지 않았다.
자신이 태어났을 무렵에도 무림의 맹주였던 검존 주청
학.
자신이 태어나기 이전에도 전 무림에 막강한 영향력을 발
휘하던 고수가 죽었다.
신승과 도악, 그리고 마교의 교주 이외에는 상대가 없다고
알려진 맹주였다.
금천은 최대한 지금의 상황을 냉정하게 판단하려 했다.
'매복? 독수?'
여러 가지 변수를 고려해 봤지만 이내 고개를 저었다.
매복의 흔적은 없었다.
아니, 아무런 흔적도 없었다. 발을 디딜 틈이 없을 정도로

초토화된 공터만이 남아 있는데 무슨 말이 더 필요할까?

독수.

과연 현경의 고수에게 독을 사용할 수 있는 자가 이 무림에 존재할까? 만독불침(萬毒不侵)이라 알려진 현경의 고수를 독으로 죽게 할 수 있을까?

금천은 고개를 가로저었다.

독에 당한 자들의 안색에는 푸른빛이 감돈다. 무색, 무미, 무취의 독이라고 할지라도 일단 독에 당하면 푸른빛이 감돌게 된다. 비록 맹주의 안색이 파리하기는 했지만, 내력이 다하여 피곤에 전 모습이었지 독에 당한 모습은 아니었다.

그렇다면 단 하나의 경우가 머릿속을 스쳐 지나간다.

'개인을 상대로 맹주님이 패하셨다는 소리인가!'

금천의 눈이 커졌다.

이것 이외의 경우는 없었다.

믿을 수가 없었다.

아니, 믿고 싶지도 않았다.

'무림맹주의 죽음은 어떤 후폭풍을 선사할까?

문득 떠오른 의문.

무림맹은 더 이상 지금의 상태를 존속하기 힘들지도 모른다. 그나마 다행인 것은 신승와 도악이 있다는 것? 하지만 맹주만큼의 신임은 없어 이후의 무림맹을 통제하는 데 어려움이 있을 것이 자명했다.

그러다 복잡한 머리의 표면에 떠오르는 하나의 화두.

'옥매!'

피가 이어진 혈육이라고는 맹주 하나뿐인 사람.

이십 년 전의 충격에서 아직도 헤어나지 못한 사람이거늘, 어찌 하늘은 그녀에게 이런 시련을 주는가. 작은 연못을 연상하게 만드는 그녀의 정신 상태를 생각해 보건대, 이번 일은 작은 돌이 일으키는 파장보다 큰 충격으로 다가서리라. 무엇보다도 눈앞의 작자는 그녀가 마음을 두고 있는 자가 아니던가.

거기까지 생각이 미치자 금천의 입술에 희미한 미소가 지어졌다.

사람의 마음을 두드리기 가장 쉬운 때가 충격에 빠져 있는 때가 아니었던가.

위기는 곧 기회라고 했다.

휘인은 맹주를 죽임으로써 무림공적으로 공표될 것이다. 무림의 하늘인 맹주를 명분없이 죽였으니, 이번 일이 조용히 넘어갈 리 없었다.

그리고 충격에 휩싸인 화린.

그녀를 위로하며, 서먹서먹한 사이에서 벗어난다.

어느새 맹주의 죽음에 대한 충격은 머릿속에서 지워졌다.

나름대로 존경을 하던 인물이기는 했지만, 죽은 사람은 죽은 사람. 죽은 사람은 안됐지만, 그래도 산 사람은 기회를 물어야 할 것 아닌가.

금천이 희희낙락(喜喜樂樂)해하는 가운데 휘인의 안색은 점점 어두워졌다.

단 한 번도 근심을 얼굴 밖으로 꺼내어본 적이 없는 그가!

그의 근심에는 이유가 있었다.

'사인을 찾을 수 없다!'

현경의 고수를 죽음으로 이끄는 독의 흔적도, 암기의 흔적도 감쪽같이 사라졌다. 현경 고수의 호신강기를 뚫는 암기라면 분명 피가 철철 넘치는 상처를 가져다줄 터인데, 옷에 구멍 찾기도 참으로 힘들었다.

'분명 무엇인가를 던졌는데?'

잔상을 쫓기에도 힘든 속도였지만 분명 무엇인가를 던져내는 단가후였다.

심장을 꿰뚫린 것 같지도 않은데 도대체 왜 맹주가 죽었단 말인가!

지금의 상황을 도저히 받아들일 수 없었다.

그 사실이 휘인의 머리를 백지화했다.

아무런 생각이 떠오르지 않는다.

손은 부들부들 떨린다.

원인이 있었으니 결과가 있는 것 아닌가.

결과는 눈에 선한데 원인을 찾을 수 없다는 게 도대체 말이
나 되는가.

누군가 말뚝이나 박는 망치로 자신의 머리를 세게 두들긴
느낌이었다.

'현경의 고수가 암기에 죽는다?'

순간 그 점이 모순으로 다가왔다.

치명적인 상처를 입기는 하겠지. 하지만 즉사(卽死)?

쉽게 이해할 수 없었다.

피 한 줌 쏟지 않고 죽었다.

주청학의 표정이 고통으로 일그러져 있다는 점 역시 마음
에 걸렸다.

모든 결과는 서로 부합되지 않았다.

결과들의 공통점을 이끌어내는 것도 힘들어 죽겠는데, 이
래서야 어떻게 원인을 이끌어내겠는가. 시간이 흐를수록 휘
인은 초조해지기만 했다.

자신이 죽였단 말인가!

과정이야 어떻게 되었든 자신이 분명 무림맹주의 이마에
검을 쑤셔 넣었다.

'아니, 그는 이미 죽은 상태였어!'

휘인은 애써 자위했다.

그러다 문득 떠오르는 의문.

'어떻게 확신하지?

그러고 보니 자신의 확신은 무엇을 근거로 하던가. 이전의 일을 떠올려 보면 분명 아무런 근거가 없었다. 그때 죽은 상태가 아니었을지도 모르는 일 아닌가. 그렇게 생각하니 방금 확신하던 마음이 바람에 날리는 모래알같이 사라졌다.

'하지만 분명 확신했었다!'

자신의 감각이 틀린 적은 없었다.

무림맹주의 미간에 검을 박아 넣을 때에도 의심하지 않았다. 상대는 죽어 있었다.

추호의 의심도 없었다.

'증명할 방법이 없다.'

그 점이 휘인을 미치게 했다.

자신의 무죄를 증명할 만한 증거가 없었다.

모든 결과는 자신을 향해 검을 겨누고 있었다.

사방팔방으로 자신을 겨누고 있어 도저히 탈출구가 보이지 않는다.

휘인은 머리를 식히고는 다시 자신이 해결해야 할 문제를 나열해 보았다.

무림맹주를 즉사시키는 무흔(無痕)의 암기.

마교 교주의 행방.

어느 것 하나 쉬운 게 없었다.

현경의 고수를 즉사시키는 무흔의 암기는 들어본 일이 없었다.

아니, 만들 수나 있던가?

마교 교주가 여기에 있었다는 사실을 증명할 수 있을까?

없을 것이다.

비록 마기가 미세하게 남아 있다고는 하나, 그 정도로는 마교의 교주가 이곳에 있었다는 사실을 금천에게 납득시킬 수 없었다.

도대체 누가 마교의 교주가 이런 외진 곳에 있었다는 사실을 믿을까!

그렇다면 무림맹주가 왜 이곳에 있었겠냐고 몰아붙일 수도 있지만, 억지에 불과했다.

맹주가 이 자리에 있는 것만으로도 충분히 역설적인데, 음지를 다스리는 우두머리가 이곳에 있었다? '차라리 하늘에 구멍이 났다는 말을 해라' 라는 소리를 듣지 않으면 다행이었다.

이 상황을 타파할 수 있는 묘안이 없을까?

휘인의 눈빛에 이채가 스치고 지나갔다.

'살인멸구(殺人滅口).'

상대의 입을 원천적으로 봉쇄하는 최고의 방법.

금천을 죽이는 일 따위는 흔적을 남기지 않고 처리하는 게 가능하다.

위잉!

검이 몸을 떨었다.

살기를 감지한 것이었다.

하지만 휘인은 결국 검을 뽑지 않았다. 지금 자신에게는 아무런 죄가 없었다. 하지만 살인멸구를 한다면 그때부터는 죄가 생기는 셈이었다. 그리고 실제로 무림맹주를 죽였다는 것을 시인하게 되는 셈이기도 했다.

절대 상대를 죽일 수는 없었다.

휘인은 몸을 천천히 일으켰다.

사인을 찾아 누명을 벗기는 일은 이미 물 건너갔다.

도대체 금천이 이 일을 어떻게 생각하고 있는가.

휘인의 유일한 희망이었다.

물론 지푸라기보다 얇은 희망이었다.

무림맹주의 미간을 꿰뚫고 있는 휘인의 모습.

그 모습에서 돌출해 낼 수 있는 결론은 단 한 가지였다.

교주의 신출귀몰한 신법까지 목격했다면 좋았겠지만, 운명의 장난처럼 금천이 운명의 실타래에 들어선 것은 교주가 사라진 즉시였다.

'신성(新星)에서 마성(魔星)으로 전락하겠군.'

"당신은 왜 맹주님을 죽였습니까?"

휘인이 흠칫하는 모습에 금천의 미소가 짙어져 갔다.

방금 전만 해도 도도하게 자신을 내려다보던 휘인이었다. 태어나서 가장 큰 치욕을 안겨준 게 바로 그였다. 대오문에서의 일이 내일이면 전 무림에 전해져 얼굴을 들 수 없을 듯한 금천이었다. 하지만 지금의 일은 대오문에서의 치욕을 뒤덮을 만한 큰 사건이었다. 무림의 역사에 기록될 법한 사건. 그런 사건을 두 눈으로 직접 목격하여 무림에 고하는 게 바로 자신의 역할이다.

이 일로 생길 득을 따져 보니 미소를 지울 수가 없었다.

"나는 죽이지 않았다."

휘인이 할 수 있는 최대한이었다.

"거짓을 말하면서도 눈동자가 흔들리지 않는 것은 대단하다고 하겠습니다. 분명 무림맹주님을 시해(弑害)하는 모습을 제가 목격했는데도 그렇게 발뺌하실 생각입니까?"

"역시나 믿지 않는군."

자신이 금천의 입장에 있었어도 믿지 않았을 것이다.

자신의 안목으로는 도저히 미간의 상처 이외의 사인을 찾을 수 없었다. 자신도 그러한데, 금천이라고 다를 리가 없다.

"당연히 믿지 않습니다."

휘인은 사기가 가득한 하늘을 올려다보며 원망했다.

"믿지 않으면 어떻게 할 셈인가?"

금천이 잠시 턱을 괴어 보였다.

상당한 여유였다.

'여유가 없을 텐데?'

마치 약자를 대하는 듯한 금천의 태도. 상당히 거슬렸다.

"무림맹의 용주 중 한 명으로서 맹주님을 시해한 자를 체포할 의무가 있으나, 지금은 여력이 없군요. 맹주님은 현경의 고수로서 그분을 음해한 당신 역시 현경······."

말해놓고 보니 이상했다.

'현경!'

눈앞의 사내가 현경의 고수!

그야말로 받아들일 수 없는 일이었다. 누가 신성(新星) 휘인을 현경의 고수로 받아들이겠는가! 하지만 사건의 정황을 봐서는 분명 현경 이외에는 설명 방법이 없다. 그렇지만 믿을 수 없었다. 자신과 비교하여 나이 차가 거의 없는 자였다. 갓 스물을 벗어났을까?

'반박귀진?'

자신이 반박귀진의 고수를 알아보지 못할 리가 없었다.

반박귀진의 고수는 풍모가 다르다.

풍모로 사람을 구분한다는 게 조금 역설적이지만, 사람이라면 지나온 세월을 무시할 수가 없었다. 풍기는 기도가 일반 고수와 확연히 다른데, 휘인이 반박귀진의 고수일 리는 없었다.

'그렇다고 정말 내 나이에 현경의 고수일 리도 없잖아!'

그렇게 생각하니 모순이 하나둘이 아니었다.

'암수?'

암수를 쓴다고 해서 맹주가 죽을까?

하나의 거대 문파가 달려온다고 해도 맹주를 쉽사리 죽일 수 없을 것이다.

'어쨌든 맹주님을 음해한 자는 휘인이다.'

과정이야 중요하지 않다.

결과가 중요하지.

어떻게든 휘인이 죽인 것으로 결론이 나야 한다.

아니면 이 일은 그야말로 미궁에 빠지는 셈이잖은가.

어차피 반박의 여지가 없는 일이다.

"…어떻게 맹주님을 음해할 수 있었는지는 모르지만, 분명 음해할 만한 실력을 지녔으니, 아무리 저라도 당신을 체포해 갈 수는 없군요."

"그래서 어떻게 하겠다는 거지?"

휘인의 말에는 가시가 돋아 있었다.

마음이 편할 리가 없었다.

도도하기만 해 보였던 휘인이 이렇게 악에 받친 모습을 하자 금천은 애써 머리에서 '현경'이라는 단어를 지웠다. 현경이라는 단어 대신 '쾌감'이라는 감각이 들어섰다. 유리한 입장에 서 있다는 사실이 주는 쾌감. 흔치 않은 경험이었다.

"어떻게 했으면 좋겠습니까?"

영락없이 강자의 모습을 하는 금천이었다.

휘인에게도 인내력의 한계는 존재했다.

금천은 그런 한계를 건드렸다.

“금천이라고 했던가? 한 가지 간과하고 있는 게 있군.”

“……?”

금천의 미소는 그때까지도 지워지지 않았다.

창!

경쾌한 소리와 함께 휘인의 검이 뽑혔다.

그 검이 무엇을 뜻하는지 모를 정도로 멍청한 금천이 아니었다.

“살인멸구(殺人滅口)!”

금천이 놀라 뒷걸음을 하다못해 엉덩방아를 찧었다.

“나, 나를 죽이면 이번 일은 더욱 커진다!”

“확신할 수 있나?”

“그, 그렇다!”

그다지 확신이 담기지 않은 말이었다.

“내가 널 죽인다고 해서 누가 알아주기나 하나?”

“무공은 흔적을 남긴다! 특히 네놈의 미간일점홍을 못 알아보는 자가 있다고 생각하느냐!”

휘인의 입술에 미소가 걸렸다.

아무런 감정도 없는 야차의 미소를 떠올리게 했다.

“미간일점홍은 너를 위한 무공이 아니지. 오로지 최고의 상대를 위한 무공이다. 닭을 잡는 데 소 잡는 칼을 쓸 필요가 있을까?”

금천은 그야말로 악몽을 꾸는 듯한 얼굴이었다.

오만 가지 상을 다 하는 금천.

만감이 교차하는 금천.

너무 들떠 있어 한 가지를 간과했다. 인정하기는 싫지만 상대는 자신을 언제라도 죽일 수 있는 고수였다.

"이 무, 무림에는 비, 비밀이 없다!"

"그렇긴 하지."

정보 기관들은 허투루 존재하는 곳이 아니었다.

'교주가 포착되었을까?'

실낱같은 희망이었다.

휘인은 고개를 저었다.

현경의 고수가 한낱 정보원들에 의해 포착될 리가 없었다. 게다 마교의 교주인 이상 마인들이 정보를 얻는 데 방해 공작을 펼쳤을 가능성이 농후했다. 맹주가 여기에 있었다는 사실마저 모를 가능성이 높았다. 그들이 일단 이런 외진 곳으로 이동할 가능성이 전무하다시피 하니 예상조차 못했으리라.

맹주와 교주는 단신의 능력만으로도 분명 정보원들의 이목을 피할 수 있을 것이다. 그들의 신중함을 고려하건대 분명 그들의 행보를 가려주는 이들도 따로 있으리라.

그 둘이 이곳에 동시에 있었다는 사실은 자신이 입을 열지 않는 한 영원한 비밀로 남을 것이다.

　그럼에도 불구하고 금천의 말에 수긍한 데에는, 무림맹주와 마교의 교주는 그런 이치를 무시할 정도의 고수이기 때문이었다. 모든 일에 예외가 있듯, 현경의 고수에게 그 이치는 가볍게 무시될 수 있었다.
　하지만 금천은 그 예외에 속하지 않으리라.
　분명 금천이 이곳에 와 있다는 사실을 조사하고 있는 정보 기관이 있을 것이다.
　금천은 무림맹뿐만 아니라 전 무림의 관심을 받고 있는 인물이었다. 그의 행보를 꾸준히 조사하는 정보 기관은 분명 적지 않을 것이다. 게다 금천은 애써 자신의 행적을 숨기지 않았기에, 정보 수집은 수월하겠지.
　그를 여기서 죽인다면 분명 하루도 안 되어 자신이 죽였다는 것이 밝혀질 것이다.
　"하지만 내가 맹주를 죽였다는 사실은 밝혀지지 않겠지?"
　무의미한 행동이기는 했다.
　하지만 휘인의 심기는 편치 못했다.
　평소라면 무시했을 법도 한 상대의 태도를 그냥 지나치기에는 너무도 속이 터졌다. 울분이 감춰지지 않았다. 누군가에게는 분풀이를 해야 할 것 아닌가.
　"그, 그건!"
　금천은 확답을 내릴 수 없었다.

무림맹주가 이곳에 모습을 드러낸 것은 그 누구도 알지 못했을 것이다. 일류 정보 기관이라고 할지라도 분명 알아내지 못했을 것이다. 맹주가 마음을 먹고 나서면 그 누구도 그의 행보를 쫓을 수 없다. 천라지망이라도 펼치면 모르지만 천라지망은 펼쳐지지 않았으니, 분명 맹주의 행보를 아는 자는 이 세상에 단 하나도 없으리라.

물론 지금 자신에게 집중되어 있는 이목이 있었다.

하지만 자신에 대한 정보 수집은 상당히 조심스럽기에, 정보 기관에서는 일정한 거리를 두고 정보원들을 배치했다. 어디로 가는지만을 조사하기 때문에 이런 좁아 터진 외진 곳에 많은 정보원들을 배치할 리가 없었다. 유동의 정보원들이 아닌 고정 정보원들이기에 능동적인 정보 수집을 할 리도 없었다.

'젠장!'

금천은 욕지기를 내뱉고 싶었다.

너무 경솔했다.

너무도 들떠 있는 나머지 상황을 정확하게 판단하지 못했다. 휘인과 맹주를 보자마자 도망갔어야 한다. 무림맹까지 도망가기는 힘들겠지만, 대오문에만 가도 몸을 의탁할 수 있었다. 혹여나 휘인이 대오문을 처리해도 정보 전달은 할 수 있을 것 아닌가.

"그래서 어떻게 하실 겁니까?"

이번에는 금천의 입에서 그 말이 나왔다.

꽤나 담담한 어조였다.

물론 휘인은 그의 내부에 싹튼 두려움을 읽을 수 있었다.

"어떻게 했으면 좋겠나?"

자신이 했던 말이 상대의 입에서 튀어나온다.

절대로 좋은 경험은 아니었다.

"목숨을 구걸하지는 않겠습니다."

'오기.'

금천은 오기로 똘똘 뭉친 사람이다. 자존심이라고 할 수도 있었다. 그의 또래에서는 언제나 우상으로 숭배를 받았으니, 그의 오기와 자존심은 분명 이해가 갔다. 하지만 저런 태도는 상당히 위험하다. 무공의 증진에 있어서도 전혀 도움이 되지 않는다. 자존심만큼 무공에 독이 되는 것이 또 있을까?

물론 처음에는 촉진제가 되겠지만, 깨달음의 경우에는 오히려 방해가 된다.

"내가 널 살려주면 너는 당장에 무림맹으로 달려가겠지?"

"당연한 말씀."

대오문을 통해 전서구를 먼저 보내고 무림맹으로 달려가겠다는 말은 차마 하지 않았다.

어차피 똑같은 것 아닌가.

"역시."

담담한 어조였다.

휘인의 눈은 그의 검신에 닿아 있었다.

금천은 슬쩍 눈을 감았다.

도저히 지켜볼 수가 없었다.

누구라도 자신의 죽음을 정면으로 노려볼 수 있는 사람은 없을 것이다.

순간 묘한 기류를 읽은 금천이 다시 눈을 떴다.

휘인은 터벅터벅 걸어가고 있었다. 자신의 쪽이 아닌 반대의 쪽으로.

"어디 가십니까?"

"도망."

"저는 어떻게 되는 겁니까?"

"너의 천명은 아직 남아 있다."

살려주겠다는 말이었다.

금천은 일단 목에 손을 얹어보았다.

멀쩡했다.

독을 썼는지 몸을 살펴도 그런 기색이 없었다.

"살인멸구를 하지 않는 이유가 무엇입니까!"

금천은 버럭 화를 냈다.

자신은 그에게 아무런 해를 끼칠 수 없다는 판단에서였을까?

상대는 자신을 철저하게 무시하고 있는 것일까?

왠지 모르게 화가 치밀어 올랐다.

자신이라면 분명 살인멸구를 했을 것이다.

그런데 휘인은 하지 않았다.

"나의 무죄를 증명할 유일한 방법이다."

"흥, 무죄!"

금천은 콧방귀를 뀌었다. 또다시 무죄 타령이다.

"죽이지 않았다고 해서 제가 고마워할 것 같습니까! 제가 무림맹에 고하지 않을 것 같습니까!"

"아니, 너는 분명 전서를 날리던가, 당장에 무림맹으로 뛰어가던가 하겠지."

휘인은 뒤도 돌아보지 않고 담담하게 말했다.

그랬기에 더욱 이해가 되지 않았다.

무림맹주를 죽인 죄는 작지 않다.

당장에 무림공적으로 공표되어 죽음을 맞이할 것이다.

하지만 죄라는 것이 지어도 발견만 안 되면 되는 독특한 성질의 것으로, 유죄와 무죄의 차이는 종이 앞뒤의 차이와도 같았다.

자신만 죽이면 유죄가 무죄로 바뀐다.

그런데 죽이지 않는다?

이건 아귀가 맞지 않았다.

금천은 머리가 지끈지끈 아파왔다.

이런 문제, 정말 싫다.

처리하기 정말 곤란한 문제이다. 물론 그가 살려 보내줘도, 분명 이 모든 일을 무림맹에 고할 것이다. 그것이 옳은 일이다. 하지만 상대의 태도가 그 일을 꺼리게 만든다. 그는 강요를 하지도 않았고, 협박을 하지도 않았다. 오히려 저런 초연한 듯한 모습을 보여주었다. 저런 얄팍한 수에 당하지 않으리라 마음속으로 되뇌기는 했지만, 마음이 동요되는 건 어쩔 수 없었다.

'정말 그는 무죄일까?'

실상 따지고 보면 상대가 맹주를 죽일 이유가 없었다.

'마교의 졸개?'

은연중에 느껴지는 마기. 그에게서 느껴지지는 않지만, 이 폐허가 되어버린 공터에서는 느껴졌다.

'그렇다면 어떻게 맹주님이 이곳에 나타나리라는 것을 알았지?'

아무도 몰랐던 사실을 휘인이 알았을 리가 없었다.

그렇게 생각한 석연찮은 점이 한두 가지가 아니었다.

'모든 주관을 버리자.'

금천은 더 이상 고민하지 않았다.

이미 휘인은 시야에서 보이지 않았다. 보인다고 하더라도 그를 체포할 능력은 자신에게 없었다. 만약 맹주를 일 대 일 상대로 죽였다면, 그를 감히 체포할 수 있는 사람은 없으리라.

'내가 본 그대로 보고하면 된다.'

금천은 맹주의 시신을 조심스럽게 들어올렸다.

정성스럽게 지혈되어 있는 맹주의 이마가 눈에 띈다.

'깔끔하게 되어 있군.'

깨끗한 천으로 덮여 있는 미간. 피가 더 이상 번지지 않은 것을 봐서 지혈이 잘되어 있는 것을 알 수 있었다.

금천은 그 천을 보며 의혹을 키울 수밖에 없었다.

'이상해.'

하지만 언제까지고 이 의혹에 대해 고민할 수는 없었다. 일에는 우선순위가 있다.

금천은 대오문을 향해 사라져 갔다.

'무림행은 여기에서 끝인가.'

만감이 교차했다.

도대체 이제 어떻게 해야 하는가.

무림맹주의 살해 혐의를 입게 되다니!

휘인은 손으로 이마를 덮었다.

평소의 냉철함을 되찾으려고 만고의 노력을 했지만, 이미 뜨겁게 달구어진 마음은 쉽게 식지 않았다. 이 일에 대한 뚜렷한 묘안이 없는 한 더 나아질 것 같지는 않았다.

"하아."

저절로 한숨이 쉬어졌다.

‘무림공적.’

분명 무림맹주를 죽였다는 소문이 퍼져 나가면 전 무림이 들고 일어설 것이다. 정파고 사파고 분명 무림 전체가 나설 것이다. 자신이 알기론 현 무림맹주, 즉 고(故) 무림맹주는 정파와 사파를 막론하고 누구에게나 존경을 받는 인물이었다. 무림은 하나가 되어 자신을 쫓을 게 눈에 선했다.

꽉.

휘인은 주먹을 꽉 쥐었다.

손톱으로 인하여 피가 나는 것은 신경도 쓰지 않았다.

씁쓸했다.

‘무엇 때문에?’

무림 전체의 미움을 산 것이?

휘인은 고개를 저었다.

분명 서러운 일이기는 했다. 분한 일이기도 했다. 딱히 무림 전체의 관심을 바란 것은 아니었지만, 그렇다고 미움을 바란 것은 더욱 아니었다.

하지만 무시할 수 있었다.

무림맹주의 음해에 대한 누명?

역시 분한 일이었다.

무엇보다도 자신의 능력으로는 도저히 벗겨낼 수 없었다.

자신의 무죄를 믿어줄 사람은 없었다.

자신조차 믿지 못할 정도이면 말 다 한 것이다.

마교의 마두들을 죽였던 것과 같은 수법으로 무림맹주의 미간을 뚫어버렸다. 완벽한 증거이다. 발뺌할 겨를도 주지 않는다.

이것이 운명이라면, 운명인 것이다.

휘인이 분개하는 데에는 다른 이유가 있어서였다.

'화린.'

그녀가 겪을 고통이 눈앞에 선했다.

누구보다도 강한 척을 하지만 실제로는 누구보다도 연약한 그녀를 떠올리자 눈시울이 붉어졌다. 자신은 그렇게 감성적인 인물이 아니었다. 하지만 그녀를 생각하면 저절로 눈시울이 붉어졌다. 그녀의 마지막 받침목이었던 무림맹주가 사라졌다.

게다 그녀는 자신의 손으로 그가 죽었다는 정보를 듣게 될 것 아닌가.

그녀는 그 소문을 접하면 자신에게 검을 겨눌까? 아니면?

'무엇을 기대하나! 사라지자.'

언제 무림공적으로 공표될지 모르는 일.

천라지망이 제 구실을 하기 이전 감쪽같이 사라져야 한다.

이목을 숨겨야 한다.

그것이 자신이 할 수 있는 최소한이었다.

'내가 보이지 않는 게, 그녀를 돕는 유일한 길이겠지.'

마음이 찜찜하였다.

하지만 어쩔 수 없었다.

휘인은 하나의 점이 되어 지평선 너머로 사라지기 시작했
다.

새벽의 차가운 공기가 이렇게 날카로울 수가 없었다.

제3장

무림공적(武林公敵)

무림맹에는 현재 긴급 소집령이 떨어졌다. 아직 구파일방, 사벌이궁, 그리고 팔대세가의 장문인, 벌주, 궁주, 그리고 가주들은 호북성을 벗어나지 않았다. 비록 휘인에 대한 안건이 무산되었으나 오랜만에 무거운 발걸음을 한 그들이 오자마자 아무 일이 없었던 것처럼 돌아갈 리가 없었다. 사파의 대부분 수장들은 무림맹에 남았고, 이외 정파의 실세들은 제갈세가, 그리고 무당파에 몸을 의탁했다.

마침 각각의 세력으로 귀환하기 이전이라 긴급 소집령을 받고는 금세 입룡각에 자리를 잡았다.

또다시 긴급 소집령이 내려진 데에 대해서 많은 실세들이 의문을 품고는 있었으나, 그 의문을 바깥으로 토해내지는 않았다. 그 누구도 이유를 알지 못하기에 대답을 들을 수 없다는 것을 잘 알았다.

싸늘한 냉기가 감도는 장내를 깬 것은 신승이었다.

신승과 도악이 들어서자 실세들이 기립하였다.

"모두들 앉으시오."

신승의 말에 그들은 앉으면서도 의문을 감추지 못했다.

'무림맹주는?'

모두의 공통된 의문이었다.

신승과 도악이 들어서면 마지막으로 맹주가 들어선다. 그리고 맹주가 긴급 소집령의 목적을 이야기하고, 그의 감리하에 안건에 대한 열띤 토론, 그리고 대안 구축이 이루어진다. 그런데 맹주가 들어서기도 전에 신승이 앉는다는 것은 맹주가 이 소집령에 참석을 하지 않음을 뜻했다.

그들의 의문에 답이라도 해주겠다는 듯 신승이 입을 열었다.

"이번 일은 맹주님에 대한 안건입니다."

좌중의 기운이 식었다.

침을 삼키며 귀를 기울였다.

"맹주님께서 영면(永眠) 하셨습니다."

*　　　　*　　　　*

호북성, 마교 비밀 분타.

"마도천하(魔道天下)! 영원불멸(永遠不滅)!"

마교 서열 팔위의 극마 고수로서 마교의 수뇌 직을 맡고 있는 냉면혹마(冷面酷魔) 백윤뇌가 마교의 교주 수라마제(修羅魔帝) 단가후를 맞았다. 본교에서는 이런 식의 예를 치르지 않지만, 비밀 분타에서는 사기 유지 차원에서 심후한 내공으로 마도천하 영원불멸을 외친다.

"교주님을 뵙습니다."

단가후는 백호피가 둘러진 호화스런 상석에 편히 앉았다.

한눈에 봐도 단가후의 몸 상태는 좋아 보이지 않았다.

"약을 드릴까요?"

단가후는 눈을 감은 채로 손을 가로저었다.

이미 영약이라면 먹었다.

"그가 그렇게 강했습니까?"

수라마제의 꼴이 말이 아니었다. 냉면혹마는 이성적으로는 도저히 이해할 수 없었다. 휘인이라는 젊은 놈이 수라마제에 필적할 정도의 경지를 이룩했단 말인가. 지금껏 단가후가 저만치 고통스러워하는 모습을 본 적이 없었다.

"일이 틀어졌다."

수라마제의 말에는 힘이 없었다.

기력이 바닥에 떨어져 있었다.

항상 자신감에 차 있고, 힘있던 말이 저리 맥아리없이 들리자 냉면혹마의 심기 역시 편치 못했다. 마교의 교주는 그 존재 자체만으로도 마인들에게 힘을 불어넣는 자였다. 그의 당당한 풍모를 사모하는 마인이 한둘이 아니었다. 전 마교가 그의 강함을 숭상하고 있다는 표현이 옳았다.

마인들이 숭상하는 교주는 자신감을 잃지 않은, 언제라도 맹주의 심장을 파먹을 듯한 숨 막히는 힘이었지, 저런 모습이 아니었다.

"그를 죽이지 못하셨습니까?"

그가 포섭을 거부할 시에는 가볍게 죽이고 돌아오는 것이 그들의 계획이었다.

은밀하게 호북성의 비밀 분타까지 찾아온 이유가 그것 하나 때문이었다.

'휘인을 죽이지 못하고 돌아올 정도로 그가 강했단 말인가!'

수라마제가 누구던가.

마교의 교주이자, 마인들의 정점이다.

유일하게 검존을 상대할 수 있는 마인이자, 어쩌면 그를 죽일 수도 있는 유일한 무림인이었다.

그런데 그가 휘인을 죽이지 못한다는 것은 어불성설이었다.

무림최고의 고수라도 수라마제의 검을 피하지는 못한다.

"맹주를 만났다."

"무림맹주!"

어떤 위기에서도 싸늘한 얼굴을 유지하고 있다고 하여서 냉면이란 별호가 붙었는데, 지금은 그의 별호가 무색하다고 느껴질 정도로 인상을 일그러뜨렸다.

모든 변수를 고려했건만, 맹주라니!

맹주는 최악의 변수에서도 고려되지 않았다.

맹주는 교주와 마찬가지로 쉽사리 움직이지 않는 인물이었다. 위치가 위치이고, 집중되는 이목도 이목이다. 그가 나서려면 참으로 번거로운 절차들을 밟아나가야 한다. 그리고 무엇보다도 그가 그 장소에서 나타날 이유가 없었다.

'설마 그도 휘인을 노리고 있었던가!'

"어떻게 되었습니까?"

보통 일을 치를 때에는 여러 정보원들이 붙게 되어 있다. 일의 진척 상황을 정확하게, 그리고 수시로 알기 위해서는 당연한 절차였다. 하지만 교주가 나설 때는 그렇지 않았다. 교주가 나섰음에도 불구하고 일이 틀어질 리는 없었다. 오히려 정보원들이 방해만 될 수가 있었다.

"그를 죽였다."

"……!"

냉면혹마라는 별호가 울 정도로 그의 표정은 다변했다. 이번에는 한없이 기쁜 모습이었다.

무림맹주를 죽이다니!

소문을 퍼뜨리면 그야말로 마교의 사기가 하늘을 치솟아 오를 것이다. 반면에 무림의 사기는 곤두박질을 칠 게 당연했다. 무림맹주를 죽이다니! 마치 꿈과도 같은 일이 현실로 이루어졌다.

"당장에 이 기쁜 소식을 퍼뜨리겠습니다!"

그답지 않게 목소리가 들떠 있었다.

무림맹주의 죽음은 엄청난 득으로 다가올 것이다.

"거기부터가 문제이다."

냉면혹마의 얼굴에 미묘한 감정이 떠올랐다.

수라마제는 무영혈수침의 사용에서부터 이야기를 시작했다. 무영혈수침은 제 역할을 제대로 해냈다. 당연했다. 그 부분에서 냉면혹마는 박수까지 치며 환호했다. 그리고 수라마제는 이내 휘인의 등장을 알려주었다. 그리고 그의 매서운 한 초를 도저히 견뎌낼 수가 없어서 맹주를 방패막이로 삼은 이야기를 솔직히 털어놓았다. 만약 근처에 맹주가 없었다면, 머리통이 뚫린 것은 자신이었을 거라는 이야기마저도.

'어쩌면 나와 쌍수를 이룰지도.'

수라마제는 그 이야기를 하며 단 하나가 남은 무영혈수침을 만지작거렸다. 총 세 개가 만들어졌지만 하나는 맹주에게 사용했고, 다른 하나는 전대의 교주를 죽였을 때 사용되었다.

한 하늘 아래 두 명의 용이 존재할 수는 없었다.

비록 상대에게 세력이 없다고는 하나, 그 정도만으로도 거대한 변수라고 볼 수 있었다.

냉면혹마는 턱을 괴었다.

이해득실을 따지고 있는 모습이었다.

과연 교주가 맹주를 죽였다는 사실을 퍼뜨려야 큰 득으로 다가올지, 아니면 이대로 그냥 묻어가는 게 더욱 나은 선택일지 따져 갔다. 쉽사리 결론이 나지 않았다.

"교주님께서는 어떻게 하실 생각이십니까?"

머리를 쓰는 것은 전적으로 자신의 관할이었다.

물론 선택은 전적으로 수라마제의 몫이었다.

최고의 대안을 찾기 위해서는 여러 의견을 한번 들어봐야 한다. 수라마제라면 필시 여러 결론을 냈을 것이다.

"아직은 우리 마교가 표면에 나설 이유가 없다."

그들의 거사가 이루어지기 위해서는 시간이 더 필요했다. 신중에 신중을 기하는 그들이기에 절대 무리하지 않았다. 전성기라 칭할 수 있는 지금도 불가능하지는 않았지만, 온갖 변수를 고려해야 하기에 몸을 사려야 했다.

"게다 저절로 앓던 이를 빼낼 수 있겠지."

앓던 이는 휘인을 뜻했다.

휘인이 누명을 씀으로 인하여 그는 무림공적으로 공표될 것이고, 자연스럽게 무림에서 지워질 것이다.

‘무영혈수침을 또 사용할 수는 없지.’

마지막 남은 무영혈수침이었다.

이것 없이 상대를 죽일 수 있다면 좋지만, 확신할 수는 없었다.

*　　　*　　　*

“옥매.”

그녀의 거처 밖에서 그녀를 불러봤다.

역시나 대답이 들리지 않았다.

최근의 불화로 인해 서먹서먹한 사이로 전락했기에, 당연하게 여겼다. 물론 그렇다고 씁쓸한 미소까지 감추어지지는 않았다.

“들어가도 돼?”

역시나 대답이 없었다.

애써 무언의 긍정이라며 문을 조심스럽게 열었다.

그녀가 이불을 온몸에 감고 있는 모습이 눈에 들어왔다.

“옥매, 아직도 화났어?”

순간 목이 메었다.

그녀가 너무도 처량해 보였다.

이불을 몸에 돌돌 만 채 모습을 감추고 있는 그녀. 더 이상 그녀에게 의지할 맹주가 사라졌다는 말을 꺼낼 수가 없었다.

"옥매!"

금천은 애써 쾌활하게 그녀를 불렀다.

하지만 그녀는 미동도 없었다.

"계속 이렇게 나오면 재미없어~!"

애교를 부리지 않는 성격이었지만, 그녀를 위해서라면 무엇을 못하리.

"이불 확 걷어버린다!"

경고에도 불구하고 그녀는 무시했다.

'맹주님의 죽음을 짐작하고 있는 것일까?

흔히들 그렇지 않은가.

친인의 죽음을 예상하는 자들.

잔이 깨지거나, 악몽을 꾸거나.

어쩌면 이미 맹주의 죽음이 그녀에게 다가와 그녀의 마음을 우울하게 만드는 것일지도 모른다.

"경고했어~!"

감정을 주체할 수 없었다.

그는 힘껏 이불을 젖혔다.

"……!"

이불 속에는 화린 대신 베개 두 개가 들어 있었다.

비슷한 시각,

“……!”

휘인은 자신의 길을 막아서는 여자와 마주치게 되었다.

사람들은 자신의 앞길을 막아서는 데 재미가 들린 것일까?

자신만 보면 앞길을 막고 싶은 충동이 드는 것일까?

휘인이 놀란 것은 그녀의 태도 때문이 아니었다.

눈에 익은 그녀의 모습.

죽립을 눌러쓰고 있었지만, 그녀의 정체를 한눈에 알아볼 수 있었다.

이 세상에서, 지금, 이곳에서 만날 사람의 후보로 꽤나 많은 사람을 꼽을 수 있었지만, 그 후보에도 들지 못하는 사람이 바로 그녀였다. 그런 그녀를 이렇게 만난 휘인은 그야말로 기겁을 할 수밖에 없었다.

피에 흥건하게 젖은 백의를 갈아입기도 전이었다.

“너, 이 살인마!”

가슴이 철렁했다.

하늘이 무너진다고 해도 이런 절망감을 느끼지는 않을 것이다.

하지만 이내 그녀의 말에 장난기가 섞였음을 깨닫고는 안도의 한숨을 쉬었다. 아직 그녀는 자신의 행태를 알지 못했다. 남에 의해서 맹주의 죽음을 듣지 못한 상태. 어쩌면 다행일지도 모른다.

자신의 입으로 변명할 기회가 생겼다.

‘그녀가 믿을까.’

휘인의 눈은 초점을 잃었다.

“또 누군가를 죽였구나! 이 누나가 정의의 이름으로 너를 때찌해 주마!”

“…….”

순간 휘인은 할 말을 잃었다.

사고가 정지했다.

참으로 독특한 기술이었다.

말로써 사람의 넋을 상실하게 해버리는 휘황찬란한 언변 기술.

그녀는 타고난 말꾼이었다.

자신의 처지를 잊어버렸을 정도로 그녀의 말은 허무맹랑했다.

“정의의 주먹!”

힘없는 주먹이 자신의 어깨를 두드렸다.

그녀의 장난에도 불구하고 휘인의 표정에 전혀 변화가 없자 김이 빠진 그녀는 휘인을 올려다봤다. 그리고 눈을 맞췄다. 사람의 눈을 계속 바라보고 있으면 어떤 식으로든 반응을 보이게 되어 있다. 피식 웃는다거나, 애써 눈길을 피하거나. 웃는 건 바라지도 않는다. 반응을 원할 뿐이었다.

그녀는 문득 이상한 기분이 들었다.

휘인의 눈.

상당히 공허했다.

아무런 감정이 떠올라 있지 않았다.

이렇게 깜짝 등장을 하면 내심 그가 반가워하지는 않을까 생각했는데, 자신만의 착각이었나 보다. 아니, 이제 보니 그의 눈은 모르는 사람을 스쳐 지나가며 보는 눈과 별반 다르지 않았다. 자신을 잊은 것일까?

그녀를 바라보고 있지 않은 듯했지만, 휘인은 이미 그녀의 눈동자의 흔들림을 읽었다.

그럼에도 불구하고 안면을 굳혔다.

"이곳에는 왜 왔지?"

휘인의 무미건조한 음성에 그녀는 자기도 모르게 몸을 움츠렸다.

그에게 두려움이라는 감정을 느껴본 적이 이제껏 없었으나, 이상하게도 지금만큼은 몸이 먼저 움츠렸다. 몸이 먼저 반응을 하고 나서야 휘인의 음성에 살기가 묻어 있다는 사실을 인식했다.

그녀의 눈은 멍하게 바뀌었다.

'살기?'

자신에게 시퍼런 안광을 쏟는 사내.

이 사내가 과연 자신이 알던 사내가 맞는지 확인하려 들었다.

얼굴.

분명 인피면구가 아니었다.

게다가 이 친숙한 느낌은 분명 그를 증명하는 자신만의 방법이었다.

'그런데 왜?

자신이 미운 짓을 했던가?

아니면 애초에 자신은 그에게 이런 존재였나?

그녀는 애써 일을 좋게 해석하려 노력했다.

그러다 문득 피에 흥건하게 젖은 백의가 다시 눈에 들어왔다.

"안 좋은 일이 있었나요?"

애처로운 눈초리로 그에게 물었다.

"네가 알 바는 아니잖아?"

그녀는 두어 걸음 물러섰다.

의도한 바는 아니었지만, 휘인의 기도를 마주치고 있으니 자신도 모르는 새에 물러서게 되었다. 단 한 번도 이런 적이 없었으니 그녀는 어안이 벙벙할 수밖에 없었다. 맨 처음 까칠한 대면이 있었을 때에도 그에게 이런 기색이 없었다.

'도대체 왜!'

그렇게 소리치고 싶었다.

하지만 왠지 묻지 말아야 한다는 느낌이 들었다.

"제가 잘못한 게 있나요? 고칠게요. 의도한 바는 아니었어요. 예?"

그녀의 커다란 눈망울이 촉촉이 젖기 시작했다.

난처해할 만도 했건만, 그의 강렬한 안광은 조금도 약해지지 않았다.

'약해지면 안 돼.'

휘인은 애써 자신을 다그쳤다.

부동심을 지키려고 필사적으로 마음을 다스렸다.

분노에 찬 눈빛을 고수하기 위해 주먹을 꽉 쥐어 피가 터지게 했다. 그는 필사적이었다.

"내가 아는 주화린은 이런 여자가 아니었는데? 어떤 면박을 주어도 대드는 여자가 주화린이 아니었어?"

주화린.

그녀는 주화린이었다.

고 무림맹주의 유일한 혈육이자 손녀.

지금은, 아니, 영원히 만나지 말아야 할 그런 사람.

그런 그녀가 눈앞에 나타났다.

미처 대비도 하기 이전에.

"제 성격이 마음에 안 들었나요? 그럼 고칠게요. 고칠 수 있어요……."

흐느낌이나 다름없었다.

주화린은 고독했다.

무림맹이 비록 집이라고는 하지만, 실제로는 감옥에 불과했다. 친구도 하나 없고, 자신의 진면목을 알아주는 이가 단

하나도 없는 감옥.

어차피 감옥에 갇혀 사는 게 자신의 운명이라고 생각해 왔던 그녀는 잠시 바람이나 쐴 겸, 잠시 무림에 나왔다가 되돌아가곤 했다. 하지만 그녀의 최근 무림행은 조금 달랐다. 의지할 사람이 생긴 것이다. 마음을 털어놓을 수 있는 유일한 사람이 생긴 것이다.

마약을 해보지 않은 사람은 마약의 유혹에서 자유로울 수 있다. 하지만 마약을 해본 사람은 마약의 유혹에 구속될 수밖에 없다.

화린이 그런 경우였다.

그녀가 처음으로 접한 마약은 지금껏 느꼈던 상실감을 한꺼번에 잊게 할 정도로 강력한 환각과 쾌감을 선사했다. 달콤한 꿀물에 빠진 것처럼, 이야기 속에서나 나올 법한 행복한 나날들을 그녀에게 선사하였다.

그 달콤함을 경험해 본 이라면 또 한 번 그 경험을 해보고자 필사적으로 노력한다.

화린처럼 자의적이 아닌 타의적으로 그 노력이 억제되면 그 갈망은 점점 배가되어 간다. 하루가 지나면 지날수록, 심지어 시진이 흐르면 흐를수록 증폭되어만 가는 갈망.

그 갈망은 사람의 의지를 약하게 만든다.

한없이 강하던 사람들도 철저하게 망가뜨린다.

한 번 마약을 해본 후 그 쾌감을 잊지 못하여 다시 한 번 마약에 손을 대려 해보지만, 타인에 의한 억제로 인해서 도저히 주체할 수 없었다. 다시 한 번, 단 한 번만이라도 그 쾌감을 다시 느끼고 싶었다.

그렇게 시간은 흘렀고, 더 이상 약 앞에서는 강해지기 힘들었다.

강한 모습을 유지할 수 없었다. 강한 척을 하는 화린의 가면은 지워진 지 오래이다. 남에게라면 그 가면이 제자리를 고수할 수 있겠지만, 약의 앞에서는… 휘인의 앞에서는 강한 척을 할 수 없었다. 자신의 가면을 벗고 진심으로 그에게 기대고 싶었다. 휘인은 자신의 어려움까지 짊어질 수 있는 그런 듬직한 남자였다. 자신의 평생을 기대어 살고 싶은 그런 남자.

그녀의 정신은 약해질 대로 약해져 있었다.

"주화린! 정신 차려."

휘인의 싸늘한 어조보다 자신을 주화린이라 부르는 호칭이 더욱 날카롭게 심장을 후벼 팠다. 평소에는 항상 화린이라고 부르지 않았던가. 이름을 부르는 건 그만큼 더 친하다는 소리였는데, 이제는 더 이상 이름으로 부르지 않았다.

자신을 좋아하지는 않아도 호감은 느끼는 줄 알았는데…….

'아, 아니야!'

화린은 애써 마음을 바로잡았다.

"휘 오라버니."

화린은 그를 애처롭게 불러보았다.

그녀의 눈동자가 한없이 흔들렸다.

살짝 불기만 해도 꺼지는 잔불처럼, 톡 건드리기만 해도 쓰러지는 모래성처럼, 조금만 힘을 주어도 부러지는 잔가지처럼, 손가락으로 살짝 찌르기만 해도 찢어지는 물먹은 종이처럼, 새벽의 해만 떠도 산산조각이 나 흩어지는 꿈 조각처럼.

그녀는 위태로웠다.

휘인은 미풍, 새벽의 해가 될 수도 있었고, 심지어는 불을 살려주는 땔감이나 어둠이 되어줄 수도 있었다.

휘인의 눈동자도 살짝 흔들렸다.

하지만 이미 눈물이 고여 있는 화린의 눈에 그 모습은 제대로 잡히지 않았다.

"반복하지 않는다. 떨어져라."

휘인은 그녀를 뒤돌아보지도 않고 제 갈 길을 갔다. 시간이 흐르면 흐를수록 그녀와의 거리는 점차 멀어져만 갔다. 발걸음을 떼면 뗄수록 멀어져 가는 건 거리가 아니라 마음으로 느껴졌다.

화린은 달려가 그의 팔을 붙잡았다.

"이 피, 오라버니 피예요? 상처가 난 건 아니죠?"

그녀를 이렇게나 차갑게 대했는데도,

생판 모르는 사람보다도 못한 태도를 보였는데도,

그녀는 자신을 걱정했다.

탁!

휘인은 인정사정 봐주지 않고 황급히 그녀의 손목을 쳤다. 생각할 겨를도 없었다.

얼얼한 느낌에 그녀는 손목을 어루만졌다. 통증이 쉽게 가시지 않았다. 휘인에게서 단 한 번도 이렇게 맞아본 적이 없는 그녀는 쉽게 정신을 차리지 못했다.

"내 피가 아니다."

그렇게 말하는 휘인의 어조가 상당히 흔들렸다. 힘 하나 없었다.

눈물을 닦고 그를 올려다보니 그 모습이 상당히 슬퍼 보인다.

'당신을 이렇게 만든 게 도대체 무엇인가요?'

자문해 봤지만, 허공에 의문을 흩날렸지만, 대답은 오지 않았다.

"휘 오라버니, 도대체 무슨 일이 있었어요? 이, 이렇게까지 저를 힘들게 해야 하나요……."

끝내 다시 울음이 터졌다.

조금은 강한 모습을 보이고 싶었다.

하지만 눈물은 마를 줄을 몰랐다.

아니, 마를 생각이 없는 것인지도 몰랐다.

휘인이 야속하기만 했다.

어렵게 어렵게 찾아왔는데…….

“제가 싫으신 거면 갈게요. 죄송해요. 안 그래도 꼴불견인데, 이런 추태를 보여서…….”

그녀는 얼굴을 가리면서 황급히 뛰어갔다. 어디로 가는지…… 휘인도 그녀도 짐작할 수 없었다.

어디선가 들은 적이 있었다.

‘여자가 황급히 도망을 가는 것은 오로지 남자가 붙잡아주기를 바라는 마음에서이다.’

그녀를 붙잡지 못하는 자신이 원망스러웠다.

그녀를 붙잡을 자격이 되지 못하는 자신이 원망스러웠다.

일찍이 나서지 않아 무림맹주를 구해주지 못한 자신이 원망스러웠다.

멍청하게 누명이나 쓰는 자신이 원망스러웠다.

마교의 교주를 붙잡지 않은 자신이 원망스러웠다.

이 세상에 태어난 자신이 원망스러웠다.

…무엇보다도 그녀에게 솔직히 털어놓지 못하는 자신이 원망스러웠다.

‘흔들리면 안 된다!’

화린과의 대면에서 휘인은 열 번이고 백 번이고 흔들렸다.

그리고 휘인은 열 번이고 백 번이고 되뇌었다.

조금이라도 마음이 흔들릴 기미가 있으면 계속 되뇌었다.

그래도 버티기 힘들면 백의를 적신 피를 내려다봤다.

'무림맹주의 피!'

그녀가 피에 손을 대려 했을 때 얼마나 기겁했던가.

'아프지는 않았을까?'

문득 그녀의 손목을 친 게 떠올랐다.

하도 당황하여 힘 조절을 하지 못했다.

얼마나 자신이 원망스러울까.

"으아아아아!"

휘인은 사자후를 토해냈다. 울분, 분노가 섞인 사자후는 천지를 뒤흔들며 저 멀리 퍼져 나갔다.

*   *   *

무림의 실세들에게 한 시진은 충격의 연속이었다.

무림맹주의 죽음.

휘인.

차기 무림맹주는 현재 중요한 안건의 축에도 끼지 못했다. 그 부분에 대해서 생각을 할 겨를이란 전혀 없었다. 실세들의 머리에는 오로지 무림맹주의 죽음을 어떻게 받아들여야 하는지, 그리고 이 일을 어떻게 처리해야 하는지에 대한 생각만이 가득했다.

결론은 간단했다.

무림맹주의 죽음은 생명으로써 보상해야 한다.

아니, 그 정도로는 보상될 수 없지만 조금은 되갚아야 한다.

'무림공적!'

그들은 무림공적 공표 절차를 신속히 밟고 있었다.

그 누구도 휘인이 무림맹주를 죽였다는 사실에 토를 달지 않았다.

눈앞에 증거가 명확했다.

맹주의 시신에는 서열 이, 삼위의 마두와 똑같은 상흔(傷痕)이 남겨져 있었다. 미간을 동그랗게 꿰뚫는 역천마의 미간 일점홍.

이미 역천마의 무공을 계승한 사실로 실세들에게 위험인물로 각인된 휘인이었다. 명분이 없어 오로지 그를 포섭 혹은 제거할 때만을 기다렸다. 이제는 명분이 생겼다. 그를 필살(必殺)해야만 하는 막대한 명분.

이의를 제의할 사람은 없었다.

"이제 그를 무림공적으로 공표할 일만 남았습니다."

완성된 서류는 비천검의 손으로 되돌아왔다.

그 서류를 바라보는 비천검의 눈시울은 붉었다.

실세들이라고 해서 다를 바가 없었다.

신승과 도악을 제외하고는, 살짝만 자극해도 눈물을 쏟아낼 법한 모습들이었다.

그들이 어렸을 때부터 검존은 이미 무신이었다.

그리고 지금껏 자신들의 등을 대주고 있던 분.

진심으로 그들은 그를 존경하고 숭배했다.

휘인은 그야말로 찢어 죽일 놈이 되어버렸다.

비천검은 신승을 바라봤다.

무림맹주가 공석인 한 그 권한은 신승에게 임시적으로 넘어간다.

물론 그가 거절만 하지 않는다면, 차기 무림맹주의 직은 신승이 차지할 것이다. 애초에 무림맹은 셋의 우두머리가 있는 셈이었으니까.

"아미타불."

그는 나직이 불호를 읊조렸다.

이상하게도 그 불호를 들으면 마음이 평안하여졌다.

"아미타불."

고민이 있는지, 신승은 눈을 지그시 감은 채 오른손으로 수염을 매만지고 있었다.

"근심이 있으신지요?"

학선이 조심스럽게 물었다.

"흐음."

신승의 모습은 편해 보이지 않았다.

항상 편안한 고승의 모습을 보여주던 그가 아니었다.

'좋지 않다.'

무엇인가가 신승을 꺼림칙하게 했다.

정의할 수는 없었지만, 무엇에 의해서 심기가 불편하였다.

"그래도, 그를 무림공적으로 공표해야겠지."

의심의 추호가 없었다.

눈에 드러난 것들이 너무도 명명백백했다.

금천이라는 확실한 증인도 있었다.

"당연한 말씀입니다."

"꼭 그래야만 하나?"

어리석은 질문임을 알면서도 그는 애써 물었다. 왠지 꼭 물어야 한다는 느낌이 들었던 것이었다.

"만인의 존경을 받던 분을 음해한 사람은 더 이상 우리와 똑같은 하늘 아래 살 자격이 없습니다."

"음해라."

음해에는 분명 목적이 있다.

그렇다면 휘인에게 어떤 목적이 있을까.

이 부분이 확실하지 않은 지금, 신승의 결단을 방해하는 감정이 짙어지고 있었다.

신승의 눈에 무림맹주의 시신이 들어왔다.

그의 시신은 중심의 관 위에 눕혀져 있었다.

"일단 공표를 해야겠지."

신승의 어조가 흔들렸다.

그로서도 마음은 편치 못했다.

"그럼 시행하겠습니다. 천라지망을 맡으실 분을 정해주십
시오."

전통대로 천라지망은 실세들의 지시를 받는다.

한 사람이 맡을 수도 있고, 여러 명이 맡을 수도 있다.

"삼 일."

"예?"

신승의 입에서 뜻밖의 말이 나왔다.

"그에게 삼 일간의 시간을 준다."

실세들은 이해할 수 없다는 듯 신승을 바라봤다.

지금 휘인이라는 작자는 분명 이 시간에도 이 호북성에서
멀어져 가고 있을 것이다.

"무림맹주의 장례식이 먼저가 아니겠는가!"

맹주의 장례식.

감히 누가 이런 일을 예상이라도 해봤겠는가.

"그리고 무림맹주도 바랄 거야. 그는 누구보다도 무림공적
이라는 제도를 싫어했으니."

실세들이 고개를 끄덕였다.

삼 일.

어차피 삼 일이다.

이 드넓은 무림을 벗어나기 위해서는 적어도 몇 개월은 걸린다.

삼 일 정도의 아량은 베풀 수 있다.

제4장

아비규환(阿鼻叫喚)

철저하게 원칙에 의해 사는 한 남자가 있다. 나름대로 무림의 모든 현상을 자신의 원칙에 맞춰서 빠듯하게 사는 그런 남자 말이다. 그렇게 빡빡하게 살다 보면 피곤하지 않느냐고 묻지만, 그에게 있어서는 오히려 복잡한 이해관계가 단순하게 체계화되니 원칙없이 사는 게 더욱 편하기만 했다.

그의 원칙은 복잡하지 않았다.

자신에게 검을 겨누는 사람은 상대해 준다.

자신에게 살기를 뿌리는 사람에게 살기를 뿌린다.

이렇게 눈에는 눈, 이에는 이 종류의 원칙도 있었고,

미래를 계획한다.

목표를 잡고, 그 목표를 반드시 이룬다.

이렇게 조금은 막연한 원칙도 있었다.

휘인에게 있어서 목표는 단 한 가지이다. 평생의 숙명. 이 질리도록 하는 무공 수련의 끝을 봐 하루빨리 무공에서 손을 떼는 게 그의 목표였다.

조금은 막연하다 보니 무엇이 그의 목표에 도움이 되는지, 해가 되는지 구분이 잘 안 가 최근 극심한 혼란을 겪었다. 그리고 그 혼란의 시작에는 화린이라는 여자가 있었고.

나비의 날갯짓으로 시작된 화린이라는 여자는 이후 큰 폭풍을 몰고 오는 인물이 되어버렸다.

자신의 계획에는 화린이라는 변수가 포함되어 있지 않았다. 동행이라는 변수는 단 한 번도 고려해 보지 못했다. 동행이란 쌍방의 협약에 의해 이루어지는 게 아니던가. 휘인은 동행을 할 생각이 추호도 없었다. 그의 계산 실수는 새로운 깨달음을 주었다. 만사가 머리로 해결이 되지는 않는다.

비록 동행은 쌍방이 원해야 이루어지기는 하지만, 화린처럼 억지로 동행에 끼어드는 방법이 있었던 것이다.

간절히 원하고, 그것을 위해 노력하면 이루어진다.

비록 어떤 상황에서라도.

화린이 그 사실을 그에게 알려주었다.

그 이후 화린과의 동행을 통해서 많은 것을 배웠다. 값진 것이라고 보기보다는, 생활에 꼭 필요한 것들을 배웠다고 할 수 있었다.

화린.

'화린.'

그녀를 아프게 했는데 왜 자신이 아파해야 하는지 휘인은 의문에 빠졌다.

그리고 이내 결론을 돌출할 수 있었다.

'그녀는 나에게 이런 존재구나.'

그녀가 아프면 자신이 아프다.

그럼에도 불구하고 휘인은 자신의 선택을 후회하지 않았다. 화린에게 못돼먹게 군 것도, 차갑게 대한 것도 후회하지 않았다. 서로의 고통을 최소한으로 줄여준 것은 잘한 일이었다. 자신의 입으로는 차마 변명을 할 수 없었다. 상대가 믿어준다는 보장도 없는데, 오히려 긁어 부스럼을 만들고 싶지 않았다.

'이게 나의 운명이라면 받아들이겠다.'

무림맹주를 죽인 자.

하늘이 내려준 천명이라면 거스를 수 없다.

자신이 과연 얼마나 이 운명 속을 거닐 수 있는지 실험해 보기로 했다.

과연 자신의 끝은 어디인지.

과연 개인이 다수를 꺾을 수 있는지.

진실이 거짓을 압도할 수 있는지.

하늘이 이끄는 길로 걸으면 그 끝이 무난한지를.

이 모두를 그는 실험하기로 했다.

계획?

이미 자신의 앞은 검은 안개가 뒤덮었다.

감히 예상할 수가 없다.

추측을 할 수 있게 만드는 요인들은 하나같이 알 수 없다.

오로지 발 떨어지는 대로.

검이 휘둘러지는 대로.

"이게 운명이라면……."

휘인의 눈초리가 변하였다.

호북성의 경계 부근에 위치한 죽산(竹山), 거기에는 휘인이 알고 있는 인물이 한 명 있었다. 친구라고 칭하기에는 조금 과분한 감이 없잖아 있지만, 뇌운비와 화린을 만나기 훨씬 이전에 스쳐 지나간 인물들이 조금 많았다.

친분을 나누지도, 동행을 한 적도 없었지만 뜻은 통하였다.

무림은 상당히 넓은 곳이다.

헤아릴 수 없을 정도로 수많은 인연들이 스쳐 지나가는 그러한 무림.

셋.

그 수많은 무림인들 중에서 휘인은 딱 셋의 인연을 맺었다.

뇌운비나 화린을 제외하고 셋이었다.

휘인은 그들을 만나고 싶다는 충동을 느꼈다.

그 셋은 공통점이 있었다.

삶에 대해 초연했다.

지금의 자신은 잃은, 그런 부분.

처음에는 동질감으로 그들을 알게 되었으나, 이제는 그 동질감이 이질감이 되어버렸다. 이전의 자신이 과연 어떤 인물이었던가. 그들을 다시 만나면 자신이 잃어버린 부분을 되찾을 수 있을 것 같은 막연한 느낌이 들었다.

자신감을 잃은 지금.

다시 그 자신감을 되찾는 게 시급했다.

어느 정도 구색도 갖추지 못한 채 전 무림을 상대할 수 없잖은가.

뇌운비와 화린은 잊었다.

뇌운비와 통하는 부분이 많았고, 그 어떤 자보다 끈끈한 유대감을 유지해 왔지만, 이런 부분에서는 같이하고 싶지 않은 자였다. 그에게도 그의 삶이 있다. 그 나름대로 복잡하다 못해 실타래처럼 엉켜 있었다.

그의 목표를 방해하고 싶은 생각은 추호에도 없었다.

'태백(太白)이었던가?'

하늘과 땅을 이어주는 묵묵한 기둥을 연상하게 만드는 사내. 그 사내를 태백에서 스쳐 지나갔다.

한낱 목수에 불과한 그.

손재주 또한 좋아 죽립을 잘 만들었었다.

그의 묵직한 느낌을 다시 보고 느껴보고 싶다.

그를 닮고 싶다…….

섬서성의 상남(商南)을 지나쳐 상주(商州)를 통과할 때였다.

유난히 이목이 자신에게 집중되어 있는 것을 느꼈다.

그다지 큰 마을도 아니었고, 문파 하나 자리잡고 있지 않아 무인들의 왕래가 거의 전무한 곳임에도 불구하고 무림인들이 몇몇 눈에 띄었고, 그 무림인들마다 자신에게 집중을 하고 있다는 사실을 알아챘다.

'정보 단체로군.'

다행인지 아닌지 모르지만 아직 무림공적으로 공표되지는 않았다. 천라지망이 펼쳐지지 않았으니, 그 정도는 알 수 있었다. 상대의 눈에서 살기보다는 염탐의 기색이 보였다.

탐색을 당하는 듯한 느낌.

상당히 불쾌했다.

휘잉.

휘인의 신형은 바람을 가르며 사라졌다.

극성으로 신법을 펼친 것이었다.

쉬지 않고 경공을 펼쳐 꼬박 이틀 걸렸다.

태백(太白).

태백은 감숙성과 맞닿아 있는 곳이었다.

그리고 그를 만난 곳이 바로 여기였다.

사람들의 시선을 사지 않기 위해 휘인은 묵묵히 걸었다. 태백은 신법을 펼쳐서 돌아다녀야 할 정도로 큰 마을은 아니었다. 그렇다고 작은 마을 역시 아니었기에 자신의 목적지를 찾는 데 족히 두 시진이 걸렸다.

쓰윽.

쓰윽.

일정하고 꾸준히 대패질을 하고 있는 남자가 있었다. 대패질을 하고 있는 나무보다 오히려 굵은 팔뚝을 가지고 있는 우람한 근육의 사내였다. '터지지는 않을까?' 라는 의문이 들 정도로 그의 팔뚝은 상당히 굵었다. 팔뚝뿐만 아니라 이미 옷을 벗어 던진 상체의 모습에서도 동물의 것과 비슷한 근육을 발견할 수 있었다.

조금만 움직여도 꿈틀거리는 근육은 보는 이를 질리게 만들었다.

"죽립을 사러 왔나?"

시선조차 주지 않은 채 휘인을 보며 하는 말이라고는 그것 하나였다.

"기억을 하는군."

"몇 개월 안 되었으니, 잊어버리면 바보가 아니겠나."

“그런가?”

휘인은 대패질을 하는 사내의 앞에 놓여진 나무 의자에 털썩 앉았다. 이틀을 꼬박 달려왔더니 여간 피곤한 게 아니었다.

쓰윽.

쓰윽.

매끈하게 대패질을 하는 소리는 이상하게도 휘인의 마음을 편안하게 만들어주었다.

그 나름대로 대패질에 도를 이룬 자라는 뜻이었다.

“먹고살기 힘든가?”

“……?”

무슨 소리냐는 듯 휘인이 쳐다봤다.

“아무리 돈이 없어도, 목수한테 빌어먹으려고 하다니. 쯧쯧, 힘도 좋은 사내가 말이야.”

“힘이라면 자네를 상대할 자가 있겠나?”

팔뚝이 휘인의 허벅지보다도 굵은 사내. 선천적인 천력도 천력이거니와 꾸준한 수련을 통해 그의 힘은 그야말로 역발산기개세(力拔山氣蓋世)라 감히 말할 수 있었다.

휘인의 안색은 편안해 보였다.

강한 자신감.

은연중에 뿜어 나오는 상대의 자부심이 자신의 기분을 좋게 했다.

그가 일하는 모습만 봐도 흐뭇한 미소가 걸렸다.

"난 남자는 좋아하지 않는다네. 이미 임자도 있는 몸이고 말이야."

"……."

목수는 넌지시 농담을 했다.

자신을 보며 흐뭇한 미소를 짓고 있는 휘인을 비꼬는 말이기도 했다.

휘인이 농담을 받아주지 않자 목수는 머쓱한 미소를 지으며 머리를 긁적였다.

그리고는 이내 무안함을 지우기 위해 다시 일에 열중했다.

그는 다시 대패질을 시작했다.

오늘은 대패질만 죽어라 할 모양인지, 죽어라 나무를 매끈하게 밀었다.

그가 대패질하는 모습은 대패질을 상당히 간단하고 쉽게 보이게 만들 정도로 노련해 보였다. 물론 대패질을 조금이라도 해본 사람은 잘 알 것이다. 대패질을 저 목수처럼 쉽고 빨리하는 사람은 이미 목수 일만 대대로 해왔던 사람이라는 것을. 대패질은 간단해 보이지만 간단하지 않은 작업이었다.

일정한 힘을 꾸준히 주어야 한다.

조금의 오차라도 있으면 나무를 다시 밀어야 한다.

그야말로 긴장을 조금이라도 놓을 수 없는 작업이었다.

정오쯤 되었을까?

"소면이나 먹을까?"

목수가 물었다.

휘인은 미동도 하지 않았다.

"내가 사지."

그제야 겨우 휘인은 몸을 일으켰다.

"고민이 있나 보군."

소면 다섯 그릇을 다섯 입에 해치우고는 입가심으로 죽엽
청을 마시는 목수가 휘인을 세밀하게 바라본 후에 한 말이었
다.

"왜 그렇게 생각하지?"

"그냥 떠본 거지. 정말 있나 본데?"

목수는 천진난만한 웃음을 지어 보였다.

휘인은 사뭇 진지했다.

"도대체 어떤 고민이기에 그렇게 근심을 하는 겐가? 내가
도와줄 수 있는 부분인가?"

"그랬다면 이렇게 고민을 하지는 않고 있겠지."

목수는 잠시 고개를 갸웃했다.

고개를 살짝 갸웃하는 것뿐이었는데 목 주위의 근육들이
역동했다.

"그렇다면 왜 나를 찾아온 게지?"

"나에게는 이미 사라진 것을 되찾기 위해서."

그 순간 목수의 눈에서 안광이 쏟아졌다.

예리한 안광이 휘인을 스쳐 지나갔다.

"상태는 좋아 보이는데?"

"자넨 가시넝쿨 밭의 중심에 빠지면 어떻게 하겠나?"

휘인은 이제 갓 이십대 초반으로 들어선 외양을 하고 있었고, 목수는 적어도 불혹의 외모였지만 누구도 평대에 어색함을 느끼지 않았다. 제삼자라면 모를까.

"일단 빠지지 않겠지."

목수는 빠지지 않을 자신이 있었다. 이 세상의 누가 가시넝쿨에 빠질 생각을 하겠는가.

"아무리 자네라고 해도 그 넝쿨에는 빠질 수밖에 없어. 나도 피할 여지가 없었으니까."

목수의 표정이 심각하게 변했다.

"제길. 넝쿨에는 먹을 게 없는데?"

심각한 표정치고는 어이없는 말이었다.

휘인이 받아주지 않자 다시 한 번 그가 턱을 괴었다. 참으로 머리를 쓰는 일은 고단한 일이었다. 편하게 살면 될 것이지, 왜 고민에 고민을 거듭한단 말인가.

한참 후에야 목수가 입을 열었다.

"선택권은 두 가지겠지. 가시넝쿨을 헤쳐 나가느냐, 아니면 가만히 있느냐."

휘인은 고개를 끄덕였다.

"가시넝쿨에 찔려 과다출혈로 죽나 가만히 있어서 굶어 죽나 똑같으니, 차라리 과다출혈로 죽겠다."

"이유는?"

"조금이라도 움직이지 않으면 이놈들이 아우성을 쳐대."

근육들을 가리키며 하는 말이었다.

"그렇게 고통스러운데도 가시넝쿨에 찔려가며 그 큰 가시넝쿨 밭을 나오려고 발버둥 쳐야 할까? 아니면 가만히 운명을 받아들여야 할까?"

운명이라는 말에 목수의 눈빛이 살짝 일그러졌다.

"운명. 그건 누가 정하는 거지?"

목수는 운명을 믿지 않았다.

"그래, 운명이 있다고 쳐. 가만히 굶어 죽는 게 운명이야? 너는 어떻게 가만히 굶어 죽는 것과 헤쳐 나가는 것을 운명으로 구분하지? 어떻게 보면 찔려도 헤쳐 나가는 게 운명일 수도 있잖아? 네 선택이 운명이니까."

휘인이 고개를 끄덕였다.

"그렇군. 하지만 가시넝쿨에 일단 빠진 건 어쩔 수 없는 운명이라고 말할 수 있겠지?"

거기에 대해서는 반박을 하지 않았다.

"그런데 가시넝쿨은 뭐지?"

"무림 전체."

"……."

목수는 얼굴을 굳혔다.

"무림 전체라……."

눈앞의 이자는 한눈에 봐도 허투루 입을 놀리는 사람이 아니었다.

하지만 그렇다고 그냥 받아들이기에는 너무도 큰 의미를 주는 말이었다.

"어떻게 하면 무림 전체를 적으로 만들 수 있는 거지?"

휘인은 자기도 모르겠다는 듯이 고개를 흔들었다.

"결정은 났는가? 과다출혈로 죽을지, 아니면 굶어 죽을지."

휘인은 고개를 끄덕였다.

그건 이곳에 도착하기 이전에 이미 마음먹었다. 어떻게 보면 당연한 선택이었다.

"과다출혈이 좋아 보이는군."

궁지에 몰린다면 쥐마저 고양이를 문다는 이야기가 있잖은가.

그 어떤 때보다 목수의 눈이 가장 이채롭게 빛났다.

"이곳에 온 건 나의 도움을 청하기 위해서인가?"

휘인은 미소를 지어 보였다.

목적을 사실대로 말해줄까 하다가, 말해줘도 믿지 않을 듯해서 말았다.

"죽기 전에 한 번쯤은 피 터지게 싸우고 싶지?"

목수가 몸을 부르르 떨었다.

'움직이지 않으면 이놈들이 아우성을 쳐대'는 그런 뜻에서 한 말이 아니냐는 물음이었다. 근질근질거리는 혈기.

그에게 어떤 사연이 있는지는 알 수 없었다. 무엇이 그를 절제하게 만드는지도 알 수 없었다. 아는 건 단 하나였다. 상대는 신나는 한판을 기다리고 있다는 것.

"정사대전을 기다리고 있었건만, 이것 역시 짜릿하겠군."

목수는 순수한 웃음을 터뜨렸다.

이렇게 될 줄은 꿈에도 몰랐지만, 나쁘지는 않았다.

무림 전체를 말하는 휘인의 얼굴이란…….

문득 떠오르는 의문이 있었다.

"나를 포함하여 몇이나 이 일에 가담했지?"

목수의 미소는 휘인에게로 전이되었다.

왜인지는 모르나, 기분이 묘한 목수였다.

휘인은 입을 벌리는 대신 손가락을 펼쳐 들었다.

'둘!

"나와 자네밖에 없나?"

휘인은 고개를 담담히 끄덕였다.

"허허허, 이거 보통 일이 아닌데?"

휘인은 오묘한 얼굴을 하고 있었다.

그 얼굴을 보니 떠오르는 의문이 한두 가지가 아니었다.

"도대체 어떤 식으로 무림 전체를 상대한다는 말이냐? 혹여라도 무림공적으로 공표가 되었냐?"

"그랬을지도 모르지."

"……."

더 이상 목수의 얼굴은 마냥 싱글벙글일 수는 없었다.

무림공적이라면 이야기가 조금 달라진다.

분야의 전문가들이 대거 모여 한 무인을 쫓는다. 동원되는 인원수는 만 단위이고, 이 무림에서 가장 체계적인 지시를 받는다. 이십 년 동안이나 보완에 보완을 거친 천라지망이기에 거기에 틈이라고는 있을 수 없었다.

"너에게 달린 눈들에는 그런 이유가 있었군."

목수는 한숨을 쉬었다.

어차피 발을 빼지도 못할 상황이었다.

무림공적의 대상이 눈앞의 사내라면 무림공적과 접촉한 자신이 무사할 리가 없었다.

"단둘이서 그 유명한 천라지망을 뚫자는 말이군."

고개를 끄덕여 긍정의 뜻을 비쳤다.

"정비를 해야겠군."

목수가 몸을 일으켰다.

그가 일어서자 휘인 역시 몸을 일으켰다.

‘진법. 그것도 상당히 복잡한……!’

경고를 하지는 않았지만, 휘인은 목수의 발걸음을 그대로 복사하듯 움직였다. 진법에서는 한 발자국이라도 잘못 디디면 그 누구도 장담할 수 없는 상황에 이르게 된다. 진법의 안은 모든 기운이 혼미하기만 했다. 생문이고 사문이고, 혼탁한 안개 가운데 그 어떤 것의 형태도 분간이 되지 않았다.

‘정면으로 깨부숴야 하는가?’

진법도 하나의 벽 같은 것이다.

자신이 이곳을 침입하기 위해서는 깨부수는 것밖에 방법이 없으리라.

약 반 시진가량을 진법 안에서 헤매었다. 이 진법 안으로 도착하기 이전까지 얼마나 발에 땀이 나게 오랫동안 뛰었는지, 지금까지 붙어 있던 하급 정보원들로는 자신들의 위치를 놓쳤을 게 분명했다. 기껏해 봐야 자신들의 위치를 넓은 구역으로 표시하기밖에 못했으리라.

진법의 중심에 들어서자 허름한 폐가에 도착하게 되었다.

‘살수들의 안가(安家)?’

살수들은 곳곳에 안가를 두어 잠시 동안 세간의 이목을 피할 수 있는 것이다. 치밀하게 만들어진 안가는 그야말로 몇 주일간이나 견딜 수 있을 정도로 안전했다.

목수는 거침없이 폐가 안으로 들어섰다.

폐가의 큰 방에는 여러 기물들이 전시되어 있었다.

도검, 보물, 비급 등등 없는 물건을 찾을 수 없을 정도였다.

"영원히 짱 박혀 숨어 있는 데에는 문제가 없을 게야. 물론 자네는 굶어 죽는 것을 택하지는 않았으니, 이곳이 그런 용도로 사용되지는 않겠지? 이곳에서 잠시 동안 쉬다가 가는 것도 그다지 나쁘지는 않을 게야."

목수는 그 말을 남기고는 방 안에 들어가 물품들을 챙기고 있었다.

단검, 비수, 용도 모를 약들.

그리고 마지막으로 쌍날의 부(斧).

황궁의 기둥이라고 해도 저 쌍날의 부를 만나면 반 토막이 날 것 같은 무지막지한 부였다. 쌍날은 그 굵은 목수의 몸통보다도 넓었다. 과연 저 부를 제대로 휘두를 수나 있는지 궁금했다.

"당신, 살수로 보이지는 않았는데?"

"내 안가는 아니었지."

빼앗았다는 말이었다.

"필요한 게 있으면 가져가. 어차피 내가 필요한 건 없으니."

실상 자신에게도 별로 필요한 건 없었다.

휘인은 고개를 가로저었다.

목수는 대수롭지 않은 듯 어깨를 으쓱해 보이고는 자리에 털썩 앉았다.

휘인 역시 자리에 앉았다.

급할 건 없었다. 급한 건 무림맹이었지 자신은 아니었다.

"내가 이렇게 순순히 따라나서는 게 이상하지 않나?"

휘인은 어깨를 으쓱했다.

"참으로 과묵한 놈이군."

무엇인가를 이야기해 주고 싶은 상대의 의도는 역력하게 드러났다. 하지만 휘인이 듣고자 하는 것 같지 않으니 굳이 입을 열 이유가 없었다.

말하고 싶다 못해 안달이 난 그를 위해 휘인은 선행을 베풀었다.

"말한다면 들어는주지."

"그러고 보니 자네는 초지일관 반말이군."

휘인만큼이나 반말이 어울리는 자도 없을 것이다. 자신과의 나이 차는 적어도 삼십 년은 될 텐데, 어색함이 없으니.

"존대해 주길 바라나?"

엎드려서 절받을 필요는 없었다.

목수는 고개를 가로저었다.

"나이 차가 뭐 중요한가. 다 똑같은 벗이지."

묘한 정적이 흘렀다.

그 정적을 깬 것은 목수였다.

"내 이름은 임홍이네. 아직 통성명도 하지 않았군."

"휘인."

"…휘인이라. 최근에 떠들썩한 신성(新星)의 이름과 똑같군."

"동일 인물이니까."

목수의 눈썹이 치켜 올라갔다.

"무림공적으로 공표될 가능성이 있다고 하지 않았던가?"

신성은 영웅으로 떠받들어지는데 어떻게 무림맹에게 쫓기나는 말이었다.

휘인은 아무 말도 하지 않았다.

어떻게 설명해야 할지 막연하기만 했다.

"흔히들 은거기인이라고 하던가?"

임홍 같은 사람은 은거기인의 축에 속했다. 무림에는 일체 관여하지 않고 민간인에 섞여 자신들만의 일을 해나가니 말이다.

휘인이 고개를 끄덕이자 다시 임홍이 입을 열었다.

"무공을 어느 정도 완성하니 자연의 모든 부분이 새롭고 신비하기만 하더군. 그래서 있는 그대로에 만족하기로 했네. 사회가 돌아가는 원리대로 충실히 행동하고, 작은 것에서 행복을 찾으려 노력했지. 그렇게 아내와 딸을 얻었지."

은거기인들 대부분의 목적은 그랬다.

조용한 생활.

무림의 일촉즉발의 긴장감에 질려, 평범한 삶을 동경하는 이들이 바로 은거기인들이었다.

"하지만 나의 욕심은 주체할 수 없었네. 평범하고, 행복한 삶을 얻으니 무림이 좋아 보이는 게야. 시간이 흐르면 흐를수록 피가 끓고, 생사투를 꿈꾸게 되었지. 그래서 은거를 선택했음에도 불구하고 무림의 소식에 관심이 많았지. 때가 되면 자연스럽게 무림에 동화되기 위해서……. 이런 내가 이상하다고 느껴지나?"

"그건 당연한 이치라고 할 수 있다. 인간이라면 미지의 영역을 탐험하고 싶어 하는 호기심이 있기 마련. 은거도 순서가 있지. 흥, 그대는 아직 무림을 겪어본 일이 없으니 자연스레 지금의 삶에 실증을 느끼고 무림을 동경하는 마음을 키울 수밖에 없지."

그것뿐만 아니라 임홍은 자신의 무공에 대해 강한 자부심을 가지고 있는 사내였다.

그 모든 것들이 한데에 어우러져 지금의 임홍이 나왔으리라.

휘인의 말에 고개를 끄덕이던 중 임홍이 그를 보며 입을 열었다.

"이제는 완전한 반말인데? 이전까지는 은근슬쩍 반말이었는데 말이야."

그러고 보니 정말이었다.

'이상하게도 난 편한 상대에게는 말을 높이지 않는군. 비록 상대가 나이가 많아도.'

이상하게도 둘의 모습은 어색함이 없어 보였다.

"흥, 그대가 그랬지 않은가. 존대는 필요없다고."

그건 그렇지만 자신의 딸 나이 대에게 이름을 불리니 조금은 기분이 묘했다.

"……!"

임홍이 자리에서 박차고 일어났다. 그리고는 아무 말 없이 방 밑의 문을 열어 어디론가로 사라졌다. 따라갈 법도 했건만 휘인은 잠자코 기다렸다. 만약 자신을 필요로 했다면 그가 말했을 것이다. 그가 원하지 않았기에 자신 역시 몸을 따로 움직이지 않았다.

임홍이 다시 나타난 건 반 각 후였다.

"근처에 천라지망이 펼쳐져 있어. 어떻게 할 셈인가?"

"시간은 얼마나 있지?"

발각되는 데 얼마나 시간이 있는지 물은 것이다.

"저 인원에, 동원된 고수들의 수를 보면 반나절 정도."

"하지만 시간을 지체하게 되면 안가를 포기해야겠지?"

안가가 왜 안가인가.

아무도 함부로 침입할 수 없으니 안가이지.

"어차피 필요한 물건도 없는데, 상관없겠지."

그렇게 말하는 임홍의 안색은 편치 못했다.

나름대로 이 안가에 애정이 있는 것이겠지.

"지금 떠난다."

"어쭈, 이제는 완전히 상전인데?"

휘인은 맞받아치지 않았다.

"출구를 안내하도록."

"휘유, 나는 어쩌다 이런 놈을 만났을꼬."

임홍의 한탄에는 진심이 담겨 있었다.

"아직도 그의 흔적을 찾아내지 못했나?"

천라지망의 최전방을 맡은 자는 무황벌주(武皇閥主) 파천도(破天刀) 여지명이었다. 현재 삼 일간 긴급 동원된 이들은 무림맹의 사천룡, 정천룡, 그리고 화산파, 제갈세가, 무당파, 종남파, 그리고 소수의 소림파 제자들이었다. 이외의 중소문파들의 제자들도 달려왔으나 별반 도움이 될 듯해 보이지는 않았다. 이곳에서 가장 가까운 문파들은 이들뿐이었다. 지금 이 시각에도 전 무림이 움직이고 있었다. 지금은 천라지망에 동원된 이들이 이천밖에 되지 못했고, 그중에서도 천 수 정도는 제 역할을 제대로 못하는 이들이었지만, 시간이 흐르면 흐를수록 천라지망은 더욱 세밀하게 구축될 것이다.

어떻게 이 임시 천라지망이 뚫린다고 해도 뒤의 천라지망이 휘인의 숨통을 옭아맬 것이다.

파천도의 말을 받은 건 무림맹에서 일하고 있는 개방의 취풍개(醉風丐)였다. 개방의 장로 중 하나였다. 임시로 개방을 대표하고 있었고, 현재 개방의 권한을 방주에게 전속 위임받은 자였다. 천라지망은 빈틈없는 그물 형성뿐만 아니라, 무림 공적 대상의 위치 파악 역시 상당히 중요했다.

"아직입니다. 하지만 점차 천라지망을 좁혀가고 있으니, 곧 실마리가 잡힐 것입니다."

"확답은 아니군."

"죄송합니다."

파천도의 머릿속은 상당히 복잡했다. 휘인. 이미 그자와는 일면식이 있었다. 그를 떠올릴 때마다 꺼림칙한 느낌에 사로 잡히고는 했다. 뇌운비에게도 패하다시피 하였는데, 대장 격 으로 보이던 휘인은 얼마나 강하단 말인가. 어떻게 죽였는지 는 몰라도, 무림맹주를 죽인 신위를 보이지 않았던가!

그야말로 저승사자가 따로 없었다.

'그때는 그가 이렇게나 무서운 인물인 줄 몰랐지.'

무림맹주를 벤 사내!

그 단어가 주는 전율은 이루 말할 수 없을 정도였다.

영원히 죽지 않을 것이라고 생각된 무림맹주가 시신이 되 어 나타났을 때 얼마나 놀랐던가! 무림맹주를 죽인 사내가 바 로 이전에 자신이 직접 나서서 죽이려고 했던 두 사내 중 하 나였다는 사실을 알았을 때에는 추태를 보일 뻔했다.

우상이나 다름없던 무림맹주를 죽인 자라는 데에 생각이 미치자 과연 이 임시 천라지망이 그를 막아설 수 있을지 궁금 했다.

현재 사방위로 천라지망이 펼쳐져 있었고, 각 방위는 실세들이 맡고 있었다. 또 사방을 제외한 또 하나의 천라지망. 자신은 중(中)을 맡고 있었다. 분명 자신들과 충돌하지 않고서는 이곳을 뚫고 지나갈 수 없을 것이다. 이렇게 탄탄한 형태를 띠고 있음에도 불구하고 상대가 현경의 고수라는 점을 고려해 보건대, 이 천라지망마저도 조금은 부실하게 느껴졌다.

파천도는 초조했다.

자신이 천라지망의 요직을 맡고 있었다. 그를 놓친다면, 그 책임은 모두 자신에게 돌아온다. 그랬기에 그는 휘인이 손가락 사이로 빠져나갈 수 없게 신경을 곤두세웠다. 지나친 기우라고 해도 파천도는 긴장을 늦추지 않았다. 무림맹주를 죽이는 사내에게는 이 정도의 경계가 필요했다. 아니, 오히려 부족한 듯싶었다.

자신도 감히 가늠할 수 없던 무림맹주를 죽인 사내!

파천도는 믿을 수 없었다.

하지만 믿어야 했다.

드러난 사실이 그러한 것을 어떻게 하겠는가.

하늘에 붉은 신호탄이 올라왔다.

붉은 신호탄은 '위험'을 뜻하기도 했지만, 천라지망에서는 '목표물 발견'을 뜻했다. 아니, 어쩌면 저 신호탄은 그 두 뜻을 모두 포함하고 있을지도 모른다.

"가자!"

천라지망에서 자유로운 것은 자신이 이끄는 곳뿐이었다. 동서남북은 모두 똑같은 속도로 거리를 좁혀야 했다. 그래야 천라지망이 가장 효율적으로 유지되면서 효과적일 수 있었다. 거리를 좁히는 데 상당히 오래 걸린다는 단점 때문에 중(中)이라는 천라지망 속의 천라지망이 생긴 것이다.

그들은 큰 천라지망의 영향을 받지 않으면서, 자유로운 이동이 가능했다.

천라지망에서 궁(弓)의 역할은 없었다. 궁으로 경지를 이룬 초절정고수라면 모를까, 천라지망을 형성하는 일반 무인들은 궁을 사용할 수 없었다. 천라지망이 넓건, 좁건 궁은 제 기능을 할 수 없었다.

천라지망이 좁다면 무림공적 대신 동료가 맞을 확률이 높았다.

천라지망이 넓어도 궁은 아무런 효력이 없었다. 무림공적으로 공표되는 자들은 상식을 넘어서는 무공의 수위를 지니게 되어 있었다. 꼭 경지가 높은 자를 무림공적으로 공표하려고 의도한 건 아니었지만, 이제껏 그 예를 벗어난 적이 한 번도 없었다.

무림공적으로 공표될 정도로 무림에 위협이 될 자라면 활 정도는 아무런 장애 없이 쳐낼 수 있을 것이다. 혹여나 활에

기를 담을 수 있는 실력이 되면 모를까, 그 이하의 실력을 지닌 궁사들은 아무런 도움이 되지 못했다.

이렇다 보니 천라지망은 원거리가 아닌, 단거리의 공격이 주를 이루었다.

천라지망에도 종류가 있다.

무림공적을 오로지 갇히게 하는 수(囚)형 천라지망이 있었고, 무림공적의 척살을 위한 살(殺)형 천라지망, 무림공적의 견제를 위한 견(牽)형 천라지망이 있었다.

임시 천라지망이 신승에게 지시받은 형태는 수(囚)형.

수(囚)이되 상황이 여의치 않으면, 판단에 따라 언제든지 살(殺)형 천라지망으로 변형할 수 있다는 지시도 별도로 내려왔다.

되도록이면 생포를 해오되, 상황이 좋지 않으면 죽어서라도 데려오라는 뜻이었다.

신호탄이 쏘아진 곳으로 달려가 보니 이미 상황은 정리되어 있었다.

"끄응."

파천도는 신음을 토해냈다.

그 상황 정리라는 뜻이 좋은 쪽은 아니었다.

뼈마디가 으스러졌는지 몸을 일으키지 못하는 천라지망의 수색대 인원들이 보였다. 총 삼십의 대인원임에도 불구하고 그 찰나를 견디지 못했다.

치르르.

다시 하늘을 타고 오르는 붉은 꽃.

말이 필요없었다.

임홍.

그는 부의 넓은 면 부분으로 천라지망의 수색대원들을 인정사정 봐주지 않고 때렸다. 부의 면이 보통 넓은 게 아니라 공기의 저항을 많이 받아 휘두르기가 여의치 않을 법도 한데, 부웅 소리와 함께 일단 맞으면 다시는 일어서지 못했다.

한 번에 세 명이 나가떨어지는 게 평균이었다.

부웅!

다시 세 명이 나가떨어졌다.

뼈가 단순히 부러진 게 아니라 완전히 가루로 으스러졌다. 정말 그의 힘은 천력을 연상케 할 정도였다. 하늘의 역사(力士)가 내려온 모습이었다. 칠 척이 약간 안 되는 거대한 키와 집의 기둥을 떠올리게 하는 그의 굵은 팔뚝. 그에 전혀 뒤지지 않는 신위.

수색대는 전의를 상실했다.

어차피 수색대의 역할은 그들의 위치를 추적하는 것.

그 임무에 상대의 저지도 포함이 되어 있지만, 그건 부수적인 임무였고, 자살 행위였다.

"오랜만에 움직이니 좋군."

휘인은 힘없이 고개를 저어 보였다.

못 말린다.

누가 그를 한낱 목수로 보겠는가.

자신이라도 그의 부를 정면으로 막으면 검이 부러져 나갈 것 같았다.

"여어, 휘인. 작전은 없나?"

휘인은 다시 한 번 고개를 저었다.

"이런, 하는 행동은 꼭 대장 꼴인데, 머리는 대장 격이 아닌 데?"

가슴을 치며 호탕하게 외치는 그의 모습은 사나운 야수를 떠올리게 만들었다.

휘인도 지지 않고 한마디를 내뱉었다.

"모사라는 말이 괜히 있는 건 아니지."

대장은 지휘만 한다, 이 소리다.

부웅.

임홍은 다시 한 번 대부(大斧)를 휘두르며 수긍한다는 듯이 고개를 끄덕여 보였다.

"그 말도 일리가 있군."

둘은 한없이 여유로웠다.

천라지망이 지금 이 시각에도 좁혀지고 있으며, 중(中) 천라지망이 지척에 있음에도 불구하고 둘은 여유를 잃지 않았다.

수색대는 그제야 도망을 갔다.

그들은 괴물이다.

물량으로 밀어붙이는 데도 한계이다.

도저히 인간의 척도로는 가늠할 수 없는 괴물들이다.

"벌써 가는군."

무엇인가 아쉽다는 듯이 입맛을 다시는 임홍의 모습에 휘인은 눈을 지그시 감았다. 이거 동행이 있어서 편하기는 한데, 어쩐지 좋은 선택은 아닌 듯싶었다.

"주위에 머리 쓸 사람은 있어?"

지금의 천라지망이 전부가 아니라는 사실은 둘 모두 잘 알고 있었다. 아직 고수가 나서지 않고 있었고, 천라지망의 진면목 역시 구축되지 않았다. 이들을 완전히 떨칠 수 있는 방법이 없는 한, 시간이 지나면 지날수록 지금의 여유는 급속도로 사라져 갈 것이다.

이렇게 힘으로 몰아붙이는 데엔 분명 한계가 존재한다.

가만히 앉아서 죽을 생각이 아니라면, 어떻게든 무너지는 하늘의 구멍을 찾아야 한다.

'화린, 뇌운비, 독고령, 무여휘.'

처음으로 떠올린 이들은 이렇게 넷이었다.

그중 무여휘가 조금은 도움이 될 듯했다. 하지만 그는 현재 호남성에 머물고 있었다. 게다 정파의 인물이 아니니, 이쪽 정파의 구역에 대해서는 기본 이외의 도움이 되지 않을 것이다.

다시 스쳐 지나가는 두 명의 인물.

"도움을 줄지는 모르지만, 일단 이야기를 해볼 사람은 둘이 있군."

"무슨 뜻이야?"

"홍, 그대처럼 새로이 포섭해야 할 인물들이 둘 있지."

임홍의 표정이 묘하게 일그러졌다.

"그렇다면 나와 같이 스쳐 지나가기만 한 그런 사람들에게 천라지망에 합류하라고 제안을 할 것이다, 이 말이지?"

어감이 조금 이상하기는 했지만, 그랬다.

휘인이 고개를 끄덕이자 임홍이 다시 입을 열었다.

"그 말은 말이야, 지나가는 사람에게 '같이 자살하시겠습니까?'라고 묻는 것과 별반 다르지 않아. 알고 있어?"

휘인은 고개를 연신 끄덕일 뿐이었다.

"홍, 그대도 합류했잖은가."

"……."

딱히 할 말이 없었다.

'휘인이 이런 사람이었던가?'

처음 그를 만났을 때가 떠올랐다.

그의 첫인상은 이러했다.

남자.

진정한 남자.

과묵하고, 주관이 뚜렷한 그런 남자.

자연스레 호감을 느끼게 하는 남자.

오랫동안 잊혀지지 않은 첫인상이었다.

잠시 동안 일면식을 했을 뿐이었는데, 휘인은 사람을 끌어당기는 묘한 인력이 있었다.

'조금은 변한 듯하군. 무림공적으로 공표된 일과 관련이 있는 건가?'

딱 꼬집어서 말하기는 힘들었지만, 그가 변했다.

막연한 거리감이 사라지고, 조금은 친근해졌다. 좋은 변화라고 할 수 있었다. 과묵한 느낌이 그대로 전해졌고, 그 특유의 매력이 변색되지 않았음에도 불구하고 이전과는 달리 친근해졌다는 것은 분명 좋은 일이었다.

단지 임홍을 걱정하게 만드는 건 휘인의 심리 상태였다.

조금은 기복이 있어 보였다.

큰 기복은 아니었지만, 이전의 그를 떠올려 보자면 상당히 괄목할 만한 일이었다.

어떤 일이 있었는지 확실치는 못했지만, 분명 좋지 않은 일이 그에게 있었다.

그렇지 않고서는 그의 정서 불안정은 설명이 되지 못했다.

무엇보다도 휘인은 여기저기에서 손을 벌리는 자가 아니었다.

모든 피해를 자신이 감수하는 그런 종류의 사람이었다.

그런 휘인이 남에게 도움을 청한다는 건 그만큼 그가 절박하다는 뜻.

어쩌면 무너지기 일보 직전의 문턱에서 최후의 발악인지도 몰랐다.

"어디로 가야 하지?"

"파중(巴中)."

"사천성?!'

휘인은 고개를 끄덕임으로 대답을 대신했다.

"청성파, 아미파, 그리고 사천당가. 천라지망에 이들이 보강될 텐데 아무런 문제가 없나?"

"어차피 그들의 합류를 하루 이틀 앞당기는 것뿐."

휘인의 말대로 그들은 어차피 이틀 늦게라도 합류할 자들이었다.

임홍은 걱정스런 얼굴로 휘인에게 물었다.

"한 가지 확실하게 하고 싶은 게 있다. 대답해 줄 수 있겠나?"

대답 대신 휘인은 그에게로 시선을 돌렸다.

"너의 목적은 무엇이지?"

"목적?"

"네가 사람을 모으는 목적."

휘인의 천성은 독고다이(獨孤多異)였다.

이 세상에서 혼자가 가장 어울리며, 혼자서도 충분히 이 세상을 헤쳐 나갈 수 있는 그런 형태의 사람. 오히려 그런 독특한 점 때문에 남을 끌어당기는 묘한 모순의 힘을 지닌 사람. 휘인은 바로 그러한 사람이었다.

그런 사람이 사람을 모은다?

의심해 볼 만한 일이었다.

천성이라는 게 쉽게 바뀌지 않는 것인데, 도대체 어느 정도의 충격을 받았기에 사람을 바꿀 수 있는 것인가.

확실하게 짚고 넘어가야 할 문제였다.

휘인은 잠시 망설였다.

사실 자신 역시 알지 못했다.

자신의 진정한 의도를.

오로지 자신의 마음에 전적으로 선택권을 맡겼다.

이미 화린과의 대면 이후 원칙을 버렸다. 원칙을 따지기에는 지금의 정신 상태가 너무도 혼란스러웠다. 변화를 꾀하지 않으면 미쳐 버릴 것 같았다.

"상대가 나를 치려 한다면, 나라고 가만히 있을 수는 없지."

그의 어조에서 느껴지는 음침함이 뼛속에 사무쳤다.

지금껏 단 한 번도 이렇게 음침한 어조를 들어본 일이 없었다.

'그래, 그것 역시 나쁘지는 않겠지.'

충격을 받을 법도 하건만, 임홍은 오히려 그 사실을 당연하게 받아들였다.

사나이라면 노는 물이 커야 하는 법.

천지를 품을 수 있는 건 오로지 황제이니 그것을 젖혀놓더라도, 무림에서만큼은 가장 큰 물에서 놀아야 한다. 무림을 좌지우지할 수 있는 무림맹, 마교, 그리고 새외무림. 이게 바로 큰물이라는 것이다. 무림맹에도, 마교, 새외무림에도 꿀리지 않는 힘을 얻는다. 그야말로 사나이가 가질 수 있는 가장 큰 야심이라 할 수 있었다.

임홍의 눈빛이 번뜩였다.

"네 진정한 의도는 모르겠다. 하지만 정말 무림맹에 정면으로 맞서려 한다면, 나는 그것으로 만족하겠다. 하지만 그렇기 위해서는 우리 둘 간의 관계는 확실히 해야 한다고 생각한다. 네가 위인가? 아니면 내가 위인가?"

무공의 수위를 묻는 것이었다.

임홍은 휘인에 대해 아는 것이 단 하나도 없었다.

아니, 이제 갓 이름을 알았다.

그 이외에 대해서는 일체 알지 못했다.

이 중에서 임홍이 진정으로 알고 싶은 것은 단 하나였다. 과연 그의 무공 수위는 얼마나 높은가. 임홍의 기세등등한 눈은 휘인에게 정직한 답을 요구했다.

임홍 정도의 고수라면 충분히 휘인의 성품을 믿을 수 있다. 대협심(大俠心)도 아니고, 극마(極魔)도 아니었다. 중도(中道).

굳이 그의 성향을 표현하자면 그는 중도였다. 선에도 치우치지 않았고, 악에 치우치지도 않았다. 지극히 인간적이었다. 때로는 본능에 충실했고, 때로는 이성에 충실했다. 오로지 이성을 요구하는 정파는 더욱 아니었고, 오로지 본능에 충실한 마도도 아니었다.

인간적(人間的).

인간이 동물이다 해서, 본능에 충실하다는 뜻으로 인간적이라는 표현을 사용하지만, 인간은 본능과 이성의 동물이다. 적정한 수순에서 본능과 이성을 적절하게 이용하는 게 바로 인간.

임홍의 입장에서 휘인은 인간적인 면에서는 극에 달해 있다는 생각이 들었다.

누구보다 냉철할 수 있으며, 때로는 감정에 충실하기도 하다.

그 선이 너무도 뚜렷하게 드러나 가식적으로 자신을 숨기는 다른 역겨운 인간들과는 확실히 차이가 있었다.

"나는 이 무림에 드러난 그 누구에게도 지지 않는다."

임홍은 당연하게 받아들였다.

휘인도 당연한 듯이 말했다.

무림을 겪어볼 만큼 겪어보았다.

자신에게 맞수가 있다면 마교의 교주만을 꼽을 수 있다. 그것도 맹주를 죽인 이상한 암기의 정체까지 쳐줘서 간신히 맞수로 올려놓은 것이다.

냉정하게 그를 판단해 보건대 교주의 마공은 자신의 기의 특성상 치명적인 영향력을 발휘할 수 없었다.

또 하나가 있다면 무림맹주였는데, 그는 이미 죽었으니 오로지 교주만이 그의 상대였다.

문득 뇌리를 스치는 한 사람.

잘 알지 못하는 사람이었다.

하지만 분명 존재하는 사람이었다.

'소궁주를 수하로 두고 있는 자, 그자라면 나의 무위를 앞서겠지.'

수하를 보면 그 군주를 알 수 있다. 좋은 군주일수록 좋은 수하를 두고 있다. 소궁주는 자신의 벗, 뇌운비와 비교할 수 있는 인물이었다. 그런 인물을 수하로 두고 있음에도 불구하고 무림을 도모할 수 있는 거대한 세력을 지니고 있다.

꼭 우두머리라고 해서 무공이 강한 건 아니다.

군주의 자질만을 지녔다면, 그는 우두머리로서의 자격이 있다고 할 수 있었다.

무공만 강해서는 큰 세력의 지배자가 될 수 없다.

머리만 뛰어나서는 큰 세력의 지배자가 될 수 없다.

지배자.

큰 세력의 지배자일수록 사람을 다루는 능력이 뛰어나야 한다. 그뿐만 아니라 남들을 압도하는 위엄이 필요했고, 천성적으로 타고나는 마력이 있어야 한다. 같은 한마디라도 상대를 굴복하게끔 만들어야 하고, 추호의 의심도 사지 않아야 한다.

그런 자가 세력의 위에 없다면, 아무리 그 세력이 거대해 보인다고 해도 빛 좋은 개살구에 지나지 않는다.

무림의 세력이다 보니, 소궁주를 수하로 두고 있는 자는 분명 모든 것을 갖췄을 게 분명했다. 무공이면 무공, 머리면 머리, 위엄이면 위엄. 어느 한 부분도 부족하지 않으리라.

"네가 그렇다고 하면 그렇겠지. 자네는 나의 주군이 되겠나?"

주군.

군주.

하나의 세력을 형성할 준비가 되어 있냐는 말이었다.

이전의 휘인 같았으면 생각할 가치도 없는 말이었을 것이다.

그때는 부족한 게 하나도 없지 않았던가.

하지만 이상하게도 지금은 유혹적으로 들렸다.

욕심이 생겼다.

세상이 자신을 내쳤다.

내침을 받은 그는 자신을 내친 그런 세상이 원망스러웠다.

운명이 원망스러웠다.

원망스럽기만 하겠는가.

복수심이 불타올랐다.

먼저 공격하지는 않는다.

하지만 공격을 받으면 물러서지는 않는다.

그런 원칙을 성립하기 위해서는 그에 알맞은 힘을 필요로 했다.

"좋다."

임홍은 망설임이 없는 사나이 중의 사나이이다.

"주군을 뵙습니다."

한쪽 무릎을 꿇고 예를 차렸다.

휘인이라면 믿을 수 있다.

그가 마음먹은 이상 분명 일은 잘 이루어질 것이다.

그런 막연한 느낌이 들었다.

그것도 휘인의 천성이라고 치부할 수 있었다.

"좋다, 일어나라. 우리는 두 명 정도를 더 포섭해야 한다."

세력이라고 해서 거창한 것은 아니었다.

만약 그들이 하나로 뭉칠 수 있다면, 겉만 그럴싸하게 부풀린 거품 같은 세력에 비해 백배는 나을 것이다. 기동성까지 고려하면 능히 구파일방을 상대로 양패구상을 꾀할 수도 있을 것이다.

누군가가 과장이라고 말하겠지?

하지만 전혀 그렇지 않았다.

들소 떼가 왜 사자 한 마리에게 쪽도 못 쓰는지 아는가? 들

소는 사자의 위용에 겁을 먹어 제대로 힘도 못 쓰고 사자가
한 마리를 사냥할 때까지 마냥 도망만 쳐야 한다.

사람이라고 별반 다르지 않다.

막강한 경지의 차이를 느끼면 그 즉시 얼어붙는다. 전문적
으로 양성된 살수나 마인들이면 그 정도가 덜하겠지만, 마치
자연의 일부분을 엿보는 듯한 천하의 고수들 앞에서는 감히
검을 뽑아 들 생각도 하지 못한다.

뽑아 들었다고 해서 제대로 맞설 수 있는 것도 아니었다.

공간을 왜곡하고, 시간을 왜곡하는 고수들 앞에서 과연 구
파일방의 빛 좋은 개살구들이 얼마나 제 역할을 해낼 수 있을
까. 공포. 상대의 공포를 자극한다면 이 둘만큼이나 막대한
세력은 없을 것이다.

'뇌운비.'

문득 휘인의 뇌리에 슬픈 미소를 감추고 있는 뇌운비가 떠
올랐다.

자신이 변했다는 사실이 새삼 느껴졌다.

군웅할거(群雄割據)나 천하군림(天下君臨)은 단 한 번도 생
각해 본 일이 없었다. 하지만 역시 운명은 사람의 척도로 감
히 추측할 수 없었던 것일까? 자신과는 전혀 상관이 없어 보
였던 그런 단어들이 이렇게 근접하게 다가서다니. 참으로 사
람의 일은 살고 봐야 알게 되는 것들이 많았다.

'그도 같이하면 좋을 텐데.'

지금은 고독했다.

화린을 잃은 지금, 다시는 얻을 수 없는 지금 너무도 고독했다.

뇌운비는 자신을 이해해 주지 않을까?

이런 극단적인 선택을 해야만 하는 자신을, 그라면 이해해 주어야 한다.

그라면…….

지금처럼 그가 사무치도록 그리운 적이 없었다.

휘인은 마음을 굳게 먹었다.

판은 벌어졌다.

이 운명의 노름에서 자신이 과연 얼마나 버틸 수 있을지 시험을 해보는 게 자신의 유일한 목적.

지금껏 단 한 번도 고려해 보지 않은 일이건만, 마치 오래 전부터 꾸며왔다는 듯한 느낌이 들었다.

'어쩌면 오래전부터 막연하게 원했을지도 모르지.'

한쪽에 방치해 둔 욕심.

어쩌면 너무 무시해 왔는지도 모른다.

'이게 운명이라면, 나는 절대 물러서지 않을 것이다. 두 번 다시는…….'

*　　　*　　　*

파천도는 미치도록 환장하여서 팔짝팔짝 뛰기 일보 직전
이었다. 만약 그들이 유유히 천라지망 사이를 뚫고 나가는 모
습을 두 눈으로 직접 봤다면 이 기분이 덜할지도 몰랐다. 하
지만 상대들은 자신들이 도착하기 이전에 이미 자리를 떴다.
천라지망이 좁혀진다는 압박감에는 전혀 아랑곳하지 않는 모
습들이었다.

파천도의 심기를 건드리는 것은 그것뿐이 아니었다.

지금까지의 수색대, 그리고 남(南) 천라지망의 절반이 완전
히 무력화되는 데 오로지 한 사람만이 손을 쓰고 있다는 점이
그야말로 파천도를 미치기 일보 직전으로 몰아넣었다.

남(南) 천라지망을 맡고 있던 종남파의 장문인이 잔인하게
난도질되어 있는 모습까지 눈에 띄었다.

수색대나 천라지망을 이루고 있던 인원들은 뼈만 으스러
졌으나, 이상하게도 장문인은 거대한 부의 날에 난도질되어
있었다. 그 모습에서 파천도는 자신 역시 그들을 막아선다면
필히 저 꼴이 될 것이라는 사실을 알 수 있었다. 자신이 그 사
실을 인식하기도 전에 자신의 두 손이 부들부들 떨렸다. 손뿐
만이 아니었다. 전신이 부들부들 떨려 제대로 몸을 주체할 수
없었다. 두뇌가 분명 몸의 주체이거늘, 두뇌의 명령을 몸이
받지 않았다.

두뇌는 공포를 애써 이성으로 무시했지만, 이성이 존재하
지 않는 몸은 그 공포를 무시할 수 없었다.

‘나도 당한다!’

종남파 장문인의 맥을 짚으니 다행히도 살아 있었다. 손을 까닥하여 잘 모시고 가라는 지시를 내렸다. 맥이 상당히 약했지만, 신속하게 조치를 취한다면 몇 개월 안에 회복할 수 있을 것이다.

파천도는 그들을 따라나서기 이전에 묘한 위화감에 주위를 쭉 둘러보았다.

남(南) 천라지망 인원들의 얼굴에는 하나의 빛이 존재 했다.

‘공포(恐怖)!’

절대적인 공포가 그들의 사고를 마비시켰다.

그들은 마치 혼이 빠져나간 듯 멍하니 자리를 지키고 있었다.

‘어렵다.’

실세들은 그들을 막아낼 수 없을 것이다.

실세들이 그들을 막아내지 못하는 한, 천라지망도 제 역할을 하지 못한다. 천라지망을 구축하는 이들은 문파에서 오순도순 즐겁게 무공을 수련하는 제자들이었지, 극한의 훈련을 받은 특수 부대가 아니었다. 그들은 공포에 면역되어 있지 않았다. 그들이 지나간 자리를 보는 자신 역시 몸을 부들부들 떠는데, 공포에 전혀 면역되어 있지 않은 그들이 버텨낼 리가 없었다.

‘이대로는 그들을 막을 수 없다.’

파천도는 아무런 지시 없이 무림맹으로 다시 향했다.

일은 점점 어려워져 가고 있었고, 아직 사태의 위험성을 제대로 알고 있는 사람은 단 하나도 없었다.

‘신승! 그분께 직접 고해야 한다!’

파천도의 머릿속에는 그것 하나밖에 없었다.

그것 이외에는 도저히 묘안이 떠오르지 않았다.

제5장

지음지도(知音之道)

뇌운비는 휘인과 그다지 멀지 않은 거리에 있었다.

뇌운비는 자신의 숙적을 처리하기 위해 현재 은밀하게 사천성의 평창(平昌)에서 몸을 숨기고 있었다.

뇌운비는 휘인만큼이나 바쁜 나날들을 보내왔다.

사부의 죽음에 직접적인 관련이 있는 무당파의 장문인을 지금까지 쫓아왔었다. 처음에는 무당파 근처에서 그의 행방에 관심을 기울이고 있었으나, 은밀히 무당파에 진입했던 그때에 정파무림의 실세들이 무당파를 방문했다.

무림맹에서의 일이 허무하게 무산된 결과, 가볍게 친목 도모를 할 겸 꽤나 많은 수의 실세들이 무당파에 몸을 의탁한 것이었다. 항상 그들과 함께 시간을 보내는 장문인 때문에 뇌운비는 쉽사리 대의를 이루지 못했다. 시간이 흐르면 흐를수록 점점 초조해져만 가는 건 뇌운비였다. 이대로라면 절대 자신의 대의를 이룰 수 없다는 막연한 불안감이 점차 그를 엄습하였다.

아직은 때가 아니었던가?

뇌운비는 그렇게 자신의 달구어진 가슴을 식혔다.

차후의 일이야 어떻게 되던, 일단 장문인을 기습하고 볼까 생각해 본 적도 있었지만, 실세들이 한자리에 모여 있는 가운데 기습을 해봐야 장문인을 한 방에 죽일 수 있다는 보장도 없었고, 실패로 돌아갈 경우 개죽음만이 돌아올 것이었다. 뇌운비는 기다렸다. 이미 몇 년을 기다렸다. 며칠을 더 기다린다고 해서 자신이 죽는 것도 아니었다.

그렇게 때가 점차 다가오고 있었다.

슬슬 실세들이 떠날 기미를 보였던 것이다.

실세들에게는 세력이 있다 보니 자리를 오래 비우는 것은 상당히 위험한 일이었다. 모든 일을 자신이 직접 처리하지 않으면 안심할 수 없는 세상이었기에 귀환을 하는 것은 당연했다.

그런데 하늘은 아직도 무당파 장문인의 손을 들어주고 있었던 것일까?

무당파의 장문인도 같이 떠났다.

무림맹이 긴급 소집령을 내린 까닭에서였다.

뇌운비는 다시 한 번 울분을 삼켜야 했다.

기다림이 수포로 돌아갔다.

뇌운비는 차마 무림맹의 안까지는 진입하지 못했다. 다른 실세들은 몰라도, 무림맹주나 도악, 그리고 신승은 도저히 자신이 감당할 수 없는 이들이었다. 그들에게 이목을 숨긴다는 건 불가능, 바로 그 자체였다.

무림맹의 바깥을 돌면서 눈이 번쩍 뜨이는 소문이 들려왔다.

'무림맹주의 죽음!'

그 사실 역시 뇌운비의 뇌리를 강타했지만, 뒤이은 소문에 의해 마치 번개에 맞은 듯한 순간적인 충격을 받았다.

'살인자(殺人者) 휘인!'

휘인이 무림맹주를 죽였다는 명분하에 그는 무림공적으로 공표되었다. 이십 년 만에 무림공적이 탄생했다.

어제는 신성, 오늘은 무림공적.

휘인이 무림에 가져다준 충격은 그야말로 청천벽력 그 자체라고 할 수 있었다.

무림의 하늘이라 일컬어지는 무림맹주의 죽음.

소문에 의하자면, 휘인은 아무런 상처를 입지 않았다고 한다.

무림맹주와의 충돌이 있었음에도 불구하고 무림을 자유롭

게 활개한다는 소문은 그야말로 무림인들에게 공포를 심어주었다. 자신의 진정한 목적을 은폐하기 위하여 마교의 마두를 죽임으로써 맹주의 신임을 사 은밀히 그를 시해했다는 소문이 절대적인 지지를 받는 가운데, 소문으로 전해지는 휘인의 치밀함과 냉철함은 사람들을 공포의 도가니로 몰아넣는 데 충분한 일조를 했다.

세인들은 말세라고 했다.

무림의 기둥이 하루아침에 사라지다니!

그야말로 말세가 아니라면 이루어질 수 없는 일이었다.

무림의 사천(四天)이라 일컬어지는 네 명의 인물이 있었는데 그중 한 자리가 바뀌었다. 이전에는 검존, 수라마제, 신승, 도악이 사천이라는 칭호를 받고 있었는데, 검존이 죽은 자리의 공석은 휘인이 대신하였다. 마신(魔神) 휘인, 그에게 새로 붙은 별호는 바로 마신이었다.

세인들은 휘인을 마의 정점으로 보았다.

그렇게 판단하는 데에는 그만한 이유가 있었다.

맹주의 음해 현장에는 은은한 마기가 느껴졌다고 전해졌다.

그렇다면 마공을 익혔다는 뜻이 된다.

무엇보다도 사람들은 마를 휘인을 통해 독특하게 정의하였다.

만인의 눈을 속일 수 있으며, 그 무공은 극에 달해 있다. 진

정한 마는 선한 사람의 눈까지 속일 수 있다는 의견이 그럴싸
했다.

'마공이라니!'

당연히 뇌운비는 코웃음을 쳤다.

분명 휘인의 무공은 마공이 아니었다.

자신이 직접 겪어본 바가 있었다.

어쨌든 그의 무공에 대한 부분은 그렇게 중요하지 않았다.

정작 중요한 부분은 바로 그가 무림공적으로 공표되었다
는 사실!

그는 이제 무림 전체를 상대해야 했다.

뇌운비는 당장 대의고 뭐고 자리를 박차 휘인을 향해 달려
가려 했다. 그러다 문득 자신의 대의와 휘인의 위험은 연관성
을 가지고 있다는 사실을 알게 되었다. 천라지망이 펼쳐지는
한, 분명 휘인의 위험성을 고려해 보건대 실세들이 나서야 할
것이다. 무당파의 장문인이라고 해서 예외는 아닐 터.

지금처럼 장문인을 쫓으면 자신은 분명 휘인에게 결정적
인 도움이 될 수 있을 것이다.

그렇게 뇌운비는 평창에 도착하였다.

'아마 휘인이 이쪽으로 오는 모양이지?'

심상치 않은 고수들이 모여들고 있었다.

예상보다 휘인이 엄청난 맹위를 떨치고 있는 것이 분명했
다. 그렇지 않고서야 실세들을 제외하고라도, 각 문파의 장로

들이나 무림에 이름을 떨치고 있는 고수들이 자진해서 골목을 지키는 데 나서지는 않을 것 아닌가.

누구나 명성을 원한다.

현재 휘인은 분명 엄청난 명성을 한 방에 가져다줄 인물이었다.

그 허황된 꿈에 이끌려 이렇게 많은 자들이 모이는 것이리라.

'사천당문, 청성파, 아미파를 주축으로 많은 고수들이 모였다. 심지어 흑귀와 백귀마저!'

흑귀와 백귀는 사천의 유명한 고수들이었다.

각 개인의 실력은 구파일방의 장문인을 넘어선다는 소문이 심심찮게 들리고 있었다.

이곳이 활동 영역이 아닌 뇌운비가 알 정도면 꽤나 입소문을 타고 있는 자들임에 틀림이 없었다.

'휘인이 저자들을 모두 상대할 수 있을까?

천라지망의 특성상 모두가 한꺼번에 달려들지는 않겠지만, 천라지망을 구축하지 않는 절정고수들은 분명 휘인을 향해 한꺼번에 덤벼들지도 모른다. 명성에 눈이 먼 자들이 협공 하나 못할 것 같은가?

자존심이고 나발이고, 분명 휘인의 마지막 숨통을 끊기 위해서 벌 떼처럼 달려드리라!

뇌운비는 침착하게 작전을 구상하기 시작했다.

최대한 이들을 교란시켜야만 휘인에게 여유를 줄 수 있었
다.

물론 자신 역시 이들을 교란시킨 후 휘인에게 합류해야 한
다. 그들은 자신들을 교란시킨 자신을 내버려 둘 리가 만무했
다.

뇌운비는 준비가 되어 있었다.

휘인과 함께할 준비.

휘인이 지옥의 사지를 건넌다고 해도 뇌운비는 그 고통을
같이할 마음의 준비가 되어 있었다. 이미 휘인은 자신의 목숨
을 여러 번 살려주었다. 지금껏 도움이 되기는커녕 짐만이 되
었던 자신. 그런 자신에게 휘인은 아무런 내색을 하지 않았
다. 그야말로 자신에게 있어서는 최고의 지음(知音)이라 감히
칭할 수 있었다.

'휘인이 나타나면, 일단 체계가 잡힌 천라지망이라도 동요
하게 되어 있다.'

천라지망은 사람이 구축한다.

사람은 큰 충격에 동요를 한다.

휘인은 사람들에게 큰 충격으로 다가선 인물이었다.

고로 휘인은 충격에 의해 상처 입은 사람들을 들쑤셔 동요
하게 만들어 천라지망에 틈을 만들 것이다. 그의 등장만으로
도 충분히 그런 효과가 드러날 것이다. 게다 그의 신위를 목
격하게 된다면, 동요뿐만 아니라 그들의 사고가 멈추리라.

그 혼란스러운 틈을 타 은밀하게 무당파의 장문인에게 접근하는 것은 문제도 아니었다.

'일정 거리로 좁히고, 주위의 고수들은 철저하게 죽인다!'

뇌운비의 작전은 완벽했다.

단, 하나의 변수를 고려하지 못했다.

그가 미처 알아보지 못한 여고수.

아니, 애초에 여자에 대해 신경을 쓰지 않는 그의 무심함이 자처한 결과라고 할 수 있었다.

"힘들지 않은가?"

임홍이 미소를 지어 보였다.

"괜히 영약을 가져온 게 아닙니다. 하하!"

임홍이 잔뜩 들고 온 영약들은 쉽게 흡수되어 금세 그의 내력을 보충하였다. 정작 그의 내력을 소모하게 만든 자는 단 하나였다. 종남파의 장문인. 그의 태을분광검(太乙分光劍)은 극성을 바라보고 있어 상당히 예리하였다.

물론 금강불괴를 연상케 하는 단단한 몸을 지닌 임홍의 앞에서는 태을분광검도 맥아리를 못 썼다.

심력이 고갈되지 않는 한, 내력만 보충되면 임홍은 제 힘을 완벽하게 활용할 수 있었다.

'느낌이 좋지 않아.'

그들은 어느새 평창을 향해 다가서고 있었다. 섬서성에서 태백을 거쳐 석천을 지나 사천성에 들어섰기 때문에 그들은 평창을 지나 목적지인 파중에 도착해야 했다.

섬뜩한 느낌이 뒷목을 스쳐 지나가는 게 영 느낌이 좋지 않았다.

휘인은 검을 뽑아 들었다.

임홍이 휘인에게 눈을 돌렸다.

"저 혼자 뚫을 수 있습니다."

휘인은 그를 무시했다.

종남파의 장문인을 베고 나서부터 나름대로 평안하게 이곳까지 걸어올 수 있었던 이유는, 오로지 상대들이 그 후방에 만반의 준비를 해놓았기 때문이리라. 무림맹에 바보만 모여 있는 것은 아니다. 항상 똑같은 힘으로 상대를 막는 멍청이는 없다. 이미 뚫린 전적이 있는 강도의 벽은 비록 멀쩡한 새것이라도 사용하지 않는다. 더욱 단단한 벽을 새로 놓고 말지.

그리고 조금 더 단단한 벽보다는 훨씬 더 단단한 벽을 놓음으로써 또다시 벽이 뚫릴 것에 대해 철저한 대비를 하게 된다.

무림맹은 분명 요번에 강수를 두었을 것이다.

하지만 이번까지는 순수 힘만으로 뚫을 수 있을 것이라고 휘인은 확신했다.

무림맹은 분명 자신의 힘을 부인하고 있을 것이다. 임홍의 힘도 부인할 것이다. 무림맹이 워낙에 보수적인 세력이라 새로운 정보를 받아들이는 데 꽤나 오랜 시간이 걸린다. 어느 정도 강수는 두었겠지만, 신승이나 도악이 모두 나서는 일은 없으리라. 무림맹이 무리했다면, 둘 중 하나가 저 앞에 길목을 막고 있을지도 모른다.

'눈앞의 무리를 뚫고 난 그 이후는 위험하다.'

나름대로의 초강수를 뚫는다면 분명 무림맹의 보수적인 이들도 정신이 번쩍 들 것이다. 온 힘을 다해 자신들을 막아서려 노력할 것이다. 거기에서부터 머리를 지닌 자가 필요하다. 개인이 대인을 이기는 데에는 한계가 존재했다. 무극에 이르렀으면 모를까, 지금의 상태로는 어림도 없었다.

'지금은 지금의 문제만 걱정하자.'

뚫을 수 있다고 해서 쉬운 것은 아니다.

최대한 힘을 덜 들이고 벽을 뚫어야 한다.

저 벽은 끊임없이 새롭게 충원되지만, 자신들에게 쉴 겨를이란 전혀 없었다.

비상시가 아니라면 끊임없이 움직여야만 했다.

"아……."

드디어 두 번째 벽이 모습을 비췄다.

이전의 벽이 목재로 이루어진 벽이었다면, 지금은 철로 이루어진 벽이리라.

그들의 기세가 목을 스쳐 지나간다.

등골에 서늘함이 느껴진다.

‘쉽지 않으리라!’

　군웅이라고 하여 휘인과 다른 입장은 아니었다. 그들의 기세를 정면으로 받아치는 인물. 그가 바로 휘인이었다. 뒤의 거인 역시 눈에 띈다. 둘의 발걸음에는 주저함이 일체 없었다. 시대의 초고수. 그들에 알맞은 군림보법이었다. 위풍당당한 그들의 기세가 먼발치에서도 뚜렷이 느껴졌다.
　천라지망은 천천히 그들과의 거리를 좁혀갔다.
　거리를 좁히면 좁힐수록 둘의 기세가 확연히 느껴졌다.
　자신들이 전적으로 수적 우세를 띠고 있었지만, 둘의 기도는 마치 태산과도 같이 느껴졌다.
　자신들의 수는 무의미해 보였다.
　공포.
　어느새 공포가 자신들 속에서 싹트고 있었다.
　‘고수!’
　진정한 고수의 뜻을 눈으로 보고, 오감으로 느낀다.
　격이 다르다는 것이 실감난다.
　한 걸음 한 걸음.
　기의 파도가 거세게 몰아쳤다.
　일촉즉발(一觸卽發)의 상태에 돌을 던진 것은 다름 아닌 뇌운비였다. 천라지망의 인원 사이로 흡수된 그는 무당파 장문인의 심장에 주먹을 꽂아 넣으려 시도했다. 무당파 장문인의 정신은 이미 휘인에게 닿아 있어 성공하는 듯싶었다. 그곳에 있던 사천당가의 가주나 청성파의 장로들, 흑귀와 백귀, 그리고 아미파의 장문인도 미처 눈치를 채지 못했을 정도로 뇌운비는 조심스러웠다.

캉!

쇠의 마찰음.

누군가가 자신의 주먹을 막았다.

도(刀).

보통의 도에 비해 조금은 얇은 듯한 도가 자신의 주먹을 막고 있었다. 부르르 떠는 자신의 주먹에 비해 상대의 도는 일체의 흔들림이 없었다.

'감당할 수 없는 고수!'

뇌운비는 도의 끝을 따라 주인의 얼굴을 살폈다.

겨우 이십대 후반밖에 되어 보이지 않는 젊은 얼굴. 청초한 느낌보다는 완숙미가 느껴지는 그녀는 상당히 유명한 인물이었다. 한눈에 알아보지 못한 자신이 원망스러울 정도로…….

'도악!'

어떻게 도악을 놓쳤단 말인가!

천라지망의 군웅 사이에서 기도를 숨겼기에 한눈에 들어오지는 않았겠지만, 그래도 그녀를 알아차리지 못한 것은 온전히 자신의 실수였다.

어떻게 보면 그럴 수밖에 없었다.

대의에서 딱 반 장 정도 멀었다.

그렇게나 근접했다.

자신의 흥분이 대의의 그르침을 가져다주었다.

혹여나 하여 주먹을 총 열여섯 번 휘둘렀다. 예비 동작 없이 펼치는 쾌권술이었기에 극대의 위력을 보이지는 않았지만, 먹지도 못하는 감 찔러는 봐야 하지 않겠나.

도악도 그런 그의 쾌권술을 짐작하지 못했는지 그녀의 도가 민첩하지 못했다. 그래도 역시 도악은 도악이었는지, 그런 상황에서도 도를 놀리며 뇌운비의 주먹들을 막아냈다.

퍽!

두 주먹에서 총 열여섯 번 질러진 쾌권술.

그중 하나는 무당파 장문인의 안면에 적중했다. 비록 광대뼈가 함몰되었지만, 그것만으로는 그에게 죽음을 선사할 수 없다는 사실이 자신을 괴롭게 했다. 도악은 더 이상 그에게 공격을 허용하지 않겠다는 의사가 명명백백했다. 실제로 그녀는 뇌운비의 권법에 상당히 놀라고 있는 중이었다.

도악뿐만 아니라 실세들 역시 뇌운비에게 일정 거리를 벌려주고는 눈을 부라렸다.

감히 자신들의 앞에서 공격을 감행하다니.

그야말로 위험한 놈이었다.

그리고 열여섯 번이나 휘둘러진 주먹.

그 주먹을 모두 본 자가 없었다. 자신에게 내질러졌다면 쓰러져 있는 사람은 무당파의 장문인이 아닌 자신들이 되었으리라. 저절로 혀를 내둘리게 하는 신묘한 수였다.

물론 실세들에 의해 포위당한 지금은 그의 무공도 무용지물임에 틀림이 없었다.

그때였다.

뇌운비에게 쏠려져 있던 이목이 다시 휘인에게 쏠렸다.

이유는 간단했다.

휘인이 간단히 손가락을 펴 도악의 치렁치렁한 장발을 단발로 만들어 버린 것이었다. 물론 찰나에 일어난 일이라 실세들도 상황을 파악하는 데 한참이 걸렸다. 처음에 그들이 느낀 것은 날카로운 하나의 기(氣)! 그 다음에서야 도악의 머리카락이 바닥에 떨어지는 소리를 들었다.

수십 장이 벌려진 거리에서 지공으로 도악의 머리카락을 자르다?

이건 길이 남을 우스개이리라.

도악은 얼떨결에 자신의 목을 쓰다듬었다.

다행히도 붙어 있었다.

'지공(指功)?

지공이 아니었다.

지공이었다면 자신이 피하지 못할 리가 없었다.

문득 떠오르는 하나의 무학!

'심검(心劍)!'

심검이라면 가능할 것 같은 느낌이 들었다.

무형의 검을 생성하는 경지.

심검이라고 생각하니 모든 것이 들어맞았다. 이론에서나 가능하리라 생각되었던 그런 경지.

심검(心劍)!

비로소 인간이 도구에 불과한 검에서 자유로워질 수 있는 경지였다.

그 누구도 이룩하지 못한 경지이기도 했다.

'날카로운 예기가 느껴졌다. 심검은 무형의 검이 아니던가. 심검일 리가 없다!'

이성은 강력하게 반대했다.

자신도 현경의 초입에 불과하건만, 저렇게 새파란 놈이 이제 심검의 경지에 들어섰을 리가 없었다. 자신 역시 경험해 보지 못한 경지이지만 심검의 이론은 대충 알고 있었다. 경험해 보지도 못한 경지를 이론으로나마 알고 있다는 건 단순한 원리였다. 무공을 극한으로 수련하다 보면 눈앞에 펼쳐진, 그러니까 앞으로 배울 길이 과연 어떠할지 대충 감이 잡힌다.

전해져 내려오는 심검에 대한 심득이나, 자신의 이론이나 눈앞에 펼쳐진 무공과 심검의 차이를 밝혀내는 데 이용될 수 있었다.

무형의 검이란 그 자체로는 느낄 수 없다는 데 그 뜻이 담겨 있었다.

모두가 지공으로 착각했을 정도로 그 무공은 모두의 이목을 샀다.

심검의 기본적인 원리를 거스르는 부분이었다.

'그렇다면 뛰어난 지공?'

그의 미간일점홍도 평범하지 않았다.

미간일점홍 따위가 맹주를 죽일 수는 없었다.

하지만 드러난 결과가 뚜렷한데 어떻게 믿지 않을 수 있겠는가.

분명 상대의 미간일점홍은 독특한 부분이 있었다.

지공이라고 그렇지 말라는 법은 없었다.

'심검일 리는 없지.'

그렇게 생각하니 마음이 편해졌다.

도악의 눈이 번득였다.

이건 수치였다.

모두가 보는 앞에서 여자의 자존심이나 다름없는 머리카락을 내주었다. 조금도 미동하지 못했을 정도로 지공은 빨랐고 예리했다. 비록 이목이 다른 곳에 쏠린 상태였으나, 고수들의 세계에서 그런 변명은 통하지 않는다. 기습을 예비하지 못한 게 어디 자랑인가? 죽고 나서는 원통하여 칠 땅도 없다.

"네가 감히 나의 머리카락을 잘랐느냐?"

웅웅 퍼져 나가는 음성은 그녀의 중후한 내력을 증명했다.

그녀의 일갈은 침을 조심스럽게 삼키던 군웅의 사기를 조금 올라가는 데 일조했다. 하지만 그것뿐이었다. 눈앞의 사내가 도악을 농락했다는 생각은 뇌리에 깊게 각인되었다. 사자 후 따위로는 뿌리가 뽑혀지지 않을 정도로 깊게…….

이렇게 되니 그녀로서도 상당히 난처하게 되었다.

어떻게든 땅에 곤두박질치며 떨어진 체면을 세워야 했다.

한 번에 체면을 살릴 수 있는 신묘한 수!

'좋아.'

도악은 높게 몸을 띄웠다.

무려 삼 장이나 치솟아오른 그녀. 그녀는 최고로 높게 오른 그때, 자신의 도를 힘껏 집어 던졌다.

"이기어도!"

누군가가 외쳤다.

도는 순식간에 수십 장을 가르고는 휘인을 베려 했다.

그야말로 그녀의 체면을 단숨에 살려주는 한 수였다.

감히 누가 수십 장 이상의 거리에서 도를 조종할 수 있겠는가.

사실 도악으로서도 상당히 무리한 셈이었다.

수십 장을 가르는 그녀의 도는 얼핏 보면 맹렬해 보이지만, 실로 단순하기 짝이 없는 공격이었다. 도를 사용하는 방법도 모르는 힘 좋은 사내가 힘껏 도를 휘두른 것보다 나아 보이지는 않았다. 그야말로 무식한 공격이라고 할 수 있었다.

휘인은 맨손을 필요 이상으로 크게 휘둘러 도를 저 멀리 쳐

버렸다.

체면을 살리고자 노력했던 도악의 노력이 일순간 물거품으로 돌아갔다.

하긴 누가 맞아준다고나 했던가.

도악의 고운 아미가 한없이 구겨졌다.

안 한 것만도 못했다.

자신이 지금 이 자리에 있어서 그랬지, 만약 없었다면 누군가는 욕을 했을지도 모른다.

이 일화가 그대로 소문이 난다면, 그야말로 강호제일의 추태 중 하나로 소문날 것이다.

'아아…….'

도악의 악몽은 거기서 끝이 아니었다.

도를 멀리 쳐 보냈다지만, 휘인의 옆에 있던 임홍은 휘인이 도를 쳐내는 그 즉시 도를 향해 달려가 그것을 회수하였다. 나름대로 그것이 탐이 났던 모양이다. 아니, 꼭 탐이 났다기보다는 인상을 구기는 도악의 모습을 더 보고 싶었기에 그렇게 행동했는지도 모른다.

순간의 판단 실수는 이런 결과를 야기했다.

도악은 고개를 들지 못했다.

'어린애도 아니고!'

일순간 흥분한 자신을 책망했다.

하지만 이미 지난 일이고, 자신의 손 밖으로 새어나간 일이었다.

도악.

그녀가 자신의 애도(愛刀)를 잃었다.

평소의 그녀였다면 당장에 달려가 주먹으로 쥐어 패서라도 도를 빼앗아 왔으리라.

하지만 그녀가 그렇게 하지 못하리라는 것쯤은 군웅도 쉽게 예측할 수 있었다.

휘인과 그의 옆을 보좌하는 거인.

절대 만만한 자들이 아니었다.

거인의 큰 키만큼이나 거대한 쌍날 부가 등 뒤에 가로질러 있어 섬뜩한 분위기를 자아내었다.

휘인에게는 그런 외양적인 분위기가 없었지만, 도악의 머리를 단발로 만든 신묘한 수만으로도 그는 충분히 자신의 존재감을 일깨워 준 셈이었다.

도악은 똑같은 거리에서 도를 잃었지만, 휘인은 상대의 머키라락을 베는 데 성공하지 않았던가.

그 차이는 상당히 컸다.

수십 년간이나 명성을 쌓아왔지만, 지금만큼은 그녀의 명성이 무의미해 보였다.

사람들은 과거를 오랫동안 기억하지 않는다.

오로지 현재를 기억한다.

미래를 염두에 두지도 않는다.

마냥 현재만 기억한다.

당장에 피부를 스치는 한기가 닥쳤기 때문이다.

아무리 과거에 잘났던 사람이라도, 지금 별 볼일 없으면 그에 대한 최종 결론은 '별 볼일 없는 사람'이다. 현실은 상당히 냉혹하다.

도악도 피해갈 수 없는 이치였다.

그녀에 대한 신뢰가 땅에 떨어졌다.

그녀를 더욱 미치게 하는 것은 그 신뢰를 다시 살릴 방법이 없다는 점에서였다.

도악은 입술을 지그시 깨물었다.

그때 휘인이 입을 열었다.

"뇌운비를 넘긴다면 이 도를 돌려주겠다!"

군웅이 귀를 틀어막았다.

도악마저 인상을 썼다.

휘인은 편하게 외치는 듯했지만, 그의 사자후는 날카롭게 고막을 후벼 팠다. 평소에 귀가 좋지 않던 이는 고막이 찢어지기까지 했다.

도악의 사자후와는 차원이 달랐다.

'심리를 아는 자다!'

도악의 마음은 그야말로 착잡했다.

누가 강자고 누가 약자란 말인가.

누가 쫓기는 입장이고 누가 쫓는 입장이라는 말인가.

이 수많은 무림인들 앞에서 저렇게 보란 듯이 자신을 무시할 수 있는 사람이 과연 누가 있던가!

수천의 무림인이 날카로운 기세로 노려보는 데에도 불과하고 저렇게 당당하게 명령을 할 수 있는 자가 이 세상 어디에 존재한단 말인가!

어이가 없다 못해 기혈이 막히는 듯했지만, 정작 그녀를 주화입마로 인도하는 건 현실을 극복할 수 없는 그녀의 무능력함이었다.

도악은 손가락을 까딱였다.

상대의 협상 아닌 협상을 결렬시킬 심적 여유는 없었다.

일단은 그가 원하는 대로 해주기로 했다.

뇌운비가 조용히 군웅 사이로 빠져나가자, 그제야 휘인이 임홍에게 도를 건네받았다.

휘인은 별다른 큰 동작 없이 도를 던졌다.

너무도 살짝 던진 듯한 모습에 도는 마치 일 장 앞에 떨어질 것 같았다.

하지만, 역시나 휘인은 상식 밖의 인물이었다.

수십 장을 쏜살같이 가르고는 도악의 바로 앞에 박혔다. 도가 박힌 자리에 흙먼지가 일 정도로 강한 힘에 이끌려 온 듯싶었다.

누가 봐도 휘인이 도악보다는 강자였다.

군웅이 숨을 죽였다.

도악은 감정 조절을 못하기로 유명했다.

과연 그녀는 어떻게 반응을 할까.

혹여나 불똥이 자신들에게나 튈까, 몸가짐을 새삼 조심스럽게 하는 그들이었다.

그 와중에서도 휘인은 임홍에게 영약을 받아 뇌운비에게 건넸다.

뇌운비의 상태가 위중하지는 않았지만, 급히 절기를 시전하였기 때문에 내력의 소모는 막심하였다. 도망자의 입장에서는 쉴 틈이란 존재하지 않았다. 자신이 알아서 틈틈이 쉬어야 한다.

"편하게 운기조식을 하도록."

수많은 군웅 앞에서 감히 운기조식을 하라니.

자살 행위나 다름없었다.

하지만 뇌운비는 고개를 끄덕이고는 자리에 앉아 가부좌를 틀고는 운기조식에 몰두했다.

천라지망이고 뭐고 신경도 쓰지 않는 듯한 모습이었다.

휘인에 대한 뇌운비의 신뢰는 절대적이었다.

혹여나 일이 틀어져도 휘인이 목숨을 걸고 자신을 보호할 것에 대해 추호도 의심이 없었다.

군웅은 다시 한 번 조심스럽게 도악의 눈초리를 살폈다.

저들의 행동이 분명 거슬릴 게 분명했다.

과연 그녀는 어떻게 행동할까?

분명한 것은 그녀가 성질대로 도를 들고 무작정 달려들 수
는 없으리라.

"무림공적과의 거리를 좁힌다!"

도악의 목소리에는 망설임이 없었다.

자존심이 상하는 건 상하는 것이고, 무림맹의 권한 위임에
대한 책임은 책임이었다.

자신에겐 무림공적을 체포할 의무가 있었다.

공과 사를 구분하지 못할 정도로 앞뒤가 없는 것은 아니었
다.

천라지망을 구축하는 군웅은 바로 정신을 차렸다.

더 이상 휘인과 거인, 그리고 뇌운비는 도악의 일이 아니었
다.

눈만 깜빡여도 죽을 수 있다.

긴장을 늦춰서는 안 된다.

그 누구도 여기서 죽을 생각은 하지 않는다.

천라지망의 앞에는 도악을 비롯한 실세들이 일 열로 다가
오고 있었고, 뒤에는 천라지망이 촘촘히 거리를 좁혀왔다.
어느새 동그란 그물을 형성하여 사방팔방이 모두 막혀 있었
다.

그런 상황임에도 불구하고 뇌운비는 눈을 뜨지 않았다.

고수라면 운기조식을 하는 중에서도 주위의 정황을 대충
살필 수 있었다. 급습에 예비를 하는 것은 무리일지는 몰라

도, 상황을 살필 정도의 여유는 있었다.

천라지망이 좁혀지고 있다는 사실을 뇌운비가 알아채지 못했을 리가 없었다.

그럼에도 불구하고 뇌운비의 얼굴에는 평안이 깃들어 있었다.

이는 보는 이로 하여금 질리게 했다.

군웅은 애써 부동심을 지키려 했다.

휘인이 임홍에게 눈빛을 보내었다.

그러자 임홍이 등에 멘 쌍날 부를 쥐었다.

임홍의 넓은 어깨보다도 넓은 쌍날 부. 그 크기는 또 얼마나 어마어마하던가.

보기만 해도 육중해 보이는 마물(魔物)이었다.

쿵!

임홍이 발로 땅을 한 번 때리자, 군웅은 마치 지진이라도 일어난 듯한 착각에 빠졌다. 감히 누가 땅을 진동시킬 수 있던가!

거기서 끝이 아니었다.

임홍이 두어 바퀴를 뱅뱅 돌더니,

부웅!

자신의 마물을 힘껏 집어 던졌다.

군웅은 부동심을 지킬 수 없었다.

차원을 가르는 듯한 파공음을 내면서 눈 깜빡일 시간에 날아오는 그 마물을 보는데 어찌 부동심을 지킬 수 있을까.

쌍날 부는 한 번에 셋을 베면서 크게 원을 돌기 시작했다.

"이기어부!"

굳이 무공에 이름을 붙이자면 이기어부가 맞으리라.

군웅에게 있어 휘인과 임홍은 천외천(天外天)의 실력을 지닌 무신들이었다.

쌍날 부를 막는 데 천라지망의 촘촘함은 아무런 도움이 되지 못했다.

"으악!"

쌍날 부는 군웅을 일도양단(一刀兩斷)했다. 그나마 운이 좋은 자들은 팔이나 다리만이 베어져 나갔다. 역발산기개세(力拔山氣蓋世)의 쌍날 부를 도검으로 막으려 했으나, 상식 밖의 무게와 날을 감싸고 있는 푸르스름한 기운은 멈출 생각이 없었다. 나름대로 보검이라고 칭해지는 도검들은 그 쌍날 부에 반 토막이 났고, 도검의 주인들이야 더욱 말할 것도 없었다.

비록 이십여 장으로 줄어든 상태이기는 했지만, 이기어부 같은 무공은 시전자와의 거리가 멀면 멀수록 위력은 감소되고, 내력의 소모는 증가하게 되어 있다.

상식적으로는 저렇게 폭발적인 힘을 낼 수 없었다.

쌍날 부가 다시 임홍의 손에 돌아갔을 때에는 이미 서른가

량의 죽음을 이루고 나서였다.

　실세들도 간담이 서늘해졌다.

　그들이 누구인가!

　대문파라 칭해지는 명문의 우두머리, 한 구역의 패자, 심지어 사천(四天) 중의 하나!

　머리를 식힐 겨를도 없이 임홍의 외침이 귀를 때렸다.

　"거리를 좁히면 좁힐수록 위력은 배가된다! 못 믿겠다면 감히 시험해 봐도 상관없다!"

　호랑이의 표호를 연상케 하는 사자후(獅子吼).

　임홍의 일갈은 그들의 뼈에 사무쳤다.

　공포를 북돋는 자극제가 따로 없었다.

　천라지망이 좁혀 들어오는 속도가 현격히 차이가 났다.

　그나마 애써 체면을 지키기 위해서 필사적으로 안색을 유지하던 실세들은 똑같은 속도를 유지하고 있었다.

　천라지망의 속도는 눈에 띄게 줄었는데, 실세들의 속도는 유지되었다는 말은 곧 실세들과 천라지망의 거리 차이가 늘어나고 있다는 뜻이었다.

　"한 걸음만 더 걸어라. 자신의 한 발을 원망할 겨를도 없을 터이니."

　이번에 말을 꺼낸 건 휘인이었다.

　모순적이게도 휘인의 일갈이 더욱 효력이 있었다.

　임홍의 일갈에는 절대적인 힘을 내포하고 있었다.

마지 사자의 표호처럼.

하지만 휘인은 그 반대였다.

힘으로써 상대를 굴복시키는 게 아니라 그들의 혼백에게 겁을 주는 그런 종류의 일갈이었다.

휘인이기에 그런 사자후를 내보일 수 있었다.

휘인의 일갈에 천라지망은 거의 멈추다시피 했다.

실세들도 움찔했다.

도악의 눈이 이글이글 불타올랐다.

이제는 이판사판이다.

더 이상의 물러섬은 자존심이 허락하지 않는다.

그녀는 천라지망에 지시도 하지 않았다. 대신 청성파와 아미파의 장문인과 쌍귀(雙鬼), 그리고 그들의 제자들을 대동했다. 어차피 고수들의 싸움에서 천라지망은 상대를 구속할 수만 있었지, 그 외의 부가 기능은 없었다. 지금의 상태로는 구속의 역할도 제대로 해낼 수 있을지 미지수였다.

게다가 도악으로서는 지금의 상황도 충분히 굴욕적이었다.

실세들을 대동해야 하다니!

자존심에 다시는 회복할 수 없는 큰 흉터가 생겼다.

그래도 그녀의 자존심은 버텼다.

천라지망까지는 필요없다.

이 정도로도 충분하다.

현경의 고수 하나와 화경의 고수 둘, 초절정고수 여덟을 대동했으니, 아무리 천력(天力)을 보여주는 역사(力士) 하나와 현경의 고수라고 해도 이겨낼 도리가 없었다.

총 열하나의 실세들은 작은 천라지망을 구축하여 그들과의 거리를 좁혀갔다.

치명적인 공격이 오고 갈 수 있는 거리.

십여 장 안팎으로 거리가 줄자 실세들은 식은땀을 흘리기 시작했다.

'공격을 해야 할까?'

실세들을 유혹에 들게 하고 있었다.

치명적인 절기를 시전할 수 있다.

하지만 과연 상대에게 조금의 피해라도 줄 수 있을까?

도악의 이기어도를 맨손으로 받아 쳐내는 휘인의 모습이 아직도 눈에 선했다.

거인의 쌍날 부의 파공음은 아직도 귀를 맴돌았다.

공포가 그들을 망설이게 했다.

망설임이 얼마나 큰 독인지는 이제 곧 알게 되리라!

그때 뇌운비의 눈이 번뜩였다.

운기조식을 끝마친 것이었다.

애초에 내상이라고는 없었고, 조금 틀어진 기혈과 내력을 회복하는 것은 그리 긴 시간이 걸리는 일이 아니었다. 게다가 휘인이 건네준 영약도 제 역할을 톡톡히 해내었다.

도악의 고운 아미는 도대체가 펴질 줄을 몰랐다.

‘암천마수!’

도악은 왠지 일이 쉽게 풀리지 않을 듯했다.

‘어쩌면……’

도악은 세차게 고개를 저었다.

최악의 가정을 한 그녀는 그럴 리가 없다는 사실을 상기했다.

자신은 사천 중 하나이다.

일파의 장문인이 둘이나 있고, 용혈호구라 일컬어지는 사천성에서 당해낼 자가 없다는 쟁쟁한 실력자가 둘이나 있었다. 여덟이나 되는 초절정무인도 녹록한 실력들이 아니었다.

‘휘인은 도대체 누가 처리할 텐가!’

도악의 머릿속은 혼란스러워졌다.

장문인 둘로 어느 정도 발목은 잡을 수 있을까?

암천마수는?

눈앞의 거인은?

‘미치겠군.’

암천마수 하나가 일을 어렵게 한다.

자신이 이끄는 천라지망의 틈은 없다고 생각했다.

하지만 자신들이 이렇게 틈이 될 줄이야.

‘이제는 신경 쓰지 않는다.’

이미 틀어진 일에 대해서 연연하지는 않는다.

죽음?

웃으면서 맞이할 수 있었다.

단지 하나 꺼림칙한 것은 상대는 맹주를 죽인 사내!

그의 목적은?

혹시 그의 목적에 자신 역시 포함되어 있지는 않을까?

'어쨌든 상관없다. 누가 명줄이 더 긴지는 직접 재봐야만이 알겠지.'

활의 줄이 팽팽히 당겨진 듯한 긴장 속에서 무미건조한 음성을 흘리는 자는 휘인이었다.

"홍, 저 여자를 죽일 수 있겠나?"

실세들의 이목이 집중되었다.

휘인의 손은 정확하게 도악을 가리키고 있었다.

꿀꺽.

체면이고 뭐고, 사람이라면 긴장을 하게 된다. 자신보다 강한 이들의 대치 상태에서는 그만큼 더욱.

언제 도악이 '저 여자'로 불려진 적이 있던가. 아니, 기도가 평범하여 쉽게 생각하는 파락호들에 의해서면 몰라도, 그녀의 정체를 아는 이에게서 '저 여자'로 불려진 적이 있던가? 천하의 신승이라고 할지라도 그런 언사는 보이지 못하리라.

하지만 눈앞의 사내는 안하무인(眼下無人)이었다.

그것보다 더욱 열 받는 것은 상대에게 그럴 만한 자격이 있다는 것.

‘사람을 잘못 건드린 건 아닐까?’

수천의 군웅 앞에서도 눈 한 번 깜빡이지 않는 휘인의 모습을 볼 때면 그런 생각이 들었다.

절대로 꺾이지 않는 거목이 아닐까?

실세들은 잡념을 지웠다.

최상의 상태에서도 승부를 장담할 수 없었다.

수적 우세를 띠고 있음에도 불구하고…….

도악의 안색을 살필 겨를도 없이, 그들은 경악해야만 했다.

임홍이 고개를 끄덕인 것이다.

그들을 쓰러지게 만드는 것은 그 뒤에 이어진 말이었다.

“도악이 무림의 하늘을 이룬다고 하던데, 그 말도 거짓인 듯하군. 이제 갓 현경에 들어선 것 같으니.”

실세들이 말도 안 된다는 듯이 비웃음을 지어 보였다.

하지만 도악은 그렇지 못했다.

그녀의 반응에 실세들이 이상한 기류를 감지했다.

도악이라면 당연히 ‘개소리’라고 외쳐야 하는 게 정상이 아니던가.

그런데 눈이 풀린 채 몸을 덜덜 떨고 있는 도악은 도대체 어떻게 설명해야 하나!

도악(刀岳)!

무림맹의 창설 이전부터 천하제일여고수로 추앙을 받던 그녀였다. 당시에 알려진 그녀의 경지는 당연히 현경이었다.

그렇지 않고서야 사천(四天)에 속했을 리가 없잖은가. 사천은 오로지 현경의 고수에게 내려지는 칭호였다.

그런 그녀가 이제 갓 현경에 들어섰다?

그러고 보니 도악의 이기어도가 휘인의 것이나, 임홍의 것과는 현격하게 차이가 있었다. 게다 저들의 주 무기는 도가 아니었다. 그런데도 불구하고 도로써 이름난 도악의 이기어도보다 위력 면에서 앞섰다.

'그렇다면……!'

오로지 한 생각이 그들의 뇌리를 스쳤다.

배신감.

도악은 지금껏 자신의 경지를 속여왔던 것이다.

도악의 위치에서 거짓이 탄로나는 것은 치명적인 일이었다.

몇십 년간 쌓아온 명성이 하루아침에 사라질 수 있는 그런 치명적인 일.

도악의 이마에서 식은땀이 흐르기 시작했다.

지금은 현경의 경지를 이룩했다고는 하지만, 그렇다고 해서 현경의 고수라 속이며 추앙받던 지난날이 용서될 수는 없었다. 누구는 입으로 현경의 고수라고 떠벌릴 수 없겠는가.

지금껏 화경의 극에 달한 실력으로 그들을 지배하듯 하던 그녀의 행동들을 떠올리니, 그녀는 더 이상 자신들의 우상인 도악이 아니었다.

그녀의 매력은 간단했다.

여성이면서도 도를 사용하는 이질감에서 나오는 매력.

그리고 호탕한 성격.

도객들의 우상이었다.

그런 그녀가 거짓으로 자신의 경지를 밝혔다?

무인에게 경지를 속이는 것만큼 수치인 일은 없었다.

도악은 아무런 생각을 할 수 없었다.

세 가지에서였다.

첫 번째로 자신의 경지를 한눈에 알아보는 상대의 눈.

경지에 있어서 자신보다 위라는 소리였다.

두 번째로는 바뀐 눈초리.

절대 견딜 수 없었다.

안 그래도 휘인이나 임홍에게서 치유하지 못할 상처를 받은 그녀였다. 하지만 요번만큼은 이전의 공격보다 훨씬 강한 영향력을 발휘하였다.

지금까지 쌓아온 공든 탑이 무너지는 것을 두 눈으로 지켜볼 수 있는 사람이 있는가?

고통에 차 감히 그 장면을 볼 수 있는 사람은 없으리라.

도악은 눈을 지그시 감았다.

마지막으로는 참을 수 없는 수치심.

치부가 만천하에 드러났다.

꽤나 많은 사람들이 자신을 옹호하겠지. 지금까지 속이기는 했으나, 현재가 중요한 게 아니냐. 지금은 현경의 고수가 맞으니 상관없지 않은가? 이런 식의 옹호론이 있을 것이다. 하지만 그 옹호가 발휘하는 힘은 미약할 것이다.

이유는 간단하다.

자신의 위치가 너무도 높았다.

무림에서 가장 높은 위치에 있는 사람이 바로 자신과 신승이었다.

자신의 말 한마디면 전 무림이 움직인다.

그 정도로 자신은 영향력이 있는 사람이다.

그 영향력의 원동력은 바로 자신에 의해서 드러난다.

자신의 무공.

자신에 대한 신뢰.

자신에 대한 절대적인 신임.

이 모든 게 한데 어우러져야만 지금의 자신이 존재할 수 있었다.

하지만 이제는 그 탑이 흔적조차 남기지 않고 사라질 판이었다.

자신이 할 수 있는 최대한!

'꼭 죽이겠다.'

무림공적의 필살(必殺).

자신의 위치를 지켜줄 마지막 한 수.

도악이 다시 제자리를 잡았다.

도악의 눈에서 섬뜩한 안광이 일렁이고 있었다.

진정 그녀가 본실력을 내보이기로 한 것이었다.

그녀에게서 쏟아져 나오는 살기의 물결은 짙었다.

대상이 실세들이 아님에도 불구하고 실세들은 얼어붙을 수밖에 없었다.

이런 게 고수였다.

오로지 살기만으로도 사람을 얼어붙게 만드는 자!

인간을 초월한 자!

어쨌든 도악은 사천 중 하나였다.

일단 의심을 접고 도악의 행보를 지켜보기로 하는 실세들.

도악을 심판할 수 있는 자는 이곳에 없었다.

"네 말을 책임질 수 있겠느냐?"

도악이 임홍에게 물었다.

단 한 발도,

한 발의 물러섬도 없으리라!

임홍은 비릿한 미소와 함께 고개를 끄덕였다.

도악 최후의 발악.

그 점이 그를 즐겁게 했다.

쿵, 쿵!

임홍의 한 걸음 한 걸음에 지축이 흔들렸다. 그의 위풍당당한 모습은 실세들의 어깨를 좁아지게 만들었다. 과연 그는 누구이기에 신성처럼 느닷없이 나타나 이렇게 큰 영향력을 발휘하는가. 그리고 그를 마치 수족처럼 부리는 휘인은 도대체 누구란 말인가!

모든 게 의문투성이였다.

"네가 여기서 진다면, 다시는 무림에 얼굴을 내비치지 못할 텐데?"

"그럴 리야 없겠지만, 그렇게 된다면 무림에서 얼굴을 감춰야겠지."

"오기는 어린아이들이나 부리는 것인 줄 알았는데."

천하의 도악을 누가 이렇게 다루었던가.

더욱 놀라운 것은 도악이 동요하지 않는다는 것.

이미 그녀는 생사투에 임하고 있었다.

조금의 동요도 허락할 수 없고, 상대는 목숨을 걸고도 승부를 장담할 수 없었다.

"과연 오기인지 아닌지는 지켜봐야 알겠지."

여전히 웃는 낯짝으로 고개를 끄덕여 보이는 임홍이었다.

임홍은 봉의 끝부분을 쥐고는 부를 쭉 찔러갔다.

팔이 더 이상 앞으로 내뻗어지지 않는 때 그는 멈췄다.

워낙에 부신(斧身)이 넓어 봉 부분이 한없이 얇아 보였다. 그 봉은 용케도 부신의 무게를 버텨내고 있었다.

그 봉도 놀랍지만, 봉의 끝부분을 한손으로 쥐며 부신의 무게를 그대로 버텨내는 임홍의 힘에도 혀를 내두를 수밖에 없었다. 일체의 흔들림이 없는 모습은 그야말로 탄성을 자아냈다.

'하아, 정말 무식하게 힘은 센 놈이로구나.'

도악은 자신의 처지를 한탄했다.

정말 이렇게 원망스러울 수가 없었다.

천천히 무너지는 것도 두려운 노릇인데, 한꺼번에 모든 것을 잃는다면 과연 그 감정은 얼마나 큰 것일까. 자신이 버텨낼 수 있는 종류의 것일까?

주사위는 이미 던져졌다.

판을 무를 수도 없었다.

도악과 임홍은 시선을 교환했다.

그리고는 포권을 하며 고개를 숙였다.

경우야 어쨌든 둘은 예로써 대할 자격이 있었다.

무인!

무인은 바로 그런 존재였다.

무공의 견줌은 하나의 신성한 행위였다.

평생 노력의 산물을 비교하는데, 그 행위가 신성하지 않으면 그 어떤 행위가 신성하리오.

시작부터 기세는 만만치 않았다.

상황이 상황이다 보니 느긋하게 손속이나 나눌 처지가 못되어 둘은 처음부터 필사적인 대결을 벌일 생각인 듯싶었다.

뇌운비는 휘인을 한 번 힐끗 쳐다봤다.

마치 ‘저자는 누구지?’ 라고 묻는 듯싶었다.

뇌운비의 눈빛을 알아차렸음에도 불구하고 휘인은 답하지 않았다.

다만 때가 되면 알려주리라 생각하고 있을 뿐이었다.

“처음부터 절초를 사용하겠소. 부디 일합이라도 버티시길 진심으로 비오.”

도악은 화조차 내지 못했다.

임홍의 기세가 감당할 수 없을 정도로 거세어져 갔다.

“이름을 외우기 귀찮아 간단하게 삼붕(三崩)이라 칭했소.”

삼붕이란 곧 세 번의 공격이 있겠다는 말.

붕(崩) 자를 쓰는 것으로 봐서는 절대 만만한 무공은 아니리라.

가볍게 준비 운동 삼아 휘두르는 쌍날 부에서는 피부를 따갑게 찌르는 예기가 돋아 나왔다.

‘최종 오의!’

도악은 근래에 완성한 최종 오의를 준비했다.

준비가 다 된 것은 아니었지만, 그의 파도처럼 몰아치는 기세에 맞설 수 있는 무공은 이것 하나밖에 없었다.

“붕산(崩山)!”

산을 뒤흔드는 우렁찬 기합 소리와 함께 쌍날 부가 휘둘러졌다.

안 그래도 위험을 느낄 정도로 커다란 부가 강기에 뒤덮여 더욱 강대해졌다. 거기에 붕산은 오로지 힘에 치중한 초식이었는지, 단순한 베기 동작과 함께 그 가공할 만한 힘이 뒤덮여 왔다.

바람을 가르는 붕산의 위력은 도달하기도 이전에 실감이 났다.

도악의 검에도 푸른 강기가 뒤덮였다. 그녀는 한 바퀴를 돌아 원심력으로 힘을 잔뜩 모은 후, 완벽한 자세로 붕산을 맞받아쳤다.

실로 무모한 시도가 아닐 수 없었다.

콰과과광!

천지가 개벽하는 것일까.

먼지가 흩어지고, 풀이 뿌리째 뽑혔다. 실세들은 풍압에 제 몸 하나 가누기 힘들었다.

촤아아아―

충돌로 인해 도악은 막심한 손해를 보았다.

붕산의 기세가 그대로 터져 도악은 서너 장을 그대로 물러섰다. 불가항력이었다.

게다 순간 터진 붕산의 기세에 얕은 내상까지 생겼다.

붕삼의 첫 초식이었다.

정말 김이 빠졌다.

도악은 자신이 펼칠 수 있는 최고의 쾌중도(快重刀)를 시전했건만, 자신만 손해를 봤다.

태산의 앞에 선 듯한 느낌을 주는 임홍의 기도는 전혀 흔들림이 없었다.

"이번에는 붕해(崩海)라는 초식이오."

바다를 흩어뜨린다의 의미인가?

도악은 과연 그가 자신을 얼마나 놀라게 할지 궁금했다.

부를 뒤덮은 강기의 모양이 바뀌었다.

이전에는 부의 모양 그대로 강기가 굵게 덧씌워졌는데, 이번에는 강기가 그물 모양으로 넓게 퍼졌다.

도악은 고개를 저었다.

정말 질리게 만드는 놈이었다.

내력이 바다를 이루고 하늘을 이룬단 말인가?

도악은 호흡을 가다듬으며 다시 자세를 잡았다.

그녀는 눈을 감으면서까지 집중을 하였다.

그러자 그녀의 도가 세 개로 나뉘었다.

분검(分劍)과는 조금 다른 원리였다.

분검은 오로지 휘두를 때만 잠시 검이 나뉘는 셈이었지만, 도악의 도는 달랐다. 강기로 이루어진 두 도는 상대를 향해 제멋대로 날뛰리라.

"그럼 가겠소."

그는 참으로 친절했다.

육중한 몸의 속도라고는 생각할 수 없을 정도로 신속하게 거리를 좁히는 그의 모습에 정말 모든 것을 포기하고 싶게끔 만드는 마력이 있었다.

도악은 입술을 살짝 깨물며 강기로 이루어진 두 개의 도를 임홍에게 휘둘렀다.

여러 개의 그물이 충충이 둘러싼 부신은 그 두 개의 도를 튕겨냈다.

"……."

두 눈으로 보고서도 믿겨지지 않았다.

저 강기에는 탄력(彈力)이 담겨져 있단 말인가?

다시 그 두 개의 도는 힘을 내어 휘둘러졌지만, 그 힘을 다할 때까지 겨우 하나의 그물만을 파괴할 수 있었다.

'천지종횡도(天地縱橫刀)!'

도악이 준비한 절기였다.

일도양단(一刀兩斷) 계열의 무공이었으나, 그녀의 얇은 도는 마치 하나의 벽처럼 굵어져 뼈를 가루로 흩어지게 만드는 힘을 내는 최종 오의였다.

붕해이고 뭐고, 일단 막아내고 봐야 할 게 아닌가. 그녀의 마지막 수였음에도 불구하고 그녀는 일체의 망설임도 없었다.

놀라운 일이 벌어졌다.

그녀의 천지종횡도와 붕해가 만난 그 찰나,

부를 감싸고 있던 그물이 벗겨졌다.

그 그물들은 자신을 향해 쏟아졌다.

천지종횡도는 그대로 역발산기개세의 힘을 받으며 밀려나려 했다. 예상대로 탄강(彈强)이었는지, 날카로운 예기는 느껴지지 않았다. 단지 자신의 도를 밀어대는 힘이 상식 밖이라 도를 제대로 놀릴 수 없었다.

힘이라면 천지종횡도도 전혀 뒤처지지 않을 터인데, 도악은 도를 제대로 쥐는 것만으로도 힘이 부쳤다.

그렇게 끝이었다.

도악의 전설.

탄력에 힘을 집중하던 그녀. 그녀는 그물 모양의 강기에 자유로워진 쌍날 부를 염두에 두지 않고 있었다.

아니, 생각을 했더라도 그녀의 도는 봉쇄되었기에 어쩔 도리가 없었으리라.

등 뒤에 써늘한 감촉이 느껴지는 듯싶더니,

퍽!

임홍은 그녀를 사정없이 내동댕이쳤다.

무슨 마음에서인지 그녀를 죽이지는 않았다.

대신 부신으로 그녀를 강하게 때려 뼈를 으스러뜨려 주었다.

"쿨럭, 쿨럭."

서너 장을 데굴데굴 굴러간 그녀는 기어코 피를 토해냈다. 그녀의 상태는 상당히 위중했다. 내상은 감당하기 힘들 정도로 깊었다. 임홍의 힘은 그녀의 몸 내부에 그대로 전해져 폭발이라도 일으킨 듯싶을 정도로, 그녀는 단 일격에 전투 불능 상태에 빠졌다.

늑골은 폐를 찔렀고, 오장육부가 뒤틀렸다.

살아 있어도, 그건 살아 있는 게 아니었다.

몸을 온전히 회복하기 위해서는 적어도 육 개월은 요양해야 했다.

도악의 얼굴은 더 이상 아름답지 못했다.

아무리 천상의 미라 할지라도 절망감과 고통에 찌든 얼굴은 보기 좋지 않았다.

도악.

그녀가 패했다.

반대로 그를 상대한 임홍은 만인을 내려다보고 있었다.

애초에 시야가 높기는 했지만, 군웅에게 있어서 임홍은 하늘의 신장이었다.

그의 무식하다고 느껴질 정도로 강맹한 힘은 불가항력(不可抗力)이란 단어를 제대로 설명해 주고 있었다.

거인.

그는 거인이고, 신장이었다.

임홍.

그가 그렇게나 강한데 지금껏 뒷짐 지고 이 일들을 지켜본 휘인의 무위는 과연 얼마나 강할까.

시험해 보고 싶은 생각은 들지 않았다.

오로지 지금 이 자리를 뜨고 싶다는 생각만이 지배적이었
다.

"길을 비키면 조용히 지나가겠다."

휘인이 조용히 읊조렸다.

심후한 내공이 깃들어 있었기에 모두가 뚜렷이 들을 수 있
었다.

그 말을 들은 군웅은 재빨리 반으로 나뉘어 그들에게 길을
내주었다. 휘인들의 앞을 가로막고 있는 이들이 아직 있었으
니, 그들은 바로 실세들이었다.

자존심.

그들의 자존심이 허락하지 않았다.

"그리고 길을 막아서면, 그 누구도 용서치 않는다."

죽인다는 말이었다.

상대적으로 심약한 흑귀와 백귀가 갈라졌다.

휘인은 아직도 길을 가로막고 있는 자들의 눈을 한 번씩 마
주쳤다.

그 어떤 실세도 담담하게 그의 눈을 받을 수 없었다.

휘인의 눈동자 깊숙한 심연에서 피어오르는 광기(狂氣). 그
건 인간의 것이 아니었다.

절대적인 공포.

피어오르는 공포는 어떻게 주체할 수 없었다.

본능이다.

절대자를 바라보는 자는 공포를 느낄 수밖에 없었다.

자신의 힘으로는 도저히 그 이끌림을 거부할 수 없었다.

휘인에게는 남들에게 없는 무엇인가가 있었다.

그의 눈빛.

그의 행동.

그의 모든 것.

실세들은 자신도 모르는 사이에 뒤로 물러서고 있었다.

휘인의 기세는 정면으로 맞받아칠 여지를 주지 않았다.

천라지망이 단 세 명 앞에서 무릎을 꿇은 최초의 사건이었다.

지금껏 천라지망이 타의에 의해서 뚫린 적은 있었지만, 이렇게 자의적으로 선택하여 길을 내어준 적은 없었다.

비록 천라지망이 제대로 구축되지 않아 그 명성에는 못 미칠 정도로 틈이 많았지만, 그래도 삼 인에게 길을 내줘야 할 정도는 아니었다.

그때였다.

귀신에게라도 홀린 듯 멍한 군웅의 사이에서 유일하게 녹광(綠光)을 번뜩이고 있는 자!

무인이라면 절대 자존심에서 지는 일이 없었거늘, 천하의 사천당가의 가주만큼이나 자존심이 드센 자가 없었다. 그 어떤 독보다도 독하기로 정평이 나 있는 자!

그는 바로 가주 당기천이었다.

독에 관해서는 그의 아비 당천을 제외하고는 그 누구도 그를 상대할 수 없었다. 아니, 천하의 고수들이라고 해도 당기천은 인정해 주었다. 천하 고수들의 자존심에 흠을 낼 수 있는 자가 바로 당기천이었다.

독공의 절대고수.

당기천이 혈족 중에서도 오로지 가주에게만 전승되는 절기, 용패독장(龍敗毒掌)을 극성으로 펼쳤다.

용패독장.

독공에서도 그 악명이 자자한 장법이었다.

일명, 용마저도 깨뜨릴 수 있다는 독장!

절대 허언이 아니라고 소문이 났다.

용패독장의 독은 삼면독공의 독을 추출하여 부패한 인간 시체의 시독(屍毒)을 일정 비율로 배합하여 음지에서 석 달간 숙성시킨 것을 사용했다.

그 지독하고 끈적끈적한 독에 스치기라도 하면 그 즉시 몸이 썩어 들어간다. 치료고 뭐고 없다. 썩어 들어가면 무조건 살을 베어내야 한다. 조금의 망설임이 독의 진척을 배가시킨다. 단 이십 초. 용패독장에 정확하게 적중하면 단 이십 초에 독이 전신에 스며들어 죽는다.

내력을 한 줌도 남겨놓지 않은 극성의 용패독장은 무시무시한 독기를 쏟으며 휘인을 향해 뻗어 나갔다. 용패독장이 지척에 다가왔음에도 불구하고, 휘인은 미처 감지해 내지 못했는지 뒤돌아보지 않았다.

꿀꺽.

그 모습을 지켜보는 실세들이 침을 삼켰다.

긴장되는 순간이었다.

그때였다.

짝!

주먹과 장이 만났다.

"크악!"

당기천이 고통스러운 듯 얼굴을 구기며 외성을 내뱉었다.

검은 주먹이 녹색으로 물든 당기천의 손바닥을 막아냈다.

뇌운비의 수려한 외모와는 상반되는 그의 검은 손. 얼핏 보면 흉물스럽게 보이기도 하는 검은 손.

뇌운비의 손을 거치지 않은 독은 없었다.

암흑신수(暗黑神手)는 거저 주어지는 손이 아니었다. 진정한 만독불침이 있다면, 그건 뇌운비의 손이었다. 수만 번이나 표피가 벗겨졌다가 새로 돋았다. 마치 딱딱한 나무로 만든 의수로 착각이 될 정도로 그의 손 전체는 굳은살로 이루어져 있었다. 그 딱딱한 표피는 독이 침입할 틈이 없었다. 만약 그 두꺼운 표피를 뚫을 정도로 강한 독이어도 그 독은 힘을 다하여 그를 중독시킬 여력이 없으리라.

당기천에게 천적(天敵)이 있었다면, 그건 바로 뇌운비였다. 적어도 그의 손은 당기천의 독공에 자유로웠으니까 말이다.

당기천의 손바닥이 이미 으스러졌음에도 불구하고 뇌운비의 일권에 담긴 힘은 남아 그의 오른팔 전체를 불능으로 만들었다. 용패독장은 힘이 담긴 수법이 아니다. 오로지 빠르게 상대에게 독을 전하기만 하면 되는 장법으로써, 오로지 쾌(快)를 중요시했다. 반면에 뇌운비의 주먹은 암흑신기가 감싸고 있는데다가, 담긴 힘마저 상식을 벗어났다.

다시는 당기천이 오른팔을 쓸 일은 없었다.

뼈는 다시 회복이 된다고 해도, 핏줄과 힘줄은 그렇지 못할 것이다. 손의 기혈은 모두 형체를 알아볼 수 없을 정도로 파손되었다. 지금 당장 치료를 시작하지 않으면 그의 생명조차 위험할 정도로 그는 위독한 상태였다.

독하디독한 당기천이 겨우 고통에 얼굴을 일그러뜨리는 이유는 거기에 있었다.

팔을 그냥 잘라내도 그만한 고통은 느끼지 않았으리라!

뇌운비는 비릿한 미소를 지으며 바닥을 뒹굴고 있는 당기천을 내려다봤다.

천하의 당기천을 마치 벌레 쳐다보듯 보는 데에도 불구하고 그 누구도 반응을 보일 수 없었다.

암천마수!

비록 당기천의 무모한 한 수였고, 암천마수가 그의 천적이라고는 하였지만, 휘인과 임홍에 의해 가려졌던 암천마수의 존재감이 다시 한 번 뇌리의 표면에 떠올랐다.

뇌운비 역시 만만한 존재가 아니었다.

귀신에 홀린 듯한 멍한 눈은 더욱 초점을 잃었다.

마치 정신을 잃은 사람의 눈처럼…….

다시는 보고 싶지 않은 셋은 그렇게 멀어져 갔다.

천라지망은 그들이 사라진 한참 후에야 움직임을 보였다.

그들이 느낀 전율은 그 누구도 느껴본 일이 없었다.

몇몇 정보원들 이외에는 뒤를 쫓는 이가 없음을 알고는 휘인 일행은 서두르지 않았다.

무림맹은 현재 자신들에 대한 대안을 쥐어짜는 데 혈안이 되어 있을 것이다.

조심히 추측해 보건대, 천라지망이 온전히 구축되기 이전에는 자신들을 건드리지 않으리라.

'그러면 이 상황을 극복할 방법을 고안해 낼 수 있겠지?'

휘인은 하늘을 올려다보았다.

과연 자신이 가는 방향은 옳은 방향인가?

자신의 선택은 올바른 것일까?

표징을 원했지만, 하늘은 변화가 없었다.

"무슨 일 있었냐?"

뇌운비.

그의 목소리만 들어도 마음이 편안해진다.

휘인은 미소를 지었다.

"그래."

담담한 어조였지만 슬픔이 사무쳐 있었다.

뇌운비의 눈썹이 축 처졌다.

단편적인 모습을 봤음에도 불구하고 그에게서 느껴지는 슬픔은 컸다. 그의 변한 모습이 적응되지 않는 지금, 그 사실만으로도 휘인에게 닥친 일은 결코 작은 일이 아님을 짐작할 수 있었다. 정말 변해도 너무 변했다.

얼굴 자체가 변했다.

이전의 얼굴은 상당히 무표정했다. 딱딱한 느낌이 없잖아 있었지만, 딱히 문제를 삼을 정도는 아니었다. 그냥 '사교적인 사람은 아니구나' 하고 스쳐 지나갈 법한 얼굴. 하지만 지금은 달랐다. 세상에 온갖 불만을 품은 얼굴이었다. 똑같은 무표정이라도 이제는 살벌함이 느껴지기까지 했다.

누가 휘인에게 이런 영향력을 끼칠 수 있던가.

'주화린.'

그녀가 떠오르자 뇌운비의 미소가 짙어졌다.

자조적인 미소였다.

"이야기해 줄 수 있겠어?"

휘인은 잠시 생각을 하듯 뇌운비의 눈을 조용히 응시했다.

그 화제에 관심이 있는지 앞에서 길을 찾던 임홍의 귀가 쫑긋거렸다.

사람을 변하게 하는 요인.

특히 한없이 곧았던 인물을 꺾은 요인.

과연 그 요인이 무엇일까.

인생의 어느 부분이 그에게 절망을 겪게 한 것일까.

그를 꺾을 수 있는 건 힘, 권력, 돈, 야망 같은 종류는 절대 아니었다.

"내가 일단 맹주를 죽였다고 치자. 그 다음에 내가 직면하게 되는 문제는 무엇이지?"

휘인은 말을 아꼈다.

자신의 경험을 모두 직접 말하기에는 너무도 고통스러웠다. 적어도 자신이 직접 자신의 심장을 도려내고 싶지는 않았다. 지난 기억을 떠올리니 입이 잘 떼어지지도 않았다.

"무림공적."

뇌운비는 망설임없이 답했다.

휘인은 조용히 그런 뇌운비를 바라봤다.

"물론 너의 목표 의식이라 해야 하나? 어쨌든 독특한 가치관을 바꾸는 데에는 많이 부족한 문제인가?"

휘인은 묵묵히 고개를 끄덕였다.

뇌운비는 잠시 고개를 숙였다.

'주화린이란 여자와 관련된 일이 아니면 그는 쉽게 동요하지 않는다. 주화린이 맹주의 손녀였던가…….'

뇌리를 스치는 한 가지.

뇌운비의 눈에는 착잡함이 자리했다.

휘인은 다시 한 번 고개를 끄덕였다.

둘은 묵묵히 앞만을 바라보고는 걸어갔다.

똑같은 걸음이지만 이상하게도 슬픔이 묻어나는 듯했다.

그 순간,

임홍이 참지 못하고 뒤를 돌아봤다.

"눈만 교환해도 이야기가 통해?"

귀를 기울이고 있었는데, 별말이 오고 가지 않았는데도 이야기가 끝이 나 있었다.

의문을 해소할 기회가 왔음에도 불구하고 지나친다는 건 용납할 수 없었다.

뇌운비의 예리한 눈이 임홍에게 닿았다.

"저 곰탱이는 누구지?"

아직도 등 뒤에서 예기를 뿜어내는 쌍날 부가 있음에도 불구하고 뇌운비의 태도는 변함없었다. 진정한 안하무인은 휘인이 아니라 뇌운비였다. 상대를 가리지 않는다.

"곰탱이?"

임홍의 눈에서 흉흉한 살기가 쏟아져 나왔다.

"흥."

그 모습에 뇌운비는 콧방귀를 꼈다.

객관적으로 봐도 뇌운비는 임홍의 적수가 되지 못했다.

임홍의 안광을 그대로 받아내기에는 뇌운비로서도 무리가

있었다.

그러나 뇌운비는 애써 콧방귀를 뀌며 그를 무시했다.

"가소로운 놈."

임홍이 혀를 찼다.

"너, 해보자는 거냐?"

뇌운비가 말에서 질 리가 없었다.

지는 것만큼이나 그가 싫어하는 것은 없었다.

깨지기 전에는 절대 굽히지 않는다.

뇌운비는 그런 남자였다.

그때 휘인이 제지하고 나섰다.

"운비는 내 친구다."

희비(喜悲)가 교차하는 순간이었다.

일단 휘인을 주군으로 모시고 있는 이상, 그의 친구에게도 함부로 대하기는 힘들었다.

반면에 친구라는 어감이 마음에 드는 뇌운비였다.

"봤냐, 이 자식아!"

뇌운비가 보란 듯이 미소를 지어 보였다.

임홍이 억울함을 호소하듯 휘인을 돌아보았다.

휘인은 마치 임홍이 존재하지 않는다는 듯이 그를 무시했다.

왠지 자신의 운명이 그리 순탄하지 않을 거라는 사실을 임홍은 어렴풋이 깨달았다.

"하아."
임홍은 한숨을 쉬었다.
시원한 바람 한줄기가 그들을 훑었다.

제6장

긴급회의(緊急會議)

"크흠."

신승이 신음을 토했다.

좌중이 침묵을 지켰다.

일은 점점 복잡해져 갔다.

도악!

그녀가 전투 불능의 상태로 귀맹했다.

지금껏 무림맹을 지탱하던 세 기둥 중 두 기둥이 근래에 뿌리째 뽑혔다.

단 일주일이었다.

일주일 만에 무림이 바뀌었다.

무림에 흉흉한 소문이 나돌고 있었다.

무림공적의 공표.

처음에는 흥분으로 다가왔으나, 순식간에 퍼진 도악의 부상은 무림맹에 대한 신뢰에 금이 가는 순간이었다. 무엇보다도 지금껏 도악이 본신의 경지를 속였다는 후문이 돌자, 더 이상 도악은 무림맹의 기둥이 아니었다. 무림인이라면 무공에 대한 자존심이 있어야 한다. 모든 것을 다 속여도 무공만은 속이지 않는 게 무인의 자존심이다. 무인의 자존심을 버린 자는 더 이상 무인의 취급을 받을 수 없다.

절대적인 신뢰를 받던 도악이라고 예외는 아니었다.

오히려 그 절대적인 신뢰만큼 그녀에 대한 악의는 배가되었다.

그녀를 마치 신처럼 숭배하던 도객(刀客)들은 무림맹 앞에서 시위를 할 정도로 그들이 도악에 대해서 얼마나 격분해 있는지를 단적으로 보여주었다.

선녀문(仙女門).

도악이 장문인으로 있는 선녀문의 위신이 바닥에 떨어진 것은 더 말할 것도 없었다.

현 시각, 그녀는 무림맹의 중심에서 참담한 심정으로 몸을 추스르고 있었다.

잠시 그녀를 떠올린 신승의 표정은 더 구겨졌다.

아무리 불호를 외쳐 봐도 마음이 안정되지 않았다.

‘휘인, 그자의 목적이 도대체 무엇이지?’

신승은 갈피를 잡지 못했다.

상대의 목적을 알지 못하는 가운데 그 상황에 대한 대처는 완전할 수 없었다. 상대의 길목을 막는 것은 한계가 있다. 그가 마음먹고 도주를 한다면 자신이 가로막아도 과연 막을 수 있을지 의아심이 들었다. 그를 생포할 수 있는 최고의 길이라면, 아마 이곳의 실세들이 모두 그를 쫓아 나서는 것.

‘어째서 도악을 죽이지 않았지?’

도악이 무림공적을 생포하지 못하리라고 생각조차 해보지 않았지만, 상황을 보니 도악이 살아 돌아온 것 자체가 의문덩어리였다.

‘맹주는 죽이고, 도악은 살린다?’

어떻게 보면 모순이었다.

아니, 시작부터가 모순이다.

‘역천마.’

신승은 이 일의 내막을 전부 꿰뚫고 있는 몇 안 되는 인물 중 하나였다.

냉철하게 일을 거슬러 올라가자면, 이 매듭은 역천마의 때 생겼다고 할 수 있었다.

맹주가 그때에 한을 품었으니 정확하다.

역천마의 후인 휘인.

그가 맹주를 죽일 수 있는 신위를 지녔다!

신승의 얼굴은 밝아질 기색이 없었다.

또렷한 묘안이 없는 한 이후에도 별반 다르지는 않을 터이다.

'현경의 고수를 상대하는 천라지망!'

눈앞이 깜깜해졌다.

이십 년 전, 화경의 극에 달해 있던 역천마에게도 천라지망은 무력했다. 아니, 만약 천라지망을 이루는 구성원들이 각 문파의 제자들이 아닌 극한의 훈련을 받은 부동심의 특수 부대였으면 역천마는 순식간에 잡혔을지도 모른다. 하지만 안타깝게도 천라지망은 한 번도 호흡을 맞춰본 일이 없는 구파일방, 팔대세가, 사벌이궁의 제자들로 이루어져 있었다.

고수.

고수라는 개념은 상당히 상대적이다.

개인이 있다면 자신보다 높은 경지를 지닌 자에게 고수란 인식이 생긴다.

통상적으로 쓰이는 고수의 개념은 대부분 절정 이상의 무인을 지칭한다.

이 고수는 그 개인에게 막연한 두려움을 심어준다.

무지(無知)가 가져다주는 두려움.

조심스럽게 상대의 기도를 알아보려 하지만, 자신보다 고수인 이상 쉽게 가늠할 수 없는 게 상식이다. 상대의 경지를 알 수 없다는 감정이 주는 두려움.

이 두려움은 고수가 지닌 제이의 무공이다.

고수란 자신이 도저히 가늠할 수 없는 존재이기 때문에, 입으로나 전해지는 절대적인 무위를 떠올리게 된다. 고수를 상대하기도 이전에 이미 '나는 할 수 없어' 라는 생각이 뇌리를 지배하기 때문에 하수에게서 고수에 대한 효과적인 대처를 기대하기란 불가능했다. 두려움을 이기는 철저한 훈련을 받았으면 또 모를까.

물론 휘인의 경지는 만천하에 드러나 있다.

그렇다면 무지(無知)가 아니니까 효과적인 대처를 할 수 있지 않느냐?

이렇게 묻는 자가 있다면 신승은 살계를 열어야 할지도 모른다.

현경(玄境)!

감히 현경을 안다고 할 수 있는 인물이 이 모래알보다도 많은 무인으로 이루어진 무림에서 몇이나 될까! 그것도 드러난 무림인에서는 다섯 손가락도 못 채운다. 최악의 상황으로 맹주는 죽었고, 도악은 이미 심마에 빠졌으니, 신승인 자신과 수라마제, 이렇게 단둘만 감히 현경을 안다고 말할 수 있으리라.

실제로 현경에도 수많은 차이가 있어, 자신도 현경을 정확히 안다고 할 수 없었다.

현경의 고수가 주는 두려움은 더욱 크다.

산을 옮기고, 바다를 가르는 천하의 고수!

무림인이라면 누구나 한 번쯤 꿈꾸는 경지이고, 그 누구도 그 경지에 대해서 잘 알지 못하기에 허황된 이야기가 난무하는 경지이다 보니, 현경에 대한 허무맹랑한 유언비어들이 많았다. 눈빛만으로도 수천을 죽일 수 있고, 검을 들면 일단 수만을 벨 수 있는 무신(武神).

사실이 아니지만서도, 정작 현경의 고수의 신위를 목격하게 된다면 그 유언비어를 사실로 치부할 가능성이 높았다. 누가 뭐라고 해도 현경의 고수는 일반인의 척도로는 도저히 가늠할 수 없는 지고한 경지가 아니던가.

그런 두려움을 잘 아는 고수라면, 직접 손을 쓰지 않고서도 수천을 굴복시킬 수 있다.

들려오는 소문으로 휘인은 그 공포를 잘 이용해 먹을 줄 아는 자였다.

그야말로 최악의 상황인 것이다.

또 암천마수가 어떤 인물이던가.

도악의 도를 피해 무당파 장문인에게 일권을 먹인 자가 아니던가.

비록 무당파 장문인이 생명을 부지할 수는 있었으나 내상이 얕지 않았다.

또 임홍이라 알려진 그자는 누구인가!

뒷조사를 하니 이십 년 동안 목수로 하루하루를 버텨 나가던 인물이 아니던가.

그런 목수가 오늘은 종남파의 장문인을 난도질하고, 사천당가의 가주 당기천을 불구로 만들었다. 그리고 도악을 꺾었다.

도악이 누구던가! 비록 지금은 위신이 바닥에 떨어졌지만, 그녀도 어엿한 현경의 고수였다. 근래에 발을 디뎠다고는 하지만 화경의 극과는 또 다른 경지이다. 그런 현경의 고수를 꺾었다! 그것도 단 이 합으로. 애초에 고수들의 대결은 일합에 결정이 난다고는 했지만, 도악도 미처 몰랐으리라. 임홍이라는 듣도 보도 못한 무명인을 상대로 일합에 모든 것을 걸어야 했을 줄은. 들려오는 소문만을 믿자면, 도악이 모든 사실을 알았다 해도 그 임홍이라는 자를 꺾을 수 없었을 것이다.

붕(崩).

그는 감히 무공에 붕(崩)이라는 이름을 붙일 자격이 있는 인물이었다.

'도대체 어디서 이런 인물들이 튀어나오는 건가!'

난세는 영웅의 시대라 하던가?

여기저기서 영웅들이 쉴 새 없이 튀어나오는 시대!

난세!

분명 지금의 무림은 난세였다.

하루아침에 맹주가 죽고, 그 다음날 아침 도악이 폐인이 되다시피 하는 지금, 누가 감히 지금을 평화의 시대라고 하겠는가. 분명 난세가 도래했다.

‘그런데 왜?’

난세.

분명 어제는 평화로웠던 것 같았다.

그런데 오늘은 난세?

그렇게 시대가 빠르게 변하던가?

마치 난세가 예정이라도 되어 있던 것처럼 세상은 급변했다.

예측할 틈을 주지 않았다.

대부분 징조라는 게 있지 않던가?

세상의 변화는 천천히 이루어진다. 아니, 꼭 천천히까지는 아니더라도 적어도 단계별로 이루어진다. 난세는 이유없이 도래하지 않는다. 분명 시대의 결함이 있었기에 새로운 변화의 물결을 좇는 난세의 물결이 치고 들어오는 것이다.

행복 다음은 불행이고, 불행 다음은 행복인 것처럼 평화 이후에는 반드시 난세가 다가오고, 난세 다음에는 평화가 다가온다.

당연한 이치였다.

항상 행복할 수는 없었고, 항상 평화로울 수도 없었다.

행복하던 나날 가운데, 불행이 문득 찾아오는 일처럼 평화로운 나날들 중에 문득 난세가 다가온다.

‘난세라……!’

무림에 감히 난세를 가져다줄 수 있는 세력은 많지 않았다.

마교!

숨이 턱 하니 막혀오는 마기를 쏟아내는 마인들은 아직 조용했다. 무엇인가를 준비하는 기색은 보였지만, 최근 휘인이라는 인물 덕에 무림의 이십여 년의 평화는 보장되어 있었다. 적어도 마교로 인해서 난세가 도래할 리는 없었다. 서열 이, 삼위가 공석으로 바뀌었고, 특수 단체에서도 정예들이 죽었으니 천하의 마교라도 지금은 때를 기다려야만 했다.

마교가 조용한데 난세가 다가왔다?

'도대체 왜?

자문해 보지만 답은 나오지 않았다.

새외무림(塞外武林).

그러고 보니 새외무림이라는 또 다른 무림의 세계가 있었다. 비록 정파와 사파가 중원을 정확하게 나눠먹기는 했지만, 변두리의 지역은 감히 침입할 수 없었다. 북쪽 끝은 만년한설(萬年寒雪)의 극빙 지역이었고, 남쪽 끝은 토박이가 아니라면 절대로 버틸 수 없는 극염 지역이었다. 그뿐만이 아니라 척박한 사막의 불모지는 마교가 자리를 잡고 있었다.

이 극한을 시험하는 자연환경 속에서도 굴하지 않고 나날이 세를 불려 나가는 이들이 바로 새외무림이었다. 여기에는 그 유명한 북해빙궁, 태천문(太天門), 극락전(極樂殿) 외 수많은 크고 작은 세력들이 있었다. 위치상으로 따지면 마교 역시 새외무림으로 분류할 수 있었지만, 사파의 지역에 안정적인 정착을 성공하였기에, 굳이 새외무림으로 구분되지는 않았다.

모두가 쉬쉬하지만, 이미 마교의 본타보다는 사파 지역에 똬리를 틀고 있는 분타에 더욱 큰 세력이 집중되어 있었다. 그 사실을 모르는 이는 없었다. 단지 심증 이외에는 이렇다 할 증거가 없을 뿐. 각 세력이 너무도 넓게 퍼져 있고, 신속한 정보 입수로 비록 무림맹에서 감찰을 나선다 해도 마교의 꼬리를 쫓는 일은 쉽지 않았다.

게다 고(故) 무림맹주는 그들의 존재를 묵인하는 모습을 보였다.

새외무림.

그 누구도 무시할 수 없었다.

어떤 이들은 새외무림이 중원무림보다 강한 저력을 소유하고 있다고 조심스럽게 추측했다. 단지 새외무림은 중원무림의 무림맹처럼 결속해 주는 강한 세력이 없었기 때문에, 영원히 새외무림으로 남을 수밖에 없다는 판단이 절대적이었다.

극한을 시험하는 자연환경이다 보니 그 어떤 작은 세력도 쉽게 지려 들지 않았다. 자존심이 그 누구보다도 강하기 때문에 일시적으로 굽힐지는 몰라도, 틈이 보인다면 언제고 강자에게 검을 들이대는 게 새외무림의 각 세력이었다.

척박한 환경을 이기려면 당연한 심성이었다.

그런 강인한 성품은 무인에게는 절대적으로 필요한 부분이었다.

그렇기에 중원무림에 비해 무공 교류가 전무하다시피 한 새외무림이라 해서 무공이 약한 것은 아니었다. 충돌할 일이 없어서 다행이지, 새외무림은 속성이 강한 무공이기 때문에 중원무림이라 해서 안심을 할 수는 없었다.

'새외무림이 통합되지 않는 한, 난세는 오지 않는다.'

새외무림이 통합되지 않는다는 보장은 어디에도 없었지만, 신승은 확신했다.

그 점을 숙고하고 있는 무림맹이기에 그들에 대한 견제와 감시는 끊이지를 않았다.

실제로 무림맹의 예산을 가장 많이 긁어먹는 게 바로 새외무림의 견제와 감시, 그리고 정찰에 들어가는 단체들이었다.

새외무림에 대한 정보 수집만을 따로 하는 단체가 있을 정도이니, 무림맹이 새외무림을 얼마나 견제하고 있는지는 더 말할 필요도 없었다.

최근에 입수된 정보로도 새외무림의 통합을 의심할 수는 없었다.

이상하다 싶은 조짐도 전혀 없었다.

통합이 되려면 새외무림의 특성상 대규모의 출혈(出血)을 요구했다.

그렇지 않으면 절대 한 세력의 아래 굽히지 않는다.

다른 세력과 통합을 해서라도 그 한 세력을 치는 게 바로 새외무림이었다.

그러니 새외무림이 이 난세를 불러들였을 리는 전혀 없었다.

그렇다면 이 난세를 어떻게 설명할 수 있을까.

신승은 만약 자신에게 머리털이 있었다면, 지금 쥐어뜯고 싶다는 충동이 강렬했다.

눈앞에 있는 비천검의 머리라도 쥐어뜯고 싶으니, 이미 말 다 한 셈이다.

도대체 난세를 누가 불러들였는가!

난세는 또 하나의 흐름.

그 흐름의 중심을 잘 살펴보면 난세의 요인을 찾을 수 있다.

흐름을 잡는 건 무림맹의 특기였다.

무림이 돌아가는 일을 무림맹보다 잘 아는 세력이 과연 어디에 있을까.

하지만 그 특기는 퇴색했다.

무림맹이 잡아낸 흐름의 중심은 휘인이었다.

난세의 흐름은 휘인의 중심으로 생성되고 있었다.

그렇다면 휘인 한 명이 이 난세를 불러들였는가!

신승은 고개를 저었다.

아무리 휘인이 다시는 없을 인물이라고는 하지만, 개인이 난세를 불러들일 수는 없는 일이었다. 비록 그 흐름에 영향을 끼칠 수는 있을망정 직접 하나의 흐름을 생성할 수는 없었다. 그건 상식이자 이 세상의 이치였다.

'모순.'

모든 일이 모순이었다.

설명될 수 없었다.

'어차피 세상은 모순덩어리이니, 그냥 넘어가자!' 라고 치부하고 그냥 넘어갈 수도 없는 게, 자신이 누구이던가. 무림맹의 신승이다, 신승! 무림맹주의 영원한 부재와 도악의 순간적인 부재라는 최악의 상황이 도래한 지금, 이 무림을 바로잡을 수 있는 권한이 있는 유일한 인물.

자신이 포기한다는 이야기는 곧 무림을 포기한다는 말과 일맥상통했다.

책임이 막중한 셈이다.

그러니 이렇게 골머리를 썩고 있는 거지만…….

'어쨌든 휘인을 처리해야만 그 흐름의 근원을 잡을 수 있다.'

신승은 절대 휘인이 흐름의 중심이라고는 생각하지 않았다.

휘인이라는 새로운 물결이 진정한 흐름의 근원을 잠시 가린 것이라고 치부했다.

어쩌면 휘인이 그 난세 흐름의 일부일지도 모른다.

난세를 부추기는 세력의 일인으로서 희생을 하고 있는 것
인지도 모른다.

정확한 사실은 알 필요가 없었다.

난세가 분명한 지금!

철저한 방비를 해야 한다.

두 눈 뜨고 이 난세에서 무림맹이 패망할 수는 없었다.

어떻게 이룩한 무림맹이던가.

"현재 무림공적의 위치는?"

휘인은 무림공적이었다.

무림공적인 이상 이름의 지칭은 생략된다. 이름을 불릴 자
격이 없다는 생각에서 지금까지 이어온 관습이었다.

"파중(巴中)입니다."

대답한 자는 비천검이었다.

무림의 실세들만이 감히 자리할 수 있는 상위에는 사천성
을 자세히 재현해 놓은 지도가 있었다. 크고 작은 길들이 그
대로 그려져 있었고, 오차도 적었다. 어지간한 실력자가 아닌
분야의 전문가가 직접 일일이 걸어 그린 지도였다. 수십 번의
재확인 작업이 끝난 완전한 지도였다.

"흐음, 파중이라……."

무림공적의 심중을 파악할 수 없었다.

모든 각도로 그의 심리를 파악하려고 노력했지만, 본인이
아닌 한 절대 알 수 없었다.

섬서성에서 사천성으로 발을 디딘 행보도 이해할 수가 없었다.

어차피 천라지망에서 완전히 벗어나기란 불가능했지만, 그나마 숨 쉴 여유를 줄 수 있는 데는 중경이었지, 사천이 아니었다. 중경은 이렇다 할 큰 세력이 없었지만, 사천성은 달랐다. 사천성은 호혈(虎穴)이었다. 그것도 제대로 된 백호의 동굴.

사천당가, 청성파, 아미파.

그야말로 쟁쟁한 대규모 세력들이었다.

그런 세력들을 정면 돌파할 수 있다는 자신감에서였을까?

그들은 사천을 선택했다.

"천라지망은 평창에 펼쳐졌었지?"

"그렇습니다."

비천검의 목소리에는 참담함이 그대로 묻어 나왔다. 그것도 그럴 것이, 천하의 천라지망이 단 세 사람에게 길을 내주어야만 한 치욕적인 일이 뇌리를 스쳤기 때문이다.

감정을 속이지 못한 건 비천검뿐이 아니었다.

실세들의 표정도 밝지 않았다.

천라지망과 평창이라는 단어가 나오자 누가 먼저라고 할 것도 없이 일채 입술을 깨물며 고개를 숙였다. 특히 그 자리에 있었던 일부는 고개를 아예 상에 박고 있다시피 하였다.

신승은 애써 그런 그들을 모른 척했다.

평소였다면 어떤 악조건에서도 부동심을 지켜야 할 세력의 우두머리들이 채신머리없이 참담한 심정을 감추지 못하냐고 핀잔을 주었을 법도 한데, 신승은 그렇게 행하지 않았다. 그로서도 그들의 심정을 모르는 건 아니었다.

격려는 못해줄망정 염장을 지를 필요는 없었다.

이미 염장이라는 염장은 휘인이라는 작자가 전부 질러 버렸다.

인간을 절벽으로 몰아세울 필요는 전혀 없었다.

궁지라는 건 잠재력을 발휘하기도 하지만, 반감을 사기도 한다. 지금 같은 난세에 궁지로 몰아넣는 행위는 너무도 위험했다.

"그의 현재 목적이 무엇일까?"

실세들을 향한 물음인 동시에 자문이기도 했다.

실세들은 어떻게 자신들이 그의 심산을 알겠느냐는 얼굴을 했다.

무황벌주 파천도가 조심스럽게 입을 열었다.

"일단 궁극적인 목표는 천라지망에서 벗어나는 것이 아닐까요?"

아무리 현경의 고수라고는 해도 평생을 쫓겨 다닐 수는 없는 일이었다. 물론 무림맹의 입장에서도 그를 평생 동안 쫓을 겨를은 없었다.

신승이 일리가 있다는 듯이 고개를 끄덕였다.

"자네라면 왜 평창에서 파중으로 가겠는가?"

일단 휘인은 섬서성에서 사천성으로 내려왔다. 평창은 파중보다 아래에 위치해 있는 곳으로, 휘인이 섬서성에서 사천성으로 내려왔다. 그런데 파중에서 평창으로 이동한다는 것은, 지도상으로 보자면 위아래를 왔다 갔다 하는 셈이 된다. 애초에 파중이 목적지였다고 해보자. 섬서성에서 사천성으로 내려오는 길의 특성상 일단 평창을 들러야 했다. 직통 길이 없는 건 아니었지만, 당시 휘인의 상황이 그러했다.

여기서 문제가 있다. 도대체 왜 파중이 목적지란 말인가.

궁극적인 목표가 천라지망을 벗어나는 것이라면, 그의 행보는 오로지 한 방향을 향해야 한다.

천라지망에서 벗어나는 두 가지 방법이 있다면, 무림맹을 멸맹시키는 일이 하나고, 조금 더 현실적인 마지막 방법으로는 새외무림으로 달아나는 방법이 있었다. 삼 인이 무림맹에, 그러니까 전 중원무림에 맞설 수 있는 힘이 없는 한 어떤 방향으로든 중원의 끝에 도달해야 한다. 무림맹의 영향이 미미해지는 바로 새외무림으로!

그러니 파중을 통과점으로 잡을 이유가 없었다.

무림공적으로 공표되던 때 휘인의 위치를 고려해 보건대, 무림맹의 영향권에서 벗어나는 가장 빠른 길은 내몽고에까지 올라가는 길이었다. 물론 무림맹의 직속 정예 단체와 선녀문이 근접해 있는 곳이어서 짧은 길임에는 틀림없었지만, 절대로 가장 편한 길은 아니었다. 차라리 조금 긴 길을 택하는 것도 나쁘지 않은 선택이리라. 그래서 아마 휘인이 다른 길을 택한 것이겠지.

그렇다면 쭉 내려가던가 하지, 도대체 왜 거슬러 올라간단 말인가.

파천도가 식은땀을 흘렸다.

신승의 눈빛을 감당하기 힘들었다.

그도 그럴 것이, 신승의 심기는 현재 상당히 불편했다. 몇 주째 잠은 물론 끼니까지 거르고 있었다. 잇따르는 악소식에 그는 도저히 가만히 지켜볼 수가 없었다. 아직까지도 무림맹에서 몸을 떼지 않은 데에는 이유가 있었다. 처음에는 도악이 대신 나섰기 때문이고, 도악마저 여건이 안 되는 지금은 자신이 아니면 무림맹을 통제할 사람이 없기 때문이었다.

난세에 가장 조심해야 하는 건 내분이었다.

내분을 허락해서는 안 된다.

만약 검존이 아직까지 살아 있었다면 내분을 걱정할 필요도 없었고, 자신이 이곳에 남을 이유도 없었다. 원래 무림맹은 한 기둥만 있으면 되는 줄 알았는데, 지금의 상황을 봐선 세 기둥으로도 어림없었다. 자신의 심력은 점점 고갈되고 있었고, 나머지 두 기둥은 사라졌거나 무너지기 일보 직전이었다.

자신이 이곳을 지키고 있어도 내분은 조심해야 했다.

자신은 살아생전의 검존만큼 존경을 받지 못하고 있었다.

나름대로 우러러보기는 하겠지만, 이상하게도 검존은 마치 자신들의 부모처럼 따르는 이들이 자신을 그렇게 보지는 않으리라.

지금 같은 상황에서 누군가가 이간질이라도 한다면 무림맹은 쉽게 흔들릴 것이다.

특히 지금의 난세를 일으키는 진정한 세력이라면 분명 그럴 만한 힘이 있으리라.

자신의 눈빛에 움츠러드는 파천도의 모습에 신승은 지끈지끈 아파오는 머리를 짚었다.

열이 느껴진다.

자신 혼자서는 도저히 이 많은 일을 감당할 수 없었다. 도대체 몇 가지 일이 한꺼번에 들이닥친단 말인가!

휘인의 일만 해도 혼자서 감당하기 힘든데, 눈에 보이지도 않는 제삼의 세력에 이목을 집중해야 했고, 심지어는 도악이 미쳐 버리기 전에 한번 만나봐야 한다. 그녀의 심마가 어떤 진척을 보이고 있고, 자신이 어떻게 도와야 그녀를 구제할 수 있는지도 고심해야 한다. 이 모든 일을 지금 당장 처리해야 한다. 어떤 일이 더 중한지는 감히 판단할 수 없었다.

모두가 시급을 다투는 중요한 안건들이었다.

한숨을 돌리고 싶은데 도저히 엄두가 나지를 않는다.

엉덩이를 이 의자에서 뗄 수 없었다.

그 누구에게도 의지할 수 없었고, 그 누구도 믿을 수 없었다.

심력은 정말 급속도로 없어지기 시작했다.

정신적인 불안정.

"아미타불."

자신의 마음을 안정시키려는 목적도 있었고, 다른 이들의 참담함을 조금 덜어주기 위해서 내력을 깃들여 불호를 외웠다.

그들의 인상은 눈에 띄게 나아졌다.

파천도가 힘을 입어 입을 열었다.

"궁극적인 목표가 천라지망에게서 벗어나는 것이라면, 이유는 교란밖에 없지 않겠습니까?"

신승이 숙였던 고개를 들었다.

조금 더 자세한 설명을 요구하는 행동이었다.

"어차피 온전한 천라지망에 부딪치게 될 것입니다. 오로지 시간문제입니다. 어차피 이루어질 일인데 한숨을 돌리고 가겠다는 이유일 수도 있잖습니까? 아직 천라지망이 완전히 구축되지 않은 이유도 있지만, 만약 지금 천라지망이 완전히 구축되었더라도 그 행보의 목적을 모르는 지금은 지시를 보류해야 하지 않겠습니까? 그의 행보의 유일한 목적은 시간을 끄는 데 있는 것 같습니다. 뭐, 부수적인 효과로 저희의 골머리를 썩이는 것도 있겠습니다만. 음하하하!"

파천도의 재치있는 대답과 호탕한 웃음은 다른 실세들에게도 전염되었다.

지금껏 그들을 근심하게 만들었던 일에 대해서는 잊고 일단 그들은 기분 좋게 웃었다.

신승도 미소를 지었다.

물론 여전히 머리는 아픈 와중이었다.

분위기가 좋아졌다고 해서 일이 해결된 것은 아니니까 말이다.

웃음소리가 잔잔해지자 신승이 입을 열었다.

"일리가 있는 의견이다. 그렇게 단순한 이유에서였으면 좋겠지만, 또 다른 이유가 있다면? 그것도 최악의 가정을 해보자면?"

역시 실세들에게 하는 의문임과 동시에 자신에게 하는 질문이기도 했다.

그리고 대충 정리해 놓은 답도 있었다.

이미 답이 났음에도 불구하고 실세들에게 묻는 이유는, 그들을 일깨워 주기 위함의 뜻도 있었고, 혹여나 자신이 놓친 부분을 그들이 충족시켜 주지 않을까 하는 마음에서였다.

그들은 큰 세력의 수장이었다.

자신이 먼저 이야기하지 않았더라면 이들이 먼저 문제 삼았을 화두였다.

"숨겨놓은 희대의 명기가 있을까요?"

비천검이 조심스럽게 물었다.

그냥 문득 떠오른 생각을 말했을 뿐이었다.

파중이 어떤 곳이던가?

하나의 촌구석 중 하나였다.

약 십삼만 정도의 인원이 살까?

신승은 그럴 가능성이 희박하다며 고개를 저었다.

조금은 옳은 방향으로 이끌어주기 위해서 그들이 아직 모르고 있는 사실을 알려주기로 했다.

"무영음각(無影陰刻)."

"옛?"

왜 자신이 지명을 받았는지 모르는 무영음각(無影陰刻) 묵천소는 어안이 벙벙한 목소리였다.

무영음각은 무림 내의 모든 정보를 수집하는 무영단(無影團)의 단주였다. 무영단은 은신과 경공이 특출난 정보원들이 많은 무림맹 내의 초일류 직속 단체였다.

"휘인이 태백(太白)에서 무엇을 했는지 알고 있나?"

무림맹주를 죽인 시점의 이전서부터 무림맹 내 최고의 관심거리였던 휘인의 행보에 주시하고 있던 그이니 그 사실을 무영단주 묵천소가 모를 리 없었다.

"임홍이라 불리는 목수와 합류했습니다. 그리고는 안가로 추정되는 지점에서 사라졌습니다. 만 하루 정도를 그곳에서 머물렀다가 그곳에서 조금 벗어난 지점에서 홀연히 나타났고……."

신승이 그의 말을 끊었다.

이미 필요한 정보는 나왔다.

"그 정도면 충분하네."

무영음각이 머리를 조아렸다.

그때 비천검이 다시 입을 열었다.

"새로운 자와 합류할 생각이란 말씀이십니까?"

"그럴 가능성 역시 있다고 보네."

새로운 자.

현재 휘인, 뇌운비, 그리고 임홍.

그들로도 충분했다.

그런데 또 하나의 인물이 합류한다는 말인가?

그들 중 상대적으로 무공이 낮은 뇌운비마저 자신들에 비해서 하수가 아니었다. 그 누구보다도 파천도가 뇌운비의 무서움을 알고 있었다. 비록 그와의 생사투에서 자신이 이겼다고는 하지만, 그건 비천검의 비겁한 개입이 있었기 때문이지, 비천검이 아니었더라면 절대로 승리를 장담할 수 없었다. 그 정도로 뇌운비의 주먹은 매서웠다. 파천도의 묵직한 도를 상대로 그의 두 주먹은 전혀 밀림이 없었다.

파천도는 그때가 떠올랐는지 식은땀이 멈출 줄을 몰랐다.

'누군가가 합류한다면 그자의 경지 역시 암천마수 못지않겠지?'

어쩌면 임홍 정도의 실력자일 수도 있었다.

거기까지 생각이 미치자 다른 실세들도 파천도만큼이나 식은땀을 흘렸다.

신승은 그때 조금 다른 의문을 품고 있었다.

'휘인은 이 모든 일들을 예견하고 있을까? 이 모든 일들이 사전에 계획된 것은 아닐까?

신승은 사뭇 진지했다.

난세.

휘인.

제삼의 세력.

자신의 머리를 괴롭히는 세 가지 중요 안건을 한데 뭉쳐 봤다. 자신의 한없이 복잡한 머리를 시원하게 뚫을 수 있는 방법이 떠오를 듯도 싶었다.

이 세 가지가 한데에 뭉쳐지기만 한다면 더 이상적인 것도 없었다.

따로따로 수사할 필요도 없고 말이다.

난세를 일으킨 제삼의 세력.

그리고 제삼 세력의 일인인 휘인.

휘인의 수하 혹은 동료, 임홍, 암천마수.

그리고 거사(巨事)!

마치 하나의 우주가 큰 폭발을 일으켜 탄생하는 듯한 충격을 받으며 신승이 몸을 부르르 떨었다. 사실일지도 모르는 새로운 음모론이 완성되는 순간이었다. 그 음모의 진위 여부는 일단 제쳐 두고서라도 만약에 이 음모가 진짜이기만 한다면, 이 일은 자신이 생각했던 것보다 거대한 일일 수도 있었다.

감당하기 힘든, 그런 거대한 일.

난세에 무림을 일통하기 위해서는 여러 조건이 필요했다.

일단 힘이 필요하다.

최소한 전 무림을 합한 것만큼의 힘을 필요로 한다.

무림맹에 준하는 힘.

그게 최소한의 조건 중 하나였다.

힘만 있어서는 또 안 된다.

때를 타고나야 한다.

때를 노릴 수 있어야 한다.

무림은 보이는 것 이상의 저력을 지닌 곳이다.

어쩌면 드러난 게 빙산의 일각일 수도 있을 정도로 무림은 무한한 잠재력을 지닌 곳. 무림만 한 힘이 있다고는 해도 쉽게 무림을 넘볼 수 없는 이유는 거기에 있었다. 지금껏 마교가 몇 번이나 무림일통을 꾀했던가. 정파 측에서도, 사파 측에서도, 새외무림 측에서도 수많은 도전을 했지만 지금껏 무림의 가장 한가운데 세력을 형성하는 데 성공한 곳은 바로 무림맹이었다. 적어도 중원무림에 영향력을 행사할 수 있었으니 말이다.

어쨌든 그 정도로 무림일통은 불가능한 과제로 무림 역사 상에 기록되었다.

물론 기록은 항상 새로이 쓰고 있는 것이라 누구도 미래를 감히 예측할 수는 없었기에, 가능성은 존재했다.

때!

이 때라는 게 너무도 오묘한 부분이었다.

운이 따라야 하는 부분이기도 했다.

재수가 조금만 좋았다면 무림일통은 꿈만도 아니었던 때가 모든 세력별로 한 번쯤은 있었다. 마교도, 새외무림도, 정파도, 사파도, 무림맹도 무림일통에서 눈곱만큼 멀었던 절호의 기회가 한 번씩은 각기 있었다.

운이 따라야 한다.

무림일통을 할 세력이라면 운, 힘, 두뇌 이 삼박자가 제대로 갖춰져야 한다.

물론 운이라는 건 누군가가 조정할 수 없었고 자신이 판단할 수 없는 종류의 것이었기에 제쳐 놓고서도 조금은 조정하려고 노력해 보자면, 최대한으로 침략 대상의 눈을 가리고 속이는 일에 집중을 한다면 인위적으로 그 적정한 때를 형성할 수 있었다.

때라는 것이 대단한 게 절대 아니었다.

침략의 대상이 침략의 주체에 대해 최대한 무지하고 있는 그때!

그때가 바로 그때이다.

침략의 주체가 최대한 침략의 대상에 녹아 있어야 거사를 이룰 수 있었다.

침략의 대상이 바보가 아니니, 그들이 눈치 채기 이전에 최대한 거사를 치를 수 있는 최고의 조건으로 만들어야 한다. 이 부분은 전적으로 정보 단체의 싸움이 된다. 한쪽은 일방적으로 정보에 대한 방해 공작을 펼쳐야 하고, 다른 한쪽은 거짓 정보와 진정한 정보의 차이를 구별하고 공작을 파헤쳐서 시대의 흐름을 최대한으로 읽어내야 한다.

이 부분에 대해서 가장 좋은 방법이 하나 있었다.

그건 바로 눈가리개를 만드는 방법!

이 눈가리개는 무림맹에서도 잘 구분할 수 없었다. 눈가리개를 만든 단체를 알아내기도 힘들고, 심지어는 그게 눈가리개인지 아니면 보통의 세력, 혹은 은거하고 있던 기인인지 구분하기 힘들었다.

그야말로 침략의 주체에서는 잃어도 그만, 성공하면 더할 나위 없이 좋은 게 바로 눈가리개라는 정보 공작 방법이었다.

휘인은 최적의 눈가리개일 수도 있고, 그냥 세력과 패권 다툼에는 아무런 관련이 없는 일반 무인일 수도 있었다. 단지 조금 무식하도록 강하고, 재수가 옴이 터진 그런 무인.

물론 실세들은 이 부분에 대해서 수긍하지 않을 것이다.

눈가리개가 아니라면 왜 그가 맹주를 죽였단 말인가? 일반 무인이라면 도대체 왜 무림맹주를 죽인단 말인가? 분명 무림맹에 좋지 않은 감정을 갖고 있으니 그를 죽인 게 아니냔 말인가!

하지만 이미 신승은 알고 있었다.

맹주가 죽은 이유를.

'맹주가 죽은 그날은 바로 그가 휘인을 죽이러 간 그날이었지.'

물론 맹주가 휘인을 죽이려 했는지, 아니면 생포하려고 했는지는 자신 역시 잘 모르는 부분이었다. 단지 알고 있는 사실은 바로 맹주가 휘인을 가만히 내버려 둘 의사는 전혀 없었던 것. 그리고 이후의 정보 수집으로 미루어 보건대 휘인은 절대 자신을 건드리는 상대를 내버려 두는 대협심의 소유자가 아니었다.

악의(惡意)에 모자라 심지어는 살의(殺意)가 있는 맹주를 휘인이 그냥 지나칠 리가 없었다. 생포가 불가능하자 아마 맹주는 살기를 보였겠지. 당연 휘인은 그 살기를 죽음으로써 보상을 받았겠지.

이건 철저한 은원 관계로 벌어진 일이었다.

만약 맹주가 휘인의 원한에 의해 죽었다면, 그건 처벌이 가능하다. 하지만 이번 은원 관계에서 복수를 받는 대상이 휘인이었고, 복수를 하는 대상이 맹주였다. 그런 도중에서 죽은 맹주는 그의 죽음에 대한 보상을 받을 수 없었다. 실상 휘인은 무림공적으로 공표될 수 없는 노릇이었다.

그럼에도 불구하고 신승이 그를 무림공적으로 공표한 데

에는 이유가 있었다.

복수는 복수를 낳는다.

분명 누군가는 맹주의 복수를 하지 않겠나?

맹주에 대한 절대적인 신임을 생각해 보면, 어차피 전 무림이 들고일어날 것이다. 이 사건이 어떤 연유에서 벌여졌건, 휘인이 맹주를 죽인 사실에는 변함이 없다. 맹주의 주검이 혐의를 명명백백하게 증거하니 휘인은 분명 수만의 원한을 살 수밖에 없다.

무림공적은 그 원한 관계를 사적인 일에서 공적인 일로 만들 뿐이었다.

그리고 굳이 맹주가 휘인을 죽이기 위하여 무림맹을 떠났다는 사실을 밝힐 필요는 없었던 것.

애초에 그 부분은 자신이 은밀하게 가려준다고 약속했다.

약속의 대상이 죽었다고 해서 그 약속이 사라지는 건 아니지만.

게다가 도악의 위신이 다시는 회복될 수 없는 가운데 무림맹주의 인간적인 면모를 세상에 드러낼 필요는 없었다. 아무리 그가 인간이었고, 인간인 한 은원 관계는 잊지 못한다는 사실을 호소해 보아도 현경의 고수를 신으로 바라보는 세상의 만인들이 이해해 줄 리가 없었다. 특히 무림맹주에 대한 절대적인 믿음을 갖고 있는 무림인들이라면, 무림맹주의 그런 면을 보고 실망할 게 분명했다. 어떤 무림인들은 악의마저 보이리라. 애초에 인간이란 동물이 그러했다. 어제까지만 해도 신으로 모시다가도 어떤 미미한 일이 터지기만 하면 오늘은 마두로 치부한다.

인간의 그런 면모를 잘 아는 신승은 그 일을 함구했다.

죽은 무림맹주에 대한 신의였다.

그리고 맹주는 분명 만인의 존경을 받을 만한 인물이었다.

그의 성품이나 무공. 그 어떤 면으로나…….

단지 운명의 장난이 그의 눈을 잠시 멀게 했을 뿐.

미숙한 판단의 결과로 죽음이라는 가혹한 대가를 받았으니, 그가 더 이상 고통을 겪을 필요는 없었다.

"일단 식사들 하고 다시 모이세."

실세들은 군말없이 자리에 일어섰다.

"무영음각, 자네는 조금 남아보게."

이내 장내는 조용해졌다.

신승과 무영음각만이 입룡각을 지키고 있었다.

"자네에게는 특별한 임무가 있네."

무영음각이 의아한 눈으로 신승을 올려다봤다.

"아무래도 안심이 안 되어서 그렇다네."

"하명만 해주십시오."

무영음각은 오로지 맹주에게서만 임무를 받지만, 맹주가 죽은 지금 신승이 무림맹주나 다름없었다. 만약 무림맹주가 살아 있었다고 해도 신승의 임무는 거절하기 힘들었다. 무림맹주가 따로 존재는 했으나, 실질적으로 무림은 세 기둥에 의해서 이끌어져 나갔으니까.

"자네가 직접 무영단을 이끌고 새외무림의 감시에 나서게. 그것도 은밀히."

"예?"

현재 무영단의 팔 할은 무림공적, 휘인의 감시에 나가 있었다.

지금 무림공적 이외의 안건에는 신경 쓸 겨를이 없었다.

아직 그 일이 해결되지 않은 가운데 어째서 신승이 이런 임무를 하명하는지 전혀 이해할 수 없다는 얼굴이었다.

"새외무림이 아무래도 의심스러워."

이미 결심을 굳힌 신승이었다.

그의 감은 계속 경고하고 있었다.

난세.

쉽게 넘어갈 수는 없었다.

눈가리개일지도 모르는 휘인을 처리하고 나서는 이미 늦을지도 모른다. 속전속결. 어떤 일이든 빨리 처리하고 봐야 한다. 빨리 처리할 수 없다면, 일을 동시에 진행해야 한다. 어차피 무영단이 없더라도 대처할 세력이 있었다.

"무림공적의 감시는 어떻게 합니까?"

무영음각의 물음은 당연했다.

전혀 문제없다는 얼굴로 신승이 입을 열었다.

“개방에 무림공적의 감시를 맡길 걸세. 어차피 지금 무림 공적은 도망에는 별로 관심이 없어 보이네.”

개방이라면 충분히 무영단의 역할을 해낼 수 있을 것이다.

“알겠습니다.”

무영음각은 의문이 한두 가지가 아니었다.

그렇지만 굳이 물어보지 않았다. 자신에게 이런 임무를 하달한 데에는 분명 이유가 있을 것이다. 새외무림이 지금 조용해 보인다고는 하지만, 신승이 그들에 대해 걱정을 하는 이유는 분명 있었다. 신승이다. 세 기둥 중 가장 신중하기로 정평이 나 있는…….

아직 신승의 당부는 끝이 아니었다.

“어쩌면 그들이 통합되었을지도 모르네. 그 부분을 중점적으로 알아봐 주게.”

“명심하겠습니다.”

엄청난 파란을 일으킬 수 있는 말이었지만, 무영음각은 담담했다.

적어도 담담해 보이려고 노력했다.

정보 단체를 이끌다 보면 그 어떤 정보에도 부동심을 지키는 능력이 생긴다.

신승은 그런 무영음각의 모습이 믿음직스러웠다.

비천검처럼 무작정 의문이 풀릴 때까지 질문을 해대는 이는 번거로웠다. 물론 무지를 해소하려는 모습은 바람직하지

만, 조금만 각도를 달리해서 보자면 그건 상관을 믿지 않음에
서 파생하는 의심이나 다름없었다.

"그럼 이만 가보게."

무영음각은 고개를 조아리고는 입룡각을 나섰다.

'그래도 안심이 안 돼.'

무영음각을 직접 파견 보냈음에도 불구하고 왠지 마음이
놓이지 않았다. 세상을 살다 보면 이런 일이 종종 있었다. 막
연한 불안감. 철저하게 일을 처리한 듯싶지만 왠지 불안하다.
그럴 때면 어김없이 일이 틀어지곤 한다.

하지만 그는 이번에도 별일없을 것이라고 자신을 안심시
켰다.

항상 그랬다.

'청학, 이 친구. 나에게 이런 일만 맡기는구려……'

원망의 감정은 담기지 않았다.

단지 영원할 줄만 알았던 벗에 대한 그리움이 담겨 있었다.

제7장

영웅지상(英雄之像)

"영웅의 상을 하신 분이군요!"

누군가가 지나가는 자신을 붙잡으며 말했다.

그와의 첫 대화였다.

대화라 함은 서로가 의사를 말로써 소통하는 것인데, 정작 그때를 떠올려 보면 그자가 일방적으로 말을 지껄인 듯싶다. 대화가 아닌 일방적인 지껄임.

그럼에도 불구하고 싫지 않았다.

그런 적은 처음이었다.

남이 일방적으로 말을 하는데도 불구하고 불쾌함이 느껴지지 않은 적은.

그 이후로 그런 경험이 또 한 번 있었다.

바로 화린.

그녀도 안하무인이라고 하면 지지 않는다.

그리고 보니 그와 화린은 꽤나 많이 닮아 있었다.

아무리 무시를 해도 옆에서 계속 쫑알댔다.

단지 그와 그녀가 다른 점이 있었다면, 그는 자신을 떠났고, 그녀는 자신을 떠나지 않았다. 그와의 동행은 없었고, 그녀와의 동행은 있었다.

물론 지금은 둘 다 자신에게서 떨어져 있는 인물들.

참으로 인연이란 알 수 없었다.

현재 자신은 자신을 떠나지 않았던 그녀에게서 떠나왔고, 자신을 떠났던 그를 직접 찾으러 왔다.

참으로 비슷한 종류의 인물 같음에도 불구하고 각각 드러난 결과는 완전히 상반되었다. 어쩌면 그렇기에 그에 대해 막연한 기대를 하고 있는지도 몰랐다.

마지막 그에게서 들었던 말이 떠올랐다.

"우리는 또 한 번 만날 것 같군요……."

그럴지도 모른다고 생각했다.

중원무림이 넓기는 했지만, 인연이라는 건 참으로 좁았다. 인연이 닿는다면 또 만날지도 모른다. 그 누구도 인연을 무시할 수 없었고, 미래를 장담할 수 없었다. 게다가 그가 정보 조직에 자신의 위치를 의뢰한다면 찾으러 오는 것 역시 불가능하지 않았다. 자신이 음지의 인물도 아니고 말이다.

단지 서로가 일부러 찾지만 않는다면 만날 일은 없을 것이라고 생각했다.

그와 자신은 그만큼 달랐으니까.

그때는 생각하지 못했다.

자신이 이렇게 직접 찾으러 올 줄은.

자신이 누군가의 도움을 필요로 할 줄은.

…그리고 그가 자신을 기다리고 있었을 줄은.

"영웅의 상을 하신 분이군요!"

누군가가 자신의 옷깃을 잡으며 말했다.

쾌활한 목소리의 주인공은 꽤나 어려 보이는 미남자였다. 나이는 조금 들었지만, 생긴 것 자체가 조금 어려 보인다는 느낌이 들었다. 휘인은 자신의 예감이 틀리지 않을 것이라고 생각했다.

눈앞의 사내는 빼어난 미남은 아니었지만 쉽게 호감을 줄 수 있는 미남이었고, 성격 역시 지극히 사교적인 듯싶었다. 휘인은 그를 항상 이렇게 낯선 사람을 붙잡고는 친해지려 하는 그런 종류의 인물로 치부했다.

"볼일이 있나?"

당시 휘인은 무림행에 나선 지 갓 한 달이 된 무림초출(武林初出)이었다. 그리고 지금이나 그때나 눈앞의 사내와는 반대로 비(非) 사교적인 인물이었다. 그리고 다른 사람들 역시 휘인에게 호감을 느끼지 않았다. 무엇보다도 휘인의 인상은 싸늘한 편이었다. 무표정한 얼굴에 강렬한 시선은 절로 꺼리게 만드는 요소였다.

“이미 볼일은 아침에 봤지요~! 히히.”

“…….”

순간 휘인은 할 말을 잃었다.

처음에는 단순히 상대의 웃음소리가 이상하다는 데 말을 잃었고, 그 다음에는 처음으로 들어보는 차원 높은 유머를 해석하고 나서는 정신을 놓았다.

‘미친놈인가?’

휘인은 인간과의 교류가 거의 없었던 인물이다.

아니, 사실 제대로 된 사회생활을 해온 사람이라도 눈앞의 사내의 모습에는 두 손, 두 발 다 들 것이다.

“제가 미친놈이라고 생각하셨죠?”

“……!”

휘인의 눈이 살짝 크게 떠졌다.

나름대로는 놀랐음을 뜻했다.

‘관심법의 소유자!’

휘인은 진심으로 그가 관심법에 능통한 인물이라고 생각

했다. 지금껏 자신의 생각을 읽은 이가 단 한 명도 없었다. 그런데 눈앞의 사내가 직접 마음을 읽자 중원무림에 발을 디딘 이후 처음으로 흥미를 느꼈다.

그만큼 휘인은 순진했다.

실제로 무표정을 지키는 편이었지만, 순간순간 떠오르는 미미한 표정 변화를 상대가 잘 읽었다. 나름대로 휘인이 솔직하고 순진한 면도 있었지만, 무엇보다도 눈앞의 사내가 뛰어난 자였다.

"제가 관심법에 능통하답니다."

사뭇 건방진 얼굴로 말하는 사내.

그런 사내를 보고 휘인은 '역시' 라는 얼굴빛을 띠었다.

참으로 그렇게 순진할 수가 없었다.

"나에게 무슨 볼일이 있는 거지?"

독특한 능력의 소유자인 건 소유자인 것이고, 그와 자신은 아무런 관련이 없었다.

앞으로 그다지 관련이 있어 보이지도 않았다.

문득 사내의 표정이 진지해졌다.

참으로 표정 변화가 큰 사내였다.

"그건 말이죠. 흐음……."

사내가 턱을 괴었다. 참으로 고심하는 듯한 얼굴이었다. 자기 나름대로는 그런 고심을 담으려고 노력하는 듯했지만 안타깝게도 사내와는 전혀 어울리지 않는 모습이었다. 실제로 사내는 '고심'이란 단어의 의미 자체를 모르리라.

"저도 잘 모르겠네요. 히히."

'역시.'

고심을 하는 게 아니었다. 단지 마땅히 할 말이 기억나지 않았기에 머리를 쥐어짠 것이리라.

"아, 배고프네요? 그러고 보니 대협께서도 막 객잔에 들르려던 참이죠?"

'정말 관심법에 능통한 건 맞나 보군.'

순간 그를 사기꾼으로 치부하려던 휘인은 사내의 날카로운 지적에 그의 능력만은 인정할 수밖에 없었다. 해가 중천에 떠오른 지금, 끼니를 할 시간이었다.

"그리고 무엇을 드실 것인지까지 맞춰볼게요."

휘인은 흥미로운 눈으로 그를 응시했다.

관심법은 정말 처음으로 견식하는 능력이었다.

사실 존재하는지조차 몰랐다.

그의 사부가 그런 능력의 소유자를 말해준 적이 없으니 당연히 모를 수밖에……

"만두!"

순간 휘인의 눈이 시들해졌다.

그렇지만 사내의 말은 끝이 아니었다.

"소면!"

휘인의 눈에 순간 이채가 돌았다.

"닭구이!"

휘인의 눈에 의심이 자리했다.

"…중에서 소면을 드실 겁니다. 히히. 재밌죠? 원래 관심법은 이런 방식으로 해야 재밌답니다. 관심법도 관심법이지만, 얼마나 재미있게 그 관심법을 시전하느냐! 이게 바로 관심법왕(觀心法王)이 갖춰야 할 덕목 중 하나입니다. 상대를 실망하게 해놓고서는 다시 바로 놀라게 하는 것! 뒷통수 치기 신공을 극성으로 익혀야만 이 능력을 자유자재, 능수능란하게 사용할 수 있답니다. 히히히."

"호오."

탄성을 자아내는 휘인.

그렇다.

휘인은 순진했었다.

멍청하다고 생각이 들 정도로.

어쩌면 이자를 겪었기에 지금의 휘인으로 성장(?)할 수 있었는지도 모른다.

물론 그는 눈에는 눈, 이에는 이라는 무서운 철칙을 지니고 있었는데, 사내에게는 악의가 없었다. 이 철칙의 범주에 속하지 않는 그는 다행히 휘인의 또 다른 성향을 건드리지 않았다.

어쩌면 그럴 의도 역시 없다고 볼 수 있었다.

"이렇게 색다른 체험을 하셨으니, 소면 정도는 쏘셔야지요? 대협님?"

당연한 듯이 요구를 하는 사내의 태도에, 휘인 역시 그게 당연한 듯 고개를 끄덕였다.

그렇게 죽이 잘 맞는 사람들이 존재할 수는 없는 것이었다.

주문하는 소면이 나오는 동안 사내는 재밌는 이야기를 해준다고 했다.

휘인이야 별로 말이 없는 사람이다 보니, 이렇다 할 대답을 하지 못하고 있는데, 다짜고짜 사내의 입이 열리기 시작했다. 처음에는 조금 거슬리는 듯싶다가 사내의 말이 조금은 흥미롭기도 하고 일리가 있다고 생각이 들자, 휘인도 이미 나온 자신의 소면이 식고 있다는 사실을 잊을 정도로 이야기에 빠져들었다.

이야기는 이렇게 시작되었다.

"점심때의 객잔은 보시다시피 이렇게 붐빕니다. 사람의 활동이 가장 활……."

점심때는 객잔이 가장 붐빌 때이다.

사람들의 활동이 가장 활발한 때이기도 하고, 늦잠을 자는 이라고 해도 이때쯤은 일어나 아침 겸 점심을 먹으러 많은 사람들이 객잔을 찾는다.

사람이 많다는 건 그만큼 사고가 벌어질 가능성이 높아진다는 것을 의미하기도 했다.

특히 객잔 같은 경우에는 사람들 간에 시비가 붙을 가능성이 많았다. 객잔의 분위기 자체가 그러했다. 고급 기루는 조금 귀티가 나는 듯하고, 보통 기루는 조금 끈적끈적한 분위기가 감돈다. 객잔 같은 경우는 시끌벅적한 게 상당히 활발한 분위기. 활동량이 많고 호기 어린 자들이 많기에 시비는 자연스레 붙게 되어 있다.

특히나 이런 객잔에서 가장 문제를 많이 일으키는 부류가 있다면 십중팔구 무림인이라고 할 수 있었다.

무림인은 파락호들보다도 자존심이 드세다.

조금이라도 대접이 소홀하다?

바로 검을 뽑아 든다.

아무리 좋은 대접이라도 남들과 똑같은 대접을 받는다?

이건 객잔 주인의 귀싸대기를 요구하는 일이다.

음식이 늦는다?

주방장이 간덩어리가 부었구나!

음식이 맛없다?

주방장이 초상을 치를 때가 왔구나!

이게 대부분 무림인들의 태도였다.

그랬기에 일단 검을 차고, 눈빛이 장난이 아니다! 싶은 자가 객잔에 들어오면 특급 대우를 해줘야 한다. 손해고 뭐고 가장 맛있는 요리를 내가야 하고, 점소이는 절대 그자와 눈을 맞춰서는 안 된다. 혹여라도 눈을 마주치면 그냥 그 즉시 점소이 자리를 내줘야 할지도 모른다.

그리고 오로지 '예'로 대답을 해야 한다. '아니오'는 마치 '나 때려주세요'라고 말하는 것과 똑같은 행위였다. 아니, 어쩌면 무인들에게는 '나 좀 제발 죽여주세요'라고 애걸하는 이야기로 들릴지도 모른다. 그러니 조심조심, 또 조심해야 하는 게 바로 무림인들이라는 부류였다.

이렇게 무림인을 특급 대우하는 객잔에서도 통계상으로 보자면, 하루에 최소 열댓 번 정도 무림인이 난동을 부린다. 여기서 깨지는 돈은 장난이 아니다. 일단 난동을 부리기 시작하면 무림인이 상을 엎는 것에서부터 그 시작을 알린다. 점소이는 최소한 전치 팔 주를 선언받게 되고, 옆에 있던 애꿎은 상다리도 마냥 부서진다. 여기서 끝이냐? 그건 무림인을 무시하는 질문이다.

무림인은 통이 커도 어지간히 큰 게 아니었다.

조금은 양호한 상태의 무림인이라면 여기쯤에서 객잔의 주인이 나타나 '아이고, 대협! 왜 이러신데요. 제발 제 얼굴을 봐서라도 한 번만 눈감아주세요'라고 칭얼거리며 바지자락 붙잡아가며 애를 쓰며 은근슬쩍 손에 다섯 냥 정도 쥐어주면, 마치 자신이 선심을 쓰는 듯한 얼굴로 객잔을 나간다.

이 정도의 무림인만 객잔을 찾는다면 그야말로 객잔의 주인에게 있어서는 '재수 좋은 날'이라고 할 수 있었다.

문제는 이런 양호한(!) 무림인들이 가뭄에 콩 나듯 있다는
것!

기름진 땅에서 콩 나듯 나는 무림인은 죄다 이런 유형이었
다. 일단 상을 엎고, 옆의 상다리 부수고, 점소이 실려 보내
고, 객잔의 주인에게서 짭짤한 돈을 얻어먹는 것까지는 가뭄
에 콩 나듯 나는 무림인들과 똑같다. 문제는 돈은 챙기면서도
'어허, 이 내가 이깟 돈 때문에 이렇게 땀을 빼는 줄 알어!' 라
고 소리를 꽥꽥 질러대는 놈들! 객잔의 주인은 그때부터 인상
을 쓴다.

이런 방면에서는 백전노장인 객잔 주인들이 이런 유형의
무림인을 모를 리가 없었다. 이놈들이야말로 객잔 주인들의
피를 쪽쪽 빨아먹는 모기만도 못한 놈들이었다. 매상이 조금
오른 듯싶으면 그 사실을 어떻게 눈치 채고 달려오는지, 그야
말로 어제는 매상 올라 좋은 날, 오늘은 매상 오른 것보다 뜯
긴 게 많은 날. 매일을 이런 불안감으로 살아가는 객잔 주인
이었다.

객잔의 주인은 눈물을 쏟으며 미리 준비해 놓은 돈주머니
를 조심스럽게 꺼내야 했다.

그리고 은밀히 그 돈주머니를 무림인들의 손에 쥐어줘야
한다.

만약 조금이라도 티가 나게 건네주었다?

이놈의 객잔 오늘 장사 못하지!

당장에 무림인이 검을 뽑아 들어 난동을 부린다. 당장에 겁을 먹은 손님들이 대피하는 것은 물론, 관병들이 도착하기 바로 전까지 상다리란 상다리는 몽땅 부서진다. 조금 더 재수가 없자면, 객잔 주인 자신도 전치 팔 주를 진단받아 방금 전에 실려간 점소이의 옆에 같이 누워야 할지도 모른다.

더욱 미치고 환장하게 만드는 건, 바로 관병들이 오는 건 어떻게 그렇게 잘 아는지 관병이 들이닥치기 바로 전에 신묘한 경공을 펼쳐 저만치 달아난다는 것!

거기에다가 정말 객잔의 주인을 자살 기도하게끔 만드는 건, 인근에 주먹을 조금 쓴다는 녀석들을 아무리 떼거지로 사들여도 이 무림인들 앞에서는 꼬리를 바로 내려 버린다. 오히려 그런 놈들 사들인 돈을 무림인에게 쥐어주는 게 더욱 순탄한 객잔 생활을 하는 데 도움이 된다.

그렇다고 무림인을 사들인다?

이건 객잔이 아니라 괜찮은 계집들 데려다 놓은 기루에서나 엄두에 둘 수 있는 일이었다. 기루와는 달리 객잔은 싼 품목(?)밖에 없었다. 그것도 하루 종일 팔아야 그저께 색시 얻은 점소이에게 추가 지급을 주고, 나날이 늙어간다고 한탄하는 주방장 술 사 마시라고 돈 얹어주고, 새로 얻은 첩 원하는 보화를 사다 줄 수 있다.

그렇게 객잔의 안녕을 지키는 일은 힘들었다.

아무리 오랜 세월 무림인들과의 전쟁을 벌여온 백전노장

이라고 해도 하루하루가 긴장의 연속이었다. 아무리 치열한 혈전을 매일 벌여도 내성이 생길 리가 만무했다. 무림인의 눈빛은 범인의 그것과는 달라 절대 익숙해지지 않는다. 안정제를 미리 먹지 않는다면 언제고 심장병이나 심약 증세로 쓰러질지 모른다.

이런 무림인을 상대로 객잔 주인이 개발한 신형 대처법이 있었다.

객잔 주인이라고 맨날 당하라는 법만 있는 건 아니었다.

무림인도 똥이 있고 가뭄에서 난 콩이 있다.

이 똥을 잘 구별해 낼 수 있어야 하는 게 매상의 큰 부분을 차지한다.

아니, 매상의 구 할이니 전체를 차지한다고 할 수 있었다. 아무리 많이 팔아도 무림인 대처비에 들어가는 돈 때문에 음식 원가에 점소이, 주방장 임금을 빼면 겨우 자신의 입에 풀칠할 돈이 남는 게 객잔 주인이었다. 여기서 최대한 자신의 최저 생계 비용을 채우려면 이 무림인 대처비를 줄이는 수밖에 없었다.

그리고 그 대처비를 줄이는 방법 중 가장 큰 효력을 지닌게 똥과 가뭄의 콩을 구별하는 눈을 지니는 것!

그야말로 객잔 주인이 필수적으로 익혀야 할 절세 무공이었다.

이 똥과 가뭄의 콩을 구별하는 건 결코 쉬운 과제가 아니었다.

실제로는 부리부리한 눈매를 지닌 자가 조용히 밥만 먹고 나갈 때가 있었고, 인상이 좋아 보이는 노인네가 객잔 전체를 폐허로 짓이겨 놓고 나가는 때도 있었다. 또 똑같이 부리부리한 눈매를 지닌 자라고 안심할 수 없는 게, 사람마다 다르고 그때의 기분에 따라 다르다. 똑같은 자라고 해도 어제는 좋은 손님, 오늘은 찢어 죽일 손님으로 변하는 경우도 여러 번 있었다.

똥, 가뭄의 콩 구별하기 신공은 이렇게 무림인의 기분을 파악하는 게 일 단계였다. 만약 무림인의 기분이 좋다면 안심해도 좋다. 무림인들이 기분이 좋은 날은 흔히 점소이들에게 연봉이나 될 법한 돈을 쥐어준다. 이런 통이 큰 무림인이 찾아왔을 때는 그 무림인의 시중을 든 점소이만 족치면 되는 날이다. 아, 그리고 점소이의 옷을 전부 벗겨서 수색을 마쳐야 하는 건 상식 중에서도 상식이었다. 점소이는 그 어떤 데에도 돈을 숨길 수 있는 '객잔 주인 눈 속이기 신공'을 펼칠 수 있음을 명심해야 한다.

무림인의 기분이 안 좋다! 여기서 또다시 그 절세의 신공은 영향력을 발휘해야 한다.

이 무림인이 왜 기분이 나쁜가는 알 필요가 없었다. 어떻게 하면 이 무림인의 기분을 풀어줄 수 있는가! 이걸 판단해 내는 안목이 있어야 한다. 어떤 무림인은 돈이면 해결된다. 돈

이면 해결이 되는 똑같은 부류에서도 조금 많이 쥐어줘야 하
는 무림인이 있고, 덜 쥐어줘도 되는 무림인이 있다.

이때는 그 무림인의 눈매를 보면 된다.

억지로 흉흉한 눈빛을 지어 보이는 애송이들은 다섯 냥이
면 과분하다. 오히려 입이 벌어지는 것이나 제대로 막으면 다
행이다. 문제는 눈빛이 전혀 흔들리지 않는 놈들이다. 이놈들
은 얼마나 쥐어줘야 하는지 잘 판단해야 한다. 아니면 목이
날아갈 수도 있다. 일단 많이 쥐어줄수록 좋다. 돈보다 목숨
이 중요한 건 아니잖아?

일단 한바탕 분풀이를 해야 하는 듯한 무림인이 보인다?

휴우.

일단 점소이에게 돈을 많이 쥐어준다. 전치 팔 주이든, 십
육 주이든 점소이가 화풀이의 대상이 되어야 한다. 그럼에도
불구하고 상다리를 부술 기색이 보인다? 당장에 달려가 어린
아이처럼 질질 짜며 추태를 보여야 한다. 동정표를 사라! 동
정표는 물론 미끼! 그 미끼의 대상은 무림인이 아니라 바로
주위의 손님들이다. 혹여나 다른 의협심이 강한 무림인이 말
려주면 좋으나 상황이 여의치 않으면 일단 은밀히 돈을 쥐어
준다.

점소이를 패는 실력을 봐서 그 평화 요금의 액수를 가늠하
는 건 자신의 생계 유지비와 직접적으로 관련이 있는 문제이
다. 필히 익혀둬야 하는 능력이었다.

이외에도 수많은 변수들을 고려해야 하는 게 객잔 주인들.

이 세상에 객잔 주인들만큼이나 머리를 굴리는 사람들이 있으면, 아마 세상은 그런 사람들에 의해 지배가 될 것이라는 말과 함께 사내는 이야기를 끝마쳤다.

흥미로운 이야기였으나, 이야기의 끝을 들은 휘인의 얼굴은 어두웠다.

'소면이 식었군.'

점소이를 다시 불러 소면을 시키는 휘인의 모습은 상당히 암울했다. 다시 금액을 지불하는 휘인의 손은 떨리기까지 했다.

휘인은 절약 정신이 투철했다.

사내의 이야기의 목적이 드디어 드러났다.

"자아, 저 객잔 주인의 눈빛을 보세요."

사내가 손가락으로 가리키는 끝에는 배가 볼록 나오고, 표정이 그야말로 눈앞의 사내보다 자유자재로 바뀔 듯한 머리가 희끗희끗한 중년인이 있었다.

객잔 주인의 눈은 마치 토끼를 탐색하는 매의 눈빛을 하고 있었다.

"지금 '똥과 가뭄의 콩' 구별하기 신공이 펼쳐지고 있는 모습이죠."

휘인이 고개를 끄덕였다.

확실히 객잔 주인의 눈은 무림인으로 추정되는 이들을 찬

찬히 둘러보고 있었다. 그의 눈을 따라가 보니 곧 있으면 자신들을 훑을 기색이었다.

아마도 사내는 그 이야기를 하고 싶었던 모양이다.

"과연 저 객잔 주인은 우리를 어떻게 판단할까요?"

소면이 나오려면 조금은 기다려야 할 듯싶었다.

휘인은 사내를 바라봤다.

정감있는 얼굴.

호감 가는 인상.

"가뭄에 나는 콩이라고 생각하겠지."

추호의 의심도 없었다.

사내가 웃으면서 검지를 까딱였다.

절대 그럴 리가 없다는 뜻이었다.

"아마 당장에 달려와서 돈을 쥐어주거나, 더욱 맛있는 요리를 가져다주겠죠. 저는 후자에다가 걸겠어요."

"걸어?"

내기를 하잔 말인가?

"그래요. 내기. 내기 재밌잖아요?"

"내기가 재밌는 건가?"

휘인으로서는 알 도리가 없었다.

"이 양반, 참으로 딱딱한 사람일세! 남자라면 자고로 내기에 살고 내기에 죽는다! 모르신단 말씀입니까?"

휘인은 질렸다는 듯이 고개를 끄덕이며 말했다.

“손해 볼 건 없겠지. 그러고 보니 난 걸 게 없군.”

자신이 걸 만한 건 돈밖에 없었는데, 만약 자신의 피 같은 돈을 걸라고 하면 단번에 거절할 심산이었다.

사내도 그런 휘인의 성격을 아는 모양이었다.

“대협께서는 ‘동행’이라는 제 소원만 들어주시면 됩니다.”

“동행?”

“예, 동행. 별거 아니죠?”

잠시 생각을 하던 휘인은 거절을 하려 했다.

동행.

단 한 번도 생각해 본 일이 없었다.

그리고 과연 동행이 자신의 무림행에 어떻게 작용할지 알 수 없었다.

굳이 알고 있는 길을 내버려 두고 미지의 길을 걸을 필요는 없었다.

그런데 객잔의 주인이 다가오고 있는 게 아닌가!

이미 말할 때를 놓쳤다.

‘아니, 이미 내기에서 진 건가!’

사내의 미소가 짙어졌다.

승리를 확신하는 모습이었다.

객잔의 주인은 자신들의 바로 앞에서 멈췄다.

그의 입에서 나온 말은 뜻밖이었다.

"손님, 이각 이후에는 자리를 비워주서야 합니다. 이곳을
통째로 예약하신 귀한 분들이 계셔서……. 양해 바랍니
다."

사근사근한 미소와 함께 객잔의 주인은 고개를 한 번 조아
리고는 다시 제자리로 돌아갔다.

휘인은 멍한 사내의 얼굴을 보고는 자기도 모르는 새에 미
소를 지어버렸다.

"아참, 자네는 무엇을 걸었지?"

자신이 내기에 건 것은 '동행'.

그것은 기억이 났으나 사내가 내기에 무엇을 걸었는지는
기억이 나지 않았다. 아니, 아무것도 걸지 않았으니 기억이
날 리가 없었다.

사내의 얼굴에 씁쓸한 미소가 걸렸다.

"아직은 때가 아닌가 보군요."

휘인이 잠시 고개를 갸웃거렸다.

이해할 수 없는 말이었다.

내기와 때가 도대체 무슨 관련이 있단 말인가.

"무슨 말이지?"

"아, 아닙니다. 그냥 혼잣말……. 히히."

휘인은 사람을 많이 접해보지 않았지만, 그래도 눈앞의 사
내가 하는 말이 거짓말이라는 것쯤은 알 수 있었다. 하는 말
과 표정이 다르고, 웃음소리도 힘없다. 물론 그럼에도 불구하

고 쾌활한 눈빛은 달라지지 않았지만.

"소면이 나왔군."

꽤나 기다렸다는 얼굴이었다.

식탐이 있는 건 아니었지만 끼니를 거르지 않는 게 일상이었고, 드디어 기다린 게 나왔다는 만족감이 담긴 표정이었다.

휘인은 소면을 없애는 데 열중했다.

소면의 양은 얼마 되지 않았다.

휘인이 소면을 다 먹은 그때에는 사내가 이미 사라졌다.

신비주의인지, 이름도 하나 남기지 않고 떠났다.

어차피 스쳐 지나가는 인연들은 많았다.

그 역시 그중 하나이리라.

파중을 벗어나기 조금 전이었다.

나무 그늘 아래에서 눈을 감고 누워 있는 사내가 한 명 있었다. 이전에 만났던 사내와는 달리 조금 험악한 얼굴을 하고 있었다. 불쾌감을 느낄 정도는 아니었지만, 별로 좋은 하루를 보내고 있지 않은 무림인이라면 어떤 이유에서라도 시비를 걸 그런 유형의 얼굴을 하고 있었다.

'……?'

어떤 연유에서인지 사내의 모습이 자신의 시선을 샀다.

그러고 보니 나무에 목을 기대고 다리는 꼬고 있는 모습이 인상적이기는 했다.

'편해 보이는군.'

자연은 가장 합리적인 방법으로 조화를 이룬다. 누군가가 임의적으로 나무를 심지 않는 한, 나무와 땅은 보기에 딱 좋을 것이다. 어디 하나 어색한 부분이 없을 게 분명했다. 그렇지만 거기에 사람이 끼어들면 그건 또 다른 문제를 야기한다.

인간 역시 자연의 산물이기는 하지만 유동성을 지닌 동물로서, 식물과는 다른 속성을 지녔다.

인간은 자연에 어울리는 모습을 잘 알지 못한다.

보통의 동물이라면 본능에 따라 자연과 함께하겠지만, 인간은 이성을 지닌 존재로서 사고에 의해 원하는 대로 움직인다. 평범한 인간이 유일하게 자연과 일체가 되는 순간은 무의식중에서였다. 무의식중의 인간이라면 충분히 자연 그 자체의 흐름을 거스르지 않고 그것과 함께할 수 있었다.

아무리 자신이 어색하지 않은 모습으로 자연과 함께하려고 노력해도 그건 쉽지 않다. 아니, 인위적으로 노력해서 그 뜻을 이루고자 하면 불가능하다. 자연 자체의 흐름을 읽지 못하는 한, 눈앞의 사내처럼 보기 좋은 모습으로 자연과 함께 잠을 잘 수는 없는 것이었다.

파락호나 다름없는 인상.

어쩌면 정말 동물 같은 본능에 충실하여 운이 좋게 잠을 자고 있는 것인지도 모른다.

어쨌든 자고 일어나면 상대 역시 상당히 개운하리라.

'…그렇군.'

그 파락호가 눈에 밟힌 이유가 있었다.

자연과 일체를 이룬 모습 역시 눈여겨볼 만했으나, 사내의 느낌은 친숙했다. 본 적이 없는 얼굴이지만, 왠지 알고 있는 인물이라는 느낌이 강하게 들었다.

'머리만 좋은 줄 알았는데……'

휘인은 눈앞의 사내에게 진심으로 감탄하고 있었다.

그는 눈앞의 사내를 이전 객잔에서 소면을 같이 먹은 사내와 동일시하고 있었다.

휘인이 그 사내를 머리 좋은 사람으로 평가하는 데에는 그만한 이유가 있었다.

보통 머리가 좋다 하면 여러 가지 의미를 뜻했다.

두뇌 회전력이 빠른 자를 보고 머리가 좋다 했고,

그 누구도 생각해 내지 못하는 일들을 일상처럼 생각해 내는 자를 보고 머리가 좋다 했고,

많은 생각을 동시에 할 수 있는 자.

그런 자를 보고 머리가 좋다고 할 수 있었다.

눈앞의 사내.

그는 임기응변에 뛰어난 자이고, 기발한 발상을 지난 자이고, 남의 행동거지와 표정만으로도 마음을 쉽게 읽을 수 있는 탁월한 머리의 소유자였다.

뛰어난 자였다.

그뿐만 아니라,

…얼굴도 자유자재로 바꿀 수 있었다.

'느껴지는 기도마저 조절할 수 있다.'

기도에도 종류가 있었다.

강하고 약한 기도의 차이를 조절하는 정도이면 언급하지도 않는다.

어지간한 고수들도 기도를 자유자재로 조절하니 놀라울 것은 조금도 없었다.

다만 사람은 사람만의 기도를 지니기 마련이다.

정순한 기도.

마인의 기도.

탁한 기도.

이 차이는 어떤 종류의 심법을 수련했느냐에 따라 정해진다. 절대 바뀔 수 없는 종류의 기도였다. 이 심법에 따른 유형의 기도가 있다면 사람이 각개 가지는 속성에 따른 기도의 유형도 있었다.

바람의 기운이 깃든 기도.

또는 해의 기운, 달의 기운, 땅의 기운, 불의 기운, 물의 기운, 나무의 기운, 금속의 기운 등이 깃드는 기도들이 있었다. 인간은 태생적으로 특별히 강한 쪽의 속성이 있기 마련이었다. 해의 기운이 강한 기도를 지닌 인간이라는 뜻은, 그 사람의 몸에 깃든 속성 중에서 해의 기운이 가장 강함을 의미했다. 한 속성만을 지닌 자는 단 하나도 없었다. 아무리 극음지체, 극양지체라고는 하지만 일 푼의 양기 혹은 음기를 지니기 마련.

사람마다 각 기운이 차지하는 비율은 당연히 다르다.

그렇기 때문에 사람의 기도에는 확연한 차이가 있게 된다. 아무리 쌍둥이라고는 해도 그 기도의 미세한 차이가 있다. 그 미세한 차이는 각 사람을 구별하게 해주는 열쇠이기도 하다.

이 속성 역시 태생과 함께 주어지는 기도였지만, 노력에 의해 변하거나 강화될 수 있었다.

북해빙궁에서는 음의 기운, 즉 달의 기운을 강화시키는 무공을 지는 자들로서 강한 특색을 지닌 새외무림의 문파였다. 대부분 속성을 위주로 한 무공은 새외무림에 발달했다. 속성의 무공은 자연의 환경에 영향을 많이 받기 때문에, 어쩌면 당연한 이치였다. 북해빙궁이 위치한 극한의 지역만큼이나 극음의 무공을 수련하기 좋은 곳이 없는 것만큼 무공의 종류가 그쪽으로 발전할 수밖에 없었다.

어떤 속성이 강하든, 무공의 종류에 따라 꾸준한 노력을 하면 속성을 바꾸는 건 가능했다.

단지 극음지체와 극양지체는 조금 예외적인 경우로, 몸이 망가지지 않게 노력하는 것만으로도 힘에 부치는 체질

이어서 다른 속성으로 바꿀 여력이 없는 유일한 두 체질이 었다.

극음지체와 극양지체만 아니라면 눈앞의 사내처럼 속성을 바꾸는 게 가능했는데, 눈앞의 사내는 그 이치를 조금은 초월한 자였다.

속성이 비록 바꿀 수 있는, 사람의 노력에 따라 변하는 유동성을 지녔지만 순식간에 속성을 바꾸는 건 불가능했다. 속성은 각 사람의 삶에서 많은 영향력을 받고, 영향의 종류에 따라, 그리고 시간에 따라 미미하게 변한다.

바꾸고자 마음먹는다고 하루아침에 풍의 기도에서 화의 기도로 바뀔 수 있는 건 아니었다.

비슷한 속성을 지닌 기운일수록 쉽게 변할 수 있는 건 맞았지만, 절대 하루아침에 기도를 바꿀 수는 없었다.

눈앞의 사내는 그 이치를 거스르고 있는 인물이었다.

'그러고 보니 사부에게 들은 적이 있었지.'

"인아, 각 사람이 타고난 속성은 활용을 하는 게 상당히 좋단다. 어차피 경지를 이루면 그 속성이라는 구분이 무의미해지니, 그 속성을 활용하여 최대한 빨리 경지를 이루는 게 최우선이 되어야 하지. 속성을 바꿀 필요는 전혀 없단다. 환경의 속성이 강한 곳이면 몰라도, 너 같은 경우에는 이상적인 속성을 지녔지. 그 어떤 기운도 다른 기운을 잠식하지 못한 무(無) 속성. 네 몸 안의 모든 기운들이 조화를 이루고 있어 마치 존재하지 않는 듯싶지. 정심한 무공을 수련하기도 좋고, 극마의 무공을 수련해도 지장이 없지. 백지 상태나 다름없는 체질. 그렇기에 너는 속성에 대해서는 걱정할 필요가 없단다. 또 한 가지 알아두면 좋은 무학이 있구나. 무 속성에는 두 가지의 유형이 있단다. 너처럼 속성이 균형을 이루고 있어 존재하지 않는 듯 착각이 들게 하는 속성을 무 속성으로 구분하기도 하고, 애초에 속성을 부여받지 않은 특이 체질도 무 속성으로 구분한단다. 이 차이는 아주 작은 것 같지만, 실제로는 화 속성과 수 속성처럼 확연한 차이가 있단다. 다른 기운이 전혀 깃들어지지 않은 그 무 속성은 수시로 자신의 속성을 바꿀 수 있단다. 속성을 띤 무공만 피하면 그자는 자신이 원하는 대로 기도를 바꿀 수 있단 말이지. 어차피 속성을 띤 무공만 아니라면 한쪽으로 속성을 키울 필요가 없으니, 그야말로 속성에 유동성을 지닌 속성이라고 할 수 있지. 한 줌의 속성도 없으니, 내키는 대로 화의 기운을 끌어다 담으면 순간 화 속성을 띠는 게 되는 셈이고, 수 속성을 띠고 싶으면 잠시 붙잡았던 화의 기운을 놓고 수의 기운을 잡으면 되는 셈이란다. 애초에 속성이 주어졌다면 주어진 만큼의 기운은 버릴 수 없단다. 다른 속성을 키워서 상생시켜야만 속성을 바꿀 수 있는 범인들 가운데, 그자는 내키는 대로 속성을 바꿀 수 있지."

무학이라는 건 꼭 그 사람에게 적용이 되는 부분을 알려주는 건 아니다. 깨달음을 얻기 위해서는 무학이라는 넓은 바다의 일부가 아닌, 전체를 알고 있어야 한다.

부분으로 깨달음을 얻을 수 있다면, 이 세상은 무공의 천재들만 살고 있으리라.

그렇기에 그의 사부는 휘인에게 포괄적인 무학을 일러주려 노력했고, 휘인은 그 모든 가르침을 습득하려고 노력했다. 그리고 꽤나 많은 부분을 습득했다고 할 수 있었다. 아무렇게나 던져진 수만의 조각으로 하나의 그림을 완성해야 하는 무공의 길에서, 휘인의 경우 그림의 대략적인 틀을 만들어놓은 셈. 틀이 잡혀 있는 한 그림을 완성하는 데에는 오로지 시간이 필요할 뿐이다.

그게 휘인의 경지였다.

휘인은 사내를 그냥 지나치는 듯싶었다.

물론 한마디를 건네는 것은 잊지 않았다.

"진심으로 감탄했다."

휘인의 성격을 생각해 보건대, 그건 엄청난 칭찬이었다.

누군가에게 직접 먼저 말을 건넨 적도 없었지만, 칭찬한 적은 더 더욱 없었다. 남에게 감탄을 한 적도 이번이 처음인 듯싶었다.

휘인은 이런 독특한 자를 경험하는 게 사부가 주신 조언의 일부라고 생각했다. 무 속성의 개념은 대충 이해하고 있었지만, 정말 눈앞의 사내처럼 현존하는지는 몰랐다. 그리고 그

원리도 어렴풋이 머리로만 알고 있었지, 이렇게 직접 만나보
니 거기서 얻는 깨달음이 적지 않았다.

절대로 산에 틀어박혀 수련만을 해서는 습득할 수 없는 깨
달음이었다.

사내의 입가의 미소가 짙어졌다.

자고 있지는 않은 모양이었다.

"우리는 또 한 번 만날 것 같군요……."

"그럴지도 모르지."

다시 한 번 만나는 것도 좋겠다고 생각하는 휘인이었다.

그렇게 휘인은 그와 헤어졌다.

여기까지가 휘인이 아는 전부였다.

"무슨 생각을 그리 골똘히 하십니까?"

주군의 예를 지키는 임홍.

그가 물었다.

조금은 심통이 나 있는 목소리였다.

"우리의 머리가 되어줄 자. 그자를 찾아야지."

왜 자신이 그를 책략가로 판단하고 있는지는 지금도 확실
치 않았다. 그냥 막연한 감이었다. 그의 수많은 가면 중에 왠
지 책략가의 가면도 있을 것 같은 막연한 느낌. 이 세상에 과
연 사람이 그 이치를 설명할 수 있는 일이 몇 할이나 될까? 과
연 일 푼은 될까? 휘인은 자신의 감을 믿었다.

그의 뛰어남.

그의 빼어남.

이건 느낌을 넘어선 확신이었다.

자신이 기억하는 그는, 모든 일을 해석하려 드는 그런 인물이었다.

뛰어난 관찰력이 지닌 자였고, 열린 사고의 소유자였다.

자신이 필요한 건 그것뿐이었다.

천라지망을 제대로 파악할 수 있는 인물. 그리고 천라지망을 효과적으로 뚫을 수 있는 수많은 방법들. 그 방법들 중에서도 최선책! 게다가 그의 효용성은 거기서 끝이 아니었다. 수도 없이 얼굴과 기도를 바꿀 수 있는 그 사내는 상대방의 교란에 효과적인 역할을 해낼 수 있을 것이다.

사내의 가치는 무궁무진했다.

휘인은 그 점을 기대하고 있었다.

그리고 그가 자신을 도울 것이라는 사실도 믿어 의심치 않았다.

그는 자신을 기다리고 있었다.

언제, 어디서, 어떻게 재회를 할지는 휘인 역시 전혀 알 수 없었다.

단지 그와 처음 만났던 장소에서 재회할 수 있으리라는 그런 막연한 느낌이 들었다.

막연함.

근래에 따라 막연함을 많이 느꼈다.

지금의 길은 단 한 번도 생각해 본 적이 없는 미지의 길.

아마도 그렇기에 막연함을 느끼는 것인지도 몰랐다.

앞의 길은 불확실하다.

그렇기에 휘인은 최대한 자신의 감을 믿었다.

어차피 믿을 건 그것밖에 없었다.

사내가 있었다.

그 표정에는 어떤 감정도 떠오르지 않았다.

그렇다고 아무런 감정이 없는 건 아니었다.

지금 그는 상당히 복잡한 심정에 시달리고 있었다.

눈앞에 육 개월 전 헤어진 청년이 보인다.

그와의 이별이 떠오른다.

"우리는 또 한 번 만날 것 같군요……."

"그럴지도 모르지."

청년은 그 말을 남기고 파중을 떠났다.

단 한 번도 뒤돌아보지 않았다.

"모든 것이 딱 들어맞아. 그의 결단력. 흔들리지 않는 의지. 망설임이 한 치도 없는 진정한 사내. 내게 주어진 운명의 길에 저자가 포함되어 있는 건 분명한데… 어째서 이렇게 헤어져야만 하는 거지?"

사내가 청년을 객잔에서 시험한 데에는 이유가 있었다.

운명의 길에 자신에게 큰 영향력을 미칠 사람에 대한 막연한 정의가 있었는데, 그 부분은 대략 이러했다.

─황소의 뿔처럼 고독한 자. 하늘에서 내려다보는 용의 기운을 타고난 자. 그리고 지옥의 야차와 영웅의 상을 동시에 지닌 자!

자신의 운명의 길을 탄탄대로로 바꿔놓을 자에 대한 묘사였다.

황소의 뿔, 그건 고집을 뜻했다. 고독, 황소의 뿔처럼 혼자서 흔들리지 말고 가라!

사내는 그렇게 해석했다.

하늘에서 세상을 내려다보는 용, 그건 만인지상(萬人之上)의 기운을 타고났다는 의미였다.

지옥의 야차와 영웅의 상!

그자의 양면성을 뜻하거나 그 두 가지를 잘 배합했다는 뜻일 수도 있고, 영웅에서 지옥의 야차로 혹은 지옥의 야차에서 영웅으로 그 사람이 바뀔 수 있다는 것을 암시하기도 했다. 인간이라는 게 뿌리가 잘 바뀌는 동물이 아니었지만, 그 어떤 큰 충격이나 사건으로 인해서 변하는 경우도 간혹 있었다.

지옥의 야차는 모두가 두려워한다.

영웅은 모두가 추앙한다.

제삼자가 그자를 판단할 때에는 이 두 가지 중 하나로 볼 것이다.

사내는 그자를 판단하는 인물로 탁월한 안목을 지닌 객잔 주인을 선택했고, 그 주인이 사내에게 숨겨진 지옥의 야차상을 봐주기를 소망했다. 그 한 가지만 충족되면 자신은 더 이상의 기다림 없이 당장에 그를 따라나설 수 있었다.

자신은 그의 얼굴에서 어렴풋한 영웅의 상을 읽을 수 있었다.

그리고 관찰 후, 그에 대한 많은 부분을 알 수 있었다.

그의 심지 굳은 심성도 알 수 있었고, 망설임이 없고, 안하무인격의 성향 역시 알 수 있었다.

그는 모든 부분을 충족했다.

단, 지옥의 야차상.

자신은 이 부분을 찾을 수 없었고, 혹여나 자신이 선입견을 갖고 보고 있고, 아무도 찾아낼 수 없는 그의 영웅지상을 읽었기에 그렇게 느끼는 것인가 했다.

적어도 객관적으로는 휘인의 인상이 조금은 싸늘한 편이 아닌가.

그 부분에 희망을 걸었다.

하지만 역시 때가 아니었던가?

객잔의 주인은 그를 가뭄의 콩으로 여겼다.

실제로 휘인은 가뭄의 콩인 듯했다.

아무런 사고를 치지 않았다는 게 그 부분을 증명했다.

혹시 그가 자신이 생각하는 '그'가 아닌지에 대해서 고민하기까지 했지만, 그는 단지 때가 아님으로 치부했다.

그의 기다림은 끝에 달해 있다는 게 피부로 느껴졌다.

그렇게 사내는 그의 아버지, 늘그막에 하늘이나 올려다보며 천기를 운운하는 토박이 점술가가 자신에게 내려준 운명의 길 지침서를 품에 안고 천지를 품었다.

때를 기다리며.

'여기다.'

그 사내와 헤어졌던 그 장소.

그 나무.

그리고 하나의 사람.

자신이 떠났던 그 자리, 그 장소, 그 사람.

똑같은 모습을 하고 있었다.

험상궂은 파락호의 얼굴.

육 개월이나 지났건만 옷과 자세마저 그대로였다.

육 개월간이나 이렇게 자신을 기다리고 있었을까?

그럴 리가 없겠지만, 그랬을지도 모른다는 데 생각이 미쳤다. 그의 몸은 아니더라도, 그의 마음은 자신을 저렇게 애타게 기다리지 않았을까? 자신을 기다리는 이유는 알지 못했다. 그럴 법한 이유는 전혀 떠오르지 않았다.

그런데도 확신하는 이유는 여러 가지 복잡한 요소가 작용했다.

'이 세상에 한 명쯤은 자신을 기다려 주는 사람이 있다.'

사부가 지나가듯 한 말이었다.

왠지 눈앞의 사내를 보면 그런 말이 생각난다.

그를 보자 긴장의 끈이 느슨해진다.

자신도 모르게 미소가 지어지려 한다.

왠지 반갑다.

동행을 할 뻔했던 인물.

관심법에 능통하다고 자신을 처음으로 속인 사내.

그렇지만 싫지 않은 사내.

아직 이름도 모르는 사내.

어떤 얼굴이 진짜인지도 모르는 사내.

휘인은 그런 사내를 찾아왔다.

아무런 확신 없이.

…오로지 심증만을 가지고.

휘인은 조용히 자고 있는 파락호의 옆에 누웠다. 똑같이 나무를 베었다. 얼마나 편한지 알아보려는 호기심 많은 사람의 얼굴과도 비슷했다.

똑같은 나무를 베고 있기는 했지만, 나무가 원형의 기둥이다 보니 머리는 비슷한 위치에 있었지만, 몸은 떨어져 있었다.

그 모습을 본 임홍이 휘인의 옆에 누웠고, 임홍의 옆에 뇌운비가 누웠다.

왠지 그래야 할 것만 같은 느낌이 들었던 이유에서였다.

조금은 숙연한 느낌이 감돌았다.

네 명이 똑같은 각도를 이루며 나무를 둘러쌌다. 휘인과 뇌운비가 똑같은 선상에 누워 있었고, 임홍과 사내가 똑같은 선상에 누워 있었다.

누워서 보는 하늘은 시릴 정도로 푸르렀다.

천라지망에 쫓기는 일행이라고는 전혀 짐작도 못할 정도로 여유로운 모습이었다.

그들의 얼굴에는 조금도 걱정이 끼어 있지 않았다.

참으로 무림맹의 입장에서는 격분할 일이었다.

누구는 골머리를 썩고 있는데, 누구는 편하게 누워서 쉬고 있으니…….

그렇게 그들은 선잠에 빠졌다.

자연지체를 이루며…….

'황소의 뿔이라.'

사내는 고민을 해야 했다.

지난번에는 지옥의 야차가 충족되지 못했다.

이번에는 황소의 뿔이 충족되지 못했다.

새로운 고민거리였다.

'황소의 뿔이란 홀로 역경을 헤쳐 나가라는 뜻이 아니던가?'

황소의 뿔을 자신에게 좋은 쪽으로 작용하려 노력했다. 때를 기다리기에는 이미 너무 지쳐 있었다. 그리고 사실 지금만큼이나 적절한 때가 없었다. 휘인은 지옥의 야차가 되어서 자신의 눈앞에 다시 나타났다. 온 세상이 그의 이름 두 자를 부르지 않고 무림공적이란 호칭을 사용했다.

그렇게 간접적으로 호칭하고 있음에도 불구하고 그를 언급하는 이들의 눈동자에서 두려움을 읽을 수 있었다.

얼마나 기다렸던가.

육 개월.

지옥에서의 육 개월을 연상케 하는 세월이었다.

그런데 다시 하나의 걸림돌이 생겼다.

그러다 문득 자신이 미처 생각하지 않은 부분이 떠올랐다.

'그래. 어차피 나 역시 이자와 합류할 생각이었다. 그렇다면 황소의 뿔이란 것 자체가 모순인 셈.'

그는 다르게 해석하기로 했다.

황소의 뿔처럼 고독하다.

이 부분을 있는 그대로 풀자면, 거치적거리는 모든 것을 버리고 황소의 뿔처럼 굳세게 갈 길을 가라!

이런 뜻이었다.

여기서 '거치적거리는' 을 지금껏 동료라고 생각했었다. 진정한 만인지상(萬人之上)의 자리는 고독한 자리로서, 그 어떤 벗도 없다. 그게 사내의 이론이었다. 하지만 역시 이론은 이론에서 그치는 모양이다.

'그렇다면 도대체 이자는 무엇을 버리고 여기까지 왔는가.'

휘인이 희생을 해서 여기까지 온 것은 무엇일까.

휘인의 사정을 모르는 그이기에, 감히 그 내막을 알 수 없었다.

아무리 뛰어난 자라고는 하지만, 정보 없이는 그 빼어남을 드러낼 수 없는 게 인지상정.

사내는 지금이 그때인지를 진심으로 고심해야 했다.

'때가 역시 아닌가.'

실망이 그의 얼굴에 떠올랐다가 다시 잠잠해졌다.

매사에 완벽함을 추구하는 사내에게 이 결론은 '기다림' 으로 치달았다.

사내는 곁눈질로 휘인을 훔쳐봤다.

평온해 보이는 그의 얼굴.

그와는 상반되게 그의 눈매의 끝에는 마(魔)가 끼어 있었다. 분명 지난 육 개월 사이에 무슨 일이 그에게 있었다. 황소의 고집을 지닌 휘인에게 마가 낄 정도로.

'지금밖에 없다.'

자신의 아버지가 도대체 무슨 재주로 천기를 읽는다는 건가.

'기껏해 봐야 주정뱅이밖에 되지 않은 주제에.'

결심이 섰다.

운명은 개척해 나가는 것!

휘인이 눈을 떴을 때는 자신의 앞에 무릎을 꿇고 있는 사내가 있었다.

나이에 비해 어린 얼굴을 하고 있지도 않았고, 파락호의 얼굴 역시 아니었다.

뇌운비와 조금 느낌이 닮아 있었다.

남자의 얼굴치고는 너무 곱상한 그런 얼굴. 팔대세가에서 귀중한 보살핌을 받고 살아온 것처럼 백옥같이 흰, 툭 건드리면 쓰러질 법한 그런 외양을 하고 있었다. 하지만 휘인은 그의 눈동자에서 읽을 수 있었다. 아무런 감정을 담고 있지 않은 이런 눈동자를 지닌 자일수록 위험하기 짝이 없다는 것을……

"이게 원래의 얼굴인가 보군."

사내는 고개를 끄덕였다.

"청운(靑雲)이라고 불러주세요."

천의 얼굴.

천의 기도.

심지어 천의 성격이었다.

만날 때마다 그 성격이 조금씩 차이가 나 보인다.

이름마저도 밝히지 않는다.

애초에 없는 것인지, 아니면 밝히고 싶지 않은 것인지는 당사자가 아닌 한 알 수 없었다. 그러고 보면, 자신이 과연 이자를 믿을 수 있는지에 대한 의심이 문득 든다.

'이자의 어디를 보고 그렇게 믿었지?

인간인 이상 의심은 할 수밖에 없었다.

상황이 상황이다 보니 그럴 수밖에…….

"나는 오로지 느낌만으로 자네를 믿어야 하는군."

이 얼굴이 그의 진짜 얼굴일까?

이 성격은 그의 진짜 성격일까?

청운의 표정은 미묘하게 변했다.

그렇게밖에 자신을 드러낼 수 없는 안타까움에서인지, 아니면 건드리면 안 되는 치부를 건드려서인지, 휘인이 알 길은 없었다.

휘인의 눈이 청운의 눈에 닿았다.

휘인의 눈동자의 깊은 심연 속에서 피어오르는 하나의 빛.

그건 도발이었다.

상대의 눈에서 무엇인가를 읽어내려는 노력이었다.

하지만 역시 상대는 뛰어난 자였던가.

일체의 동요를 보이지 않았다.

휘인의 한쪽 입꼬리가 올라갔다.

"나쁘지는 않겠지."

어차피 일은 여기까지 진행되었다.

마치 하늘이 자신에게 정해준 운명처럼 이 모든 일들이 일사천리로 진행되었다.

이제는 돌아가고 싶어도 상황이 허락지 않았다.

이제 자신과 무림은 등을 돌린 상태였다.

평생 등을 맞대고 살, 그런 운명.

조금은 착잡했다.

하지만 휘인은 뒤를 돌아보는 인물이 아니었다.

오로지 앞길만을 내다봤다.

달콤한 과거는 돌아오지 않는다. 시간은 오로지 한쪽으로밖에 흐르지 않는다. 안타깝게도 아직 시간은 인간의 전유물이 아니었다. 시간을 왜곡시킬 수는 있을망정, 그 흐름을 바꿀 수 있는 자는 단 하나도 없었다.

신이라면 모를까.

'운명.'

운명도 비슷했다.

천명이라고도 했다.

하늘이 정해준 운명.

　운명을 개척하려고 발버둥 칠 수 있을지는 모른다. 그런데
어쩌면 그 발버둥마저도 운명에 포함되어 있는지도 몰랐다.
모두가 신의 노름에서 놀아나는 것인지도 몰랐다. 휘인은 지
금만큼은, 지금만큼은 그렇게 생각했다.
　그래, 운명.
　그깟 운명.
　받아들이자.
　휘인은 애써 자신의 감정을 숨겼다.

제8장

지피지기(知彼知己)

"움직이기 시작했다고?"

보고를 하는 자는 무영음각이 아닌 취풍개(醉風丐)였다. 무영단주가 무영음각이었으면, 취풍개는 개방에서 정보를 받는 무림맹의 중개인이었다. 무림공적의 감시를 전적으로 개방에 맡긴 지금, 취풍개의 역할은 상당히 중요했다.

"파중을 벗어나 다시 평창으로 되돌아가고 있습니다."

신승의 표정은 오묘했다.

휘인의 심중은 도대체가 이해할 수 없었다.

도망을 가겠다는 것인지, 아니면 정면으로 무림에 맞서겠다는 것인지 참으로 묘한 부분이 많았다.

휘인의 심중에 대한 실마리를 찾고자 신승이 입을 열었다.

"파중에서 그의 행보는 파악했나?"

"모두 마쳤습니다. 그렇게 어려운 점은 없었습니다. 이미 나무 그늘 밑에서 잠을 자고 있던 자와 함께 한 시진가량 낮잠을 잤습니다."

"……."

신승을 포함한 실세들의 얼굴이 굳었다.

굳었다라기보다는, 잠시 정신을 놓은 듯한 모습이었다.

취풍개는 그 모습에 아랑곳하지 않고 보고를 진행했다.

"그리고 이미 누워 있던 자와 몇 마디를 나눈 후 헤어졌다고 합니다. 이미 기다리고 있던 자는 무림공적의 수하로 추정됩니다."

그 부분에 대해 신승이 의문을 표했다.

"대기하고 있던 그자에게 접촉은 해봤는가?"

무표정으로 일관하던 취풍개의 얼굴에 감정이 번지기 시작했다.

그 감정은 당황이었다.

"그게…… 추적하던 도중 그를 놓쳤습니다."

무림공적 일행의 뛰어난 무공을 고려하여 천라지망의 제일(一) 수색대는 한 명씩 흩어져 무림공적의 흔적을 좇았다. 비록 이미 무림공적이 떠났다고는 했으나, 무림공적이 접촉한 자는 아직 이 마을에 남아 있었다. 그 접촉자도 무림공적의 일행만큼 강한 무공을 지녔을 가능성이 농후했다.

파견된 수색대 중 하나는 무림공적이 잠을 자고 떠난 나무 부근을 수색했고, 나머지는 마을에 들어가 무림공적에 대한 막연한 정보를 찾았다.

수색대원 십이(十二)호는 제일 수색대에서 가장 뛰어난 은신력을 지닌바, 무림공적과 접촉한 인물을 은밀히 뒤따랐다. 다행히도 접촉자는 무림공적의 다른 일행과는 달리 무공이 뛰어나지 않은 모양인지, 쫓는 건 아무런 문제가 되지 않았다.

'하긴 그러니까 무림공적의 일행에 포함되지 않았겠지.'

무림공적 일행은 자기들 도망가기 바빴다.

비록 접촉자와 관계가 있다고는 해도 무림공적과 동행할 간이 부은 사람이 있을 리가 없었고, 무공이 뛰어나지 않은 자와 동행을 할 정도로 무림공적 역시 미치지 않았다.

'끄응, 그 무서운 놈.'

잠시 동안이지만 무림공적을 떠올려 몸을 부르르 떠는 십이호였다.

'출출한가?'

접촉자가 객잔 안으로 들어가는 모습이 눈에 잡혔다.

십이호는 최대한 자연스러운 모습으로 객잔 안으로 들어섰다.

객잔을 다시 나온 십이호는 약속 시간에 맞춰서 제일 수색
대에 합류했다.

그에게 다가오는 인물이 하나 있었다.

수색대는 무림맹의 표준 무복을 입고 있었는데, 다른 단체
의 무복과 다른 점이 있다면 가슴팍에 매 한 마리가 수놓아져
있었다. 똑같은 무복이기는 했지만 다가오는 인물이 입은 무
복은 흑의 대신 녹의였다. 그리고 가슴팍에 자리잡고 있는 매
의 옆에는 장(張) 자가 새겨져 있었다.

'대장.'

제일 수색대의 대장이었다.

"십이호, 갔던 일은 어떻게 되었지?"

수색대장의 따뜻한 눈길을 보면, 그가 십이호를 얼마나 아
끼고 있는지 알 수 있었다.

"죄송합니다. 소인의 능력이 부족해서 놓쳤습니다. 별
볼일 없는 무공을 지녔는 줄 알았는데, 제 눈을 속인 모양
입니다. 객잔에 들어간 이후로는 그자의 종적을 놓쳤습니
다."

십이호를 믿어 의심치 않던 수색대장의 눈이 변했다.

"흐음."

그의 침중한 신음이 들려왔다.

십이호는 고개를 숙인 채 덤덤하게 수색대장의 지시를 기

다렸다.

"네가 그렇다고 하면 그런 거겠지. 무림공적의 일행은 한 결같이 무서운 신위를 지녔으니, 접촉자라고 그렇지 말라는 법은 없겠지. 휴우, 알았다."

중요한 임무가 실패로 돌아갔음에도 불구하고 수색대장의 문책은 없었다.

수색대장을 바라보는 십이호의 눈에는 미묘한 감정이 섞여 있었다.

제일 수색대는 일주일을 쉬지 않고 꼬박 경공을 펼쳐 광안(廣安)에 도착했다. 광안의 천라지망은 이전에 펼쳐졌던 두 번의 천라지망과는 비교를 불허했다. 그 규모도 규모이지만, 천라지망을 구성하는 무인들 개개인의 경지가 수색대로서는 꿈도 못 꿀 정도로 높았다.

"숨이 막히는구먼."

십이호가 진심으로 감탄을 내뱉었다.

천라지망을 벌려 수색대를 맞이하는 모습에 십이호는 정말 숨이 막힌 듯한 착각에 빠졌다. 자신들을 노려보는 무인들의 눈은 분노로 이글거렸다. 무복을 보아하니 천라지망의 최전방을 이룬 무인들은 종남파의 인물들이었다. 장문인을 잔인하게 난도질한 무림공적 일행에게 철저하게 복수하겠다는 의도가 그대로 묻어났다. 은원에 민감한 무림에서는 당연시

되는 일이었다.

영웅건에 십(十) 자가 그려진 수색대원이 입을 열었다.

"이 근처의 대문파들은 다 모였어! 제갈세가, 사천당가에다가 화산파, 무당파, 종남파, 아미파, 청성파! 우리가 생전에 저렇게나 많은 실력자들을 본 적이 있었냐?"

무엇이 그렇게 좋은지 십호는 싱글벙글이었다.

십이호는 그들의 모습을 눈에 담아두려는 듯 조금씩조금씩, 천천히 뜯어봤다.

그때 수색대장이 끼어들었다.

"각 대문파에서도 핵심 정예 세력만 모였다고 들었다. 눈에 담아두는 게 좋을 게다. 이게 바로 무림의 저력이다. 아니, 이 정도로는 택도 없지만, 감히 감을 잡을 수는 있지. 이 정도도 빙산의 일각에 속한다. 저들이 매화검수들이고, 또 저들은 청성파의 청풍검수들이다. 저들은 무당파의……."

화산파 일행 중에서도 매화검수를 짚어주는 수색대장의 얼굴은 상기되어 있었다.

조금은 어려 보이는 십호에 비해서 수색대장이 더 기분이 난 모양이었다.

제일 수색대가 천라지망 안에 완전히 흡수되자, 천라지망이 그 문을 다시 닫았다.

천라지망은 조금의 틈도 없었다.

이 자리에서 무림공적의 행보에 따른 조심스러운 이동 이외에는 별반의 위치 이동은 없을 천라지망.

이 부분은 남(南) 천라지망에 불과했다.

각 문파에서는 자신들의 세력을 네 부분으로 쪼개어 각 동서남북 천라지망에 배치했다. 각 지역을 그곳에 가까운 문파에 맡기는 방법도 효율적이겠지만, 여러 계열의 무인을 섞어 놓는 게 더욱 큰 효과를 기대할 수 있어 그 번거로움에도 불구하고 굳이 네 개의 조를 편성했다.

천라지망의 안에 들어오니 그 저력을 새삼 실감할 수 있었다.

고수들의 기도가 피부를 스친다.

"엇! 저분은 파천도! 파황! 무황벌주! 여지명!"

십호가 필요 이상으로 흥분을 하며 가리킨 자가 있었다.

마치 장비가 현신한 듯한 덩치를 지닌 중년인. 꽤나 다혈질로 보이는 중년인은 바로 그 유명한 무황벌주 여지명이었다. 도악만큼 추앙받던 도객. 도악의 신뢰가 이미 바닥에 떨어진 지금, 그 모든 추앙은 현재 여지명에게 쏠렸다. 게다가 정파의 영역임에도 불구하고 몸소 천라지망을 위해 일하는 그의 모습은 사파의 도객들뿐만 아니라 정파의 도객들에게도 깊은 인상을 심어주었다.

순간 파천도의 눈이 십호와 맞았다.

십호는 기겁을 하며 고개를 숙였다.

파천도의 호랑이 같은 두 눈이 치워지자 그제야 십호의 고개가 들렸다.

"휴우, 십년감수했네."

그 모습에 십이호는 미소를 지을 뿐이었다.

파천도는 시작에 불과했다. 화산파의 장로 중 가장 특색이 있는 매화옥검(梅花玉劍) 진효랑을 포함하여 총 셋의 화산파 장로, 넷의 종남파 장로, 둘의 아미파 장로, 셋의 사천당가 장로, 무림맹에서 파견 나온 장로 셋이 보였다. 지금까지 이만큼의 실세들이 동원된 일은 이십 년 전 이외에는 단 한 번도 없었다. 남 천라지망 한 부분만을 놓고 봐도 이런 실정인데, 만약 그 네 천라지망이 하나로 뭉치면 이십 년 전 천라지망의 규모와는 비교도 되지 않으리라.

어째서인지 그 많은 인원에도 불구하고 파천도의 심기는 불편해 보였다.

십이호의 미소는 지워질 줄을 몰랐다.

십호는 각 대문파의 장로들 이름을 하나씩 대며 신나 하는 가운데, 십이호의 시선을 산 노인이 한 명 있었다. 다 떨어져 가는 누더기를 입고, 구부러진 등을 두드리는 평범한 노인. 십이호의 미소가 싹 가셨다.

'전대 고수!'

지금 현존하는 문파의 장문인에게도 스승이 있고, 스승에게도 스승이 있다. 그 스승은 사제들과 사형이 있고, 스승의 스승에게도 사자들과 사형이 있다. 문파의 전통이 길수록 각

층은 넓어진다. 대부분 스승의 스승들은 나이가 연로하여 유명을 달리한 경우가 많았으나, 간혹 삶을 이어가는 자들도 있었다.

대문파의 경우에는 배분이 장문인보다 두 세대나 높은 이들도 적지 않았다. 무림의 진정한 저력 중 일부가 바로 표면에서 발을 뺀 노고수들이었다.

그들은 무림이란 복잡하게 돌아가는 사회보다는 자연에 관심이 큰 이들이었다.

그들이 무림에 모습을 드러내는 경우는 극히 드물었다.

무림이 어려울 때마다 간혹 모습을 보일까?

십이호의 표정이 기어코 일그러진 것은 그 노인 옆의 돌 위에서 팔자 좋게 대자로 누워서 자고 있는 인물을 봤을 때였다. 희끗한 머리의 노인. 노골적으로 살기를 쏟아내는 천라지망 안에서 저렇게 편하게 잠을 잘 수 있는 인물은 절대 많지 않았다.

'드디어 제대로 된 판이 벌어졌군.'

십이호는 마침 혼자서 일을 보러 임시 뒷간에 들어가는 제갈세가의 무인이 눈에 들어왔다. 그는 십이호가 익히 알고 있는 인물이었다. 근래 무림 후기지수의 일좌를 차지한 인물이었다.

십이호는 주위의 눈을 살피며 뒷간에 들어갔다.

제갈손은 십 년 묵은 변이 내려간 듯한 개운한 얼굴로 뒷간을 나왔다.

그리고 그는 그 길로 화산파의 일행에 합류했다.

제갈손은 제갈세가의 인물이기는 했지만, 현재 화산파 장로인 진효랑에게 지도를 받고 있었다. 처음에 제갈손이 진효랑의 제자로 들어갔을 때에는 우려의 목소리가 자자했다. 진효랑의 불같은 성질은 전 무림에 퍼졌을 정도로 유명했다. 그런데 그런 자에게 가르침이라니! 아무리 그의 검이 뛰어나다고는 하나, 그런 심성을 지닌 자에게서 가르침을 받아봐야 얼마나 받겠는가. 어쩌면 하루 종일 가르침 대신에 혼이 나거나, 벌로 청소나 밥이나 하다가 허송세월을 보낼 것이라는 의견이 절대적인 지지를 받았다.

제갈세가 역대의 최고 무재라 일컬어지는 제갈손을 그런 자의 밑에 넣다니.

제갈세가의 가주인 학선에 대한 재평가가 내려지는 순간이었다.

물론 그 평가는 일 년 만에 바뀌었다.

제갈손이 당당하게 후기지수의 자리를 꿰찬 것이었다.

세월이 흐를수록 제갈손은 애송이의 티를 벗어내고, 듬직한 무림의 청년으로 자라나기 시작했다. 어제의 기도가 오늘은 달라져 있었고, 눈빛은 항상 생기가 가득했다. 그야말로 제갈세가의 문제아에서 기린아(麒麟兒)로 탈바꿈되었다.

"어디를 다녀오느냐?"

진효랑의 자상한 음성이 들렸다.

평상시에는 옆 동네 할아버지처럼 인자한 모습을 보이는 그였다. 오늘은 특히 삼 장 거리에 있는 노인들 때문에 그 정도가 더한 듯싶었다.

"잠시 일을 보고 왔습니다."

진효랑은 알았다는 듯이 고개를 끄덕였다.

그때 제갈손이 참지 못하고 진효랑에게 물었다.

"과연 이 정도로 무림공적을 막을 수 있을까요?"

진효랑이 질렸다는 듯이 말했다.

"도대체 그 질문을 몇 번이나 하는 게냐. 스승님이 오신 한 그 괴물 같은 녀석도 어쩔 수 없겠지."

진효랑의 말은 짙은 분노의 색을 띠었다. 휘인에게 사무친 일이 적잖은 모양이었다.

'진효랑의 스승!'

진효랑이 어째서 휘인에게 분개하는지는 관심사가 아니었다. 진효랑의 스승이 누구이던가! 천하의 악동 진효랑을 거둬들여 지금의 진효랑을 만들어낸 화산파의 전설! 전대 장문인은 아니었지만, 유력한 인물로 오로지 검에 미쳤다고 소문이 났던 인물! 잊혀진 인물이었지만, 단 한 번의 무림행이면 명성에 관해서는 무림맹주의 빈자리를 채울 수 있는 인물이었다.

'광휘검(光輝劍)!'

광휘검 강백.

검에 미쳐 화산파에 입문한 그날서부터 사십 년이 흘러서야 무림에 발을 디딘 전대의 노고수였다. 당시 그는 첫 무림행 때 도악의 머리카락을 벤 인물로 유명했다. 그런 위험한 인물이었으니, 화산파 개파 이래로 가장 악질이었던 진효랑을 다룰 수 있었는지도 모른다. 어쨌든 그 스승에 그 제자라고, 둘의 성질은 전 무림에 그 위세를 떨쳤다.

"네게는 사조님이 되니까, 부르시면 깍듯이 인사해라. 조금이라도 예에 벗어나면 스승님이 제갈세가고 뭐고 네 뼈를 으스러뜨릴 수도 있으니까."

절대 허언은 아닌 듯했다.

제갈손은 황급히 고개를 끄덕였다.

그의 다급한 행동과는 달리 눈은 차갑게 식었다.

서서 주위를 돌아보며 분위기를 잡는 이가 바로 강백이라면, 누워서 코를 고는 노인은 도대체 누구란 말인가. 적어도 천하의 강백 앞에서 잠을 잘 수 있는 위치를 지닌 노인이리라.

제갈손의 눈이 노인에게 닿아 있는 것을 보자, 진효랑의 눈에 불똥이 튀었다.

퍽!

제갈손의 머리가 확 꺾였다.

제갈손은 뒤통수를 어루만지며 그 화끈거림의 원인인 진효랑을 원망스러운 눈으로 쳐다봤다.

진효랑은 그런 제자의 눈에도 아랑곳하지 않고 속삭였다.

"이 멍청한 녀석아, 사백조님을 빤히 쳐다보면 어떻게 해! 죽고 싶어 환장했구나! 주무시고 계시다 해도, 눈빛에는 민감하신 분. 타의적으로 깨어나는 것을 싫어하시니까 거듭 조심하거라."

그때서야 제갈손의 눈이 동그랗게 떠졌다.

'사백조!

진효랑에게 사백조라면 그야말로 이 무림에서 최고의 배분이라고 할 수 있었다.

'그 배분 대(代)의 대부분은 정사대전으로 죽었다. 게다가 살아 있던 나머지도 이미 조용히 숨졌겠지. 사백조라면 강백 스승의 사형. 강백의 스승은 그 세대의 배분에서 세 번째. 게다 그 당시 화산파의 장문인이었던 유화검(儒和劍)은 정사대전에서 숨졌으니, 한 사람이 남는다.'

꿀꺽.

제갈손은 마른침을 삼켰다.

거물 중에서도 거물.

태상검(太上劍) 전휘(佺暉).

제갈손은 감히 그의 경지를 짐작할 수 없었다. 실상 광휘검만을 놓고 봐도 그는 현경의 고수로 봐야 했다. 비록 드러난

바는 없었지만, 당시 무림에 모습을 드러냈을 때만 해도 화경
의 고수였다. 그 이후 사십 년가량이 흘렀다. 신승까지는 못
해도, 현경의 초입에는 들었을 법한 세월이 흘렀다. 물론 재
능과 인내가 부족했다면 쉽게 판단할 수 없는 문제였지만, 왜
그에게 광휘검(狂揮劍)이라는 별명이 붙었던가. 미친 듯이 검
을 휘두르는 자가 광휘검이었다.

광휘검만 해도 예상을 웃도는 전력이었다.

태상검이라니.

도대체 그에게 주어진 수명은 얼마나 끈질기단 말인가.

도대체 그의 경지는 또 얼마나 높단 말인가.

'무림맹에서 강수를 두었다.'

아무리 강수를 두었다지만, 이 두 노고수를 움직이게 하
는 건 도대체 무엇이었을까? 이건 보통의 문제가 아니었다.
이 남 천라지망만 해도 무림공적 일행을 생포할 저력이 된
다. 태상검에 광휘검이면 아무리 휘인과 임홍이라고 해도
힘들 것이라는 생각이 들었다. 게다 이 수많은 대문파의 정
예들. 뇌운비가 이들을 상대할 수 있다는 생각은 들지 않았
다.

제갈손은 식은땀을 흘렸다.

"안색이 안 좋아 보이는데 어디 아프냐?"

너무 제갈손에게 겁을 준 건 아닌지 측은하게 묻는 진효랑
이었다.

"그건 아니고, 너무도 대단한 분들을 마주한 것 같아
서……."

제갈손의 말은 떨리고 있었다.

누가 봐도 영락없이 긴장한 모습이었다.

반면에 그의 눈은 바쁘게 돌아가고 있었다.

그때 진효랑이 조소에 가득 찬 미소를 머금은 채 입을 열었
다.

"서(西) 천라지망을 제외하고는 다른 문파의 전대 고수들
도 있는데, 그분들을 모두 한꺼번에 봤다면 까무러치겠군."

"헉!"

제갈손은 너무 놀라 엉덩방아를 찧었다.

그 우스꽝스러운 모습과는 달리 그의 눈빛은 차갑게 식어
있었다.

                    *   *   *

"머리를 찾으러 왔다면서, 왜 헤어졌지?"

뇌운비가 참지 못하고 물었다.

아니, 이제는 휘인의 목적 자체를 알 수 없었다.

단 하나도 이번 일에 대해서 아는 게 없었다.

"머리는 항상 바쁘게 움직이지."

뇌운비고, 임홍이고 휘인의 말은 이해가 불가능했다.

다른 나라의 말을 하는 것도 아니었는데, 앞뒤를 잘라먹은 휘인의 말은 아무리 머리를 굴려봐도 알아먹을 수가 없었다. 어쩌면 휘인은 알려줄 마음조차 없어 보였다.

뇌운비와 임홍의 불만을 읽었는지 휘인이 다시 입을 열었다.

"때가 되면 알게 되겠지."

일단 그 문제는 넘어갔다.

"그럼 우리가 왜 광안(廣安) 쪽으로 내려가는지 말해줄 수 있냐?"

도대체 휘인의 목적은 무엇인가.

도망가는 게 목적이라면 절대로 사천성에서 내려가지 않는다. 사천성의 아래는 운남과 귀주, 광서이다. 운남과 귀주, 광서의 특별한 점이라고는 비옥한 땅이라는 것 정도? 그마저도 그들에게는 해가 된다. 비옥한 땅이라는 말은 사람이 많다는 말이고, 그만큼 문파도 많다는 소리였다. 게다가 귀주, 광서는 마교가 새로운 뿌리를 두고 있다는 소문이 나도는 실정이었다. 마교 역시 뇌운비와 휘인에게 있어서는 적이었다.

사방이 적이라면 도망갈 곳은 한 군데. 어떻게 해서든 새외로 빠져야 한다. 그나마 새외무림은 자신들을 적대시하지 않고 있으며, 중원무림의 힘이 전혀 도달하지 않는 곳이다. 운남의 아래에 위치한 남만(南蠻)으로 빠지는 것 역시 천라지망의 힘을 피해가는 좋은 방법이었지만, 무림인들은 꾸준히 남만족들과 충돌해 왔기에 그 부근의 무림인들과 호전적인 남만족들과 충돌해야 했다. 무엇보다도 그 뜨거운 열기는 어지간한 고수라도 버티기 힘든 환경.

휘인의 머리를 열어서 그 답을 얻을 수만 있다면 뇌운비는 그렇게 행동하고 싶었다.

그 정도로 그는 답답했다.

평소에는 그만의 매력이라고 여겨졌던 과묵함은 짜증을 머리끝까지 치솟게 했다.

"운비, 넌 운명을 믿나?"

"하늘이 정해주는 인생을 말하는 거냐?"

"그래."

뇌운비는 잠시 뜸을 들였다.

모처럼 자신의 질문에 대답이 나올 듯한 기세에 기뻐 신중한 답을 해주기로 한 그였다.

"그렇겠지? 크크, 왜 그런 말이 있지 않냐. 이 세상의 모든 사람은 각기 이유를 가지고 태어났다고. 이 모든 게 운명이 아니겠어? 너 같은 놈을 만나서 이런 마음고생을 하는 것도, 못난 사부 만나 매일 쫓겨야 하는 것도."

"나 때문에도 쫓기는 셈이지."

뇌운비의 지난 과거를 조금은 알고 있는 휘인이었다.

마교에도 쫓기고 있고, 무림맹에도 쫓기고 있고, 무당파에도 쫓기고 있었다. 성질이 까칠하여 자주 시비를 붙는 종류의 인물이기는 했지만, 무림맹이나 마교에 쫓길 법한 큰일을 벌이지는 않을 인물이었다.

그런 거대한 세력에 쫓기는 데에는 그의 사부와 관련이 있음을 휘인은 알았다.

"그래, 고맙다. 내 뒤를 쫓는 놈들을 늘려줘서."

뇌운비는 작게 실소를 토했다.

지금도 좁아지는 천라지망이 느껴짐에도 불구하고 그들은 여유로웠다. 강자의 여유. 그런 종류의 여유였다. 하지만 실제로는 그 여유마저 잃어가고 있었다. 숨통을 죄어오는 자들의 기세가 만만치 않았다. 이미 주위의 동물이란 동물은 한 마리도 보이지 않았고, 공기가 무거워졌다.

이번에는 예상했던 것만큼의 거대한 무리가 움직이고 있었다.

무림공적의 생포는 밀고 당기기가 아니다. 한 번쯤은 물러서고, 한 번은 툭 건드려 보는 그런 심리전이 아니었다. 오로지 활용 가능한 모든 패를 단번에 펼쳐 드는 게 무림공적의 생포. 한숨 돌릴 여유는 주지 않는다.

"그 정도는 언제라도 해줄 수 있지."

농담까지 해 보이는 휘인이었다.

"참 많이 바뀌었다. 천하의 휘인이……."

아직도 딱딱한 면이 남아 있었지만, 처음 그와의 대면을 생

각하면 참으로 아찔했다. 이게 인간인지 목석인지 잘 구분이
가지 않았다. 그때는 지지 않으려고 그렇게 발악을 했는
데……. 결국에는 기절을 하고 만 자신이었다.

이제 그 휘인이 농담을 실실 한다. 참으로 인생은 오래 살
고 볼 일이었다. 비록 조금은 융통성있게 변했지만, 뇌운비는
그 점을 그렇게 좋게 보지 않았다.

딱딱하지만 순수했던 휘인.

처음에는 그의 독특한 성격이 순수함에서 비롯되는지를
몰랐었다.

그냥 꽉 막힌 녀석이라고만 생각했었다.

하지만 그건 오로지 세상 사람들을 접해보지 않은, 치밀한
계획주의자가 새로운 환경에 적응을 하는 방법이었다. 견제.
모든 사람이 새롭기만 한 그는 견제를 해야 했다. 새로운 결
론을 돌출해야 하고, 계획에 입력해야 했다.

다행히 시간이 흐르면서 그 부분은 나아졌다.

그리고 그는 이렇게 변했다.

인간적으로…….

그것도 너무 인간적으로 변한 게 뇌운비의 걱정이었다.

휘인은 증오를 품지 않는 인물이었다.

그 어떤 일에도 이유가 있다고 믿으며, 그냥 그러려니 일을
넘기는 게 바로 휘인이었다.

그런데,

그런데 그랬던 휘인이 중오를 품기 시작했다.

운명이 만약 그렇다면 그는 그 운명을 받아들이기로 마음먹었다. 화를 내야 하는 그 순간, 그는 그 감정을 집어삼키고는 모두 운명이라 받아들였다.

'과연 그는 냉정한 운명을 순순히 받아들이는 이유가 무엇일까?

뇌운비는 도저히 감을 잡을 수 없었다.

아니, 어쩌면 자신의 내면이 그 부분을 거부하는 것인지도 몰랐다.

알아내기를 거부한다.

자신의 어딘가가 휘인의 그런 면을 두려워하는 것인지도 모른다.

"휘인, 아직도 내 질문에는 답하지 않았어."

뇌운비는 굳이 물었다.

두려움에 맞서면서까지 결국에는 물었다.

"이미 알고 있는 것을 묻는 일만큼 어리석은 행위는 없다. 그런 행위를 하는 건, 오로지 자신의 생각이 틀리기를 바라는 마음에서이겠지."

휘인의 현실적인 말에 뇌운비는 머리가 확 깨이는 듯한 느낌을 받았다.

'역시!'

그는 운명을 받아들이고 그 운명에 맞설 생각이다!

뇌운비의 얼굴은 사색이 되었다.

너무도 위험한 배를 탔다.

이미 배는 바다의 정중앙.

내릴 수도 없었다.

'그는 운명에 맞서는 것마저 자신의 운명으로 생각하고 있다.'

현실이 너무도 부당한 나머지, 그는 자신의 손으로 그 부당함을 해소해 보려 하고 있었다.

뇌운비가 사색이 된 데에는 그 이유가 있었다.

보통의 사람이 그런 생각을 하면, 운명을 개척한다는 말을 듣게 된다. 자신의 운명을 개척한다. 이미 하늘이 내려준 인생이 운명인데 인간의 손으로 그것을 바꾼다는 건 모순 그 자체이다. 곧 그는 운명을 개척하는 게 아니라, 정확하게는 신이 내려주신 운명대로 생활한다는 게 옳은 표현이었다.

휘인은 보통 사람이 아니다.

그가 무림에 끼칠 수 있는 영향은 상당히 컸다. 지금만 해도 그는 무림 전체를 뒤흔들어 놓았다고 해도 과언이 아니었다. 그가 마음을 먹으면 정말 불가능한 일도 가능하게끔 보였다. 그런 묘한 마력이 있는 사내였다.

그런 마력이 있는 만큼 휘인이 가지고 있는 잠재력은 무궁무진했다.

지금 드러난 무림인들 중 휘인이 가장 강하지 않을까, 하는 생각이 들 정도로 개인의 무력이 뛰어나다. 한 번 스쳐 지나갔던 인물을 무림공적의 일행으로 만들 정도로 인간을 끌어당기는 힘이 강하다. 숨통이 죄어오는 순간에도 눈동자 하나 흔들리지 않을 정도로 담이 큰 사내.

보면 볼수록 휘인은 모든 것을 지녔다는 생각이 들었다.

그렇기 때문에 그가 다른 마음을 품으면 위험하다.

그의 잠재력이 무궁무진하기 때문에 무림에 끼칠 수 있는 피해가 작지 않다.

그가 가진 모든 것 때문에 무림이 몸살을 앓을 것이다.

휘인 하나 때문에 무림이 무너지지는 않으리라고 장담할 수도 없었다.

임홍과 청운이 그 단적인 예였다.

청운은 잘 알지 못하나, 임홍은 그야말로 다시는 없을 천력의 소유자였다. 자존심이 상하지만 자신 역시 임홍의 상대가 되지 못했다. 그런 자가 휘인에게 군주의 예를 차린다. 그건 보통 일이 아니다. 백호에게 날개가 달렸다.

자신 역시 무림에서 보자면 범상치 않은 무공을 지녔다.

그리고 휘인이 부탁을 한다면, 그 어떤 일도 들어줄 수 있었다.

말이야 친구이지, 자신 역시 임홍과 별반 다르지 않았다.

수하라고 표현하기에는 어폐가 있었지만, 자신조차 그 부분을 수치나 부당하다고 생각하지 않았다. 자신의 가치가 낮은 것 때문이 아니었다. 단지 휘인이 자신과 임홍을 거느릴 만한 가치가 있는 사람이기 때문이었다.

그리고 그런 휘인이라면 자신들의 가치를 가장 빛나게 할 수 있는 유일한 인물이라는 판단이 섰다.

'정말 자존심이라면 누구한테도 지지 않는데…….'

휘인의 진정한 가치는 거기에서 비롯된다.

누구에게도 지려 들지 않는 자신에게마저 그 마수를 뻗친다. 거기서 더욱 무서운 점은 휘인이 그런 관계를 절대 의도하지 않는다는 것. 오로지 도움을 줄 수 있는 동료가 있으면 그로서는 족했다. 하지만 정작 그가 포섭하는 이들은 그런 생각이 아니었다. 어떻게 감히 그와 동료란 말인가. 왜인지는 모르나 막연한 거리감이 느껴진다. 황족과 천민의 관계에서나 느껴질 법한 그런 거리감. 이상하게도 휘인에게는 범인과 그 차이를 다르게 하는 무엇인가가 있었다. 태생이 주는 선천적인 선물.

"그래. 네 의도, 마음에 들었어. 남자라면. 남자라면 무림이란 하늘 아래 태어나 제법 힘을 가지고 있으면, 그 힘을 적절하게 사용해야지. 그래, 네 운명이 곧 내 운명이지. 좋아, 마음에 들었다고. 무림이라……."

뇌운비는 자신의 불확실한 마음을 바로잡기 위해서, 일부러 소리 내어 되뇌었다. 사나이. 운명. 힘. 남자에게는 그만큼

이나 달콤한 단어가 없었다. 아무리 나이를 먹어도 그런 단어
가 달콤하게 느껴지는 것은 어쩔 수 없었다.

"그래. 그냥 살다가 죽기에는 사나이 뇌운비의 폼이 너무
안 살지?"

휘인이 미소를 지으며 끄덕였다.

"무림에 이름을 남기는 것. 아무나 할 수 있는 건 아니지.
천지를 품는다라……."

처음에는 두려웠다.

괜히 덜덜 떨렸다.

하지만 곧 그 뜻은 마약이 되어 다가왔다. 거부할 수 없는
유혹…… 그리고 그 짜릿함. 입으로 꺼내는 것만으로도 이렇
게 짜릿하다. 과연 무림을 격패한다면 그때 느껴지는 짜릿함
은 과연 얼마나 클까?

이내 뇌운비는 자신 특유의 비웃음을 되찾았다.

자존심을 되찾았다.

'그까짓 무림.'

드디어 뇌운비가 제정신을 찾았다.

그런 모습에 한편으로는 기분이 좋은 반면, 씁쓸한 마음 역
시 들었다.

자신의 운명에 뇌운비를 개입하게 한 일이 너무도 미안했
다.

개죽음으로 끝이 날 수도 있는 운명이고, 너무도 험난한 운

명이기도 했다. 그 끝이 평탄하리란 법은 없었다. 그 길을 가
는 도중 누가 목숨을 잃을지도 모른다. 그만큼이나 위험천만
한 말이었다. 운명! 전 무림을 상대해야 하는 게 운명이라면,
휘인은 그 운명을 받아들이기로 했다. 그리고 뇌운비, 임홍,
청운 역시 그 운명에 개입했다.

제9장
천년지한(千年之恨)

휘이잉!

날씨가 궂은 날이 아니라면, 어쩌다가 부는 바람은 순간을 스치고 금세 잠잠해진다. 사막과 그 기후는 완전히 상반되나, 죽음의 땅이라는 점에서는 그 공통점을 찾을 수 있었다. 만년한설(萬年寒雪)의 불모지. 처음 오는 자들이라면 공통적으로 호흡 곤란을 느끼는 것은 물론, 시간이 흐르면 흐를수록 몸이 마비되고 있다는 느낌을 떨치지 못한다.

그런 불모지에서도 금역(禁域)으로 정해진 곳이 있었다. 음기가 충만하여 그 지역에 발을 디디면 추위에 강한 토박이라고 해도, 마치 처음으로 이 지역을 찾은 범인의 꼴을 피할 수가 없었다. 인간의 한계를 실험하는 불모지 중에서도 불모지에 당당하게 문패(門牌)를 내걸어 나날이 그 세를 더해가는 곳이 있었으니, 그 이름을 북해빙궁이라 하였다.

북해빙궁.

그곳의 토박이들에게는 빙산(氷山)이라 칭해지는 산은 사시사철 눈이 자리잡고 있음은 물론, 바닥에 얼음이 얼어 조금만 긴장을 놓아도 험난한 산을 오르면서 미끄러지기 쉬웠다. 범인이라면 감히 오를 엄두조차 내지 못했다. 그런 산임에도 불구하고 이 빙산에는 많은 왕래가 있었다. 그건 바로 북해빙궁이 이 산의 정상에 똬리를 틀고 있었기 때문이다.

범인들에게는 사지(死地)나 다름없는 장소에 북해빙궁을 세운 이유는 단 한 가지였다. 한계를 넘어서지 못한 자는 북해빙궁에서 받아주지 않는다. 오로지 그 한계를 인정받은 자만이 북해빙궁의 무공을 수련할 수 있었다. 그런 독한 의지에 서였을까? 똑같이 척박한 환경을 극복하여 무공을 수련하는 새외무림에서도 그 척박한 정도가 가장 심한 북해빙궁이 가장 강한 세를 유지했다.

그 오묘한 무공도 무공이지만, 그 어떤 곳보다 지독한 환경이 그들의 세를 유지해 준다고 현 북해빙궁주는 믿었다.

빙산을 오르기 시작하는 일행이 있었다. 얼음을 섬세하게 깎아놓은 듯한 차가운 눈의 미녀 한 명과 그녀를 따르는 독한 눈빛의 소유자였다.

여성들은커녕, 남성들에게도 미개척지나 다름없는 빙산을 마치 동네의 언덕인 양 오르는 그들은 마치 여러 번 빙산을 정복해 왔던 사람들 같았다.

빙산이 얼음에 의해 미끄럽다고 누가 그랬던가?

뛰어 올라가는 그녀들의 발걸음은 전혀 어색함이 없었고, 무엇보다도 신형 역시 흔들리지 않았다. 척척 올라가는 그녀들의 모습을 보자면 탄성이 나올 정도로, 그녀들의 등산 실력은 수준급이었다.

일각.

그녀들이 빙산을 정복하는 데 걸린 시간은 정확하게 일각이었다.

산의 정상에서 천 년 역사를 자랑하는 북해빙궁이 모습을 드러내고 있었다.

북해빙궁.

흔히 빙궁이라 칭해지는 이곳의 외양은 별 볼일이 없었다. 그 외양보다는 실리적인 면을 강하게 추구한 빙궁이었기에, 볼품없는 중소문파와 다름없는 건물이었다. 물론 그 건물이 허름하다고 하여 북해빙궁을 무시할 세력은 이 무림 전체를 통틀어 단 하나도 없으리라.

북해빙궁의 입구는 두 무인만이 지키고 있었다. 빙산을 정찰하는 무인들도 없었고, 잠복하며 동태를 살피는 무인들도 없었다. 오로지 이 두 무인들이 북해빙궁의 길목을 막고 있었

다. 감히 북해빙궁을 침략할 세력이 없거니와 이 환경을 이겨
낼 수 있는 세력은 오로지 북해빙궁밖에 없다는 그들의 자부
심이 드러나는 모습이었다.

　실제도 누군가가 감히 침략을 꾀해도, 북해빙궁의 무인들
은 상대에게 자신들의 터전을 내어줄 정도로 약하지 않았다.
그들의 자부심에는 그만한 이유들이 있었다.

　문지기들은 그녀들을 보고는 고개를 숙였다.

　제지는 없었다.

　만년한철로 길을 낸 북해빙궁.

　그녀들이 북해빙궁에 도착했다.

얼마나 오랫동안 기다려 왔는지, 얼마나 애타게 기다려 왔
는지 이제 기억조차 나지 않는다. 자신뿐만 아니라 까마득히
윗대로 올라가도 그 기다림이 끊긴 적은 단 한 번도 없었다.

　무림(武林)이라 칭해지는 그 하찮은 중원무림인들. 그들은
무림이 존재했던 태초의 그날서부터 지금까지 무림의 기득
권(既得權)을 독차지하고 있었다. 누구는 땡볕에서, 누구는
만년한설의 불모지에서 뼈를 깎는 노력을 하며 그 기득권을
한 번이라도 차지해 보려 고통스런 나날을 보내는데, 중원무
림인들은 어떠한 하루를 보내고 있는가! 그 하잘것없는 사회
는 실상 아무런 노력 없이 타고난, 하늘의 끝이 없는 은혜와
마찬가지이거늘, 그들은 마치 당연한 듯이 풍요롭고 쾌락을

추구하는 삶을 살고 있지 않은가!

뺏겨봐야 그들이 가졌던 것에 대한 가치를 안다고, 과연 그들의 사회를 굳이 존속시킬 필요가 있을까? 이미 고여서 썩은 물, 무림은 물갈이가 시급히 필요했다. 대거적인 물갈이는 이미 천 년 전에서부터 철저하게 준비되어 왔다. 천 년간이나 준비해 온 거사! 이 세상에서 가장 값진 보물은 그만한 자격이 있는 자에게 돌아가는 게 자연의 이치이자, 자신들이 좇는 사상이었다.

이 척박한 대지에서, 음지(陰地)에서 숨을 죽이고 양지(陽地)를 묵묵히 지켜보는 이유는 오로지 그 원리이자, 이치를 믿기 때문이었다. 아직 무림의 기득권이 자신들에게 들어오지 않은 이유는 아직 세상의 가장 값진 보물을 지닐 만한 위치에 부적격하다는 판단에서였다.

자신들이 그 자격에 충족될 때까지, 때가 다가올 때까지 천 년의 역사 속에서 자신들은 어둠을 자처했다. 철저하게 자신들의 힘을 숨겼고, 달콤해 보이는 중원무림의 이권 다툼에 전혀 개입하지 않았다. 눈앞의 사탕 때문에 뒤에 가려진 황금을 놓칠 수는 없었다. 천 년. 준비해 온 세월이 아까워서라도 그렇게 행동할 수는 없었다.

작은 땅을 탐하는 대신, 그는 하늘을 택했다.

그의 영전(影殿)의 천장은 뚫려 있었다. 서늘한 한기는 전혀 문제가 되지 않았다. 조금이라도, 순간적으로라도 하늘을

품었다는 간접적인 경험만 느낄 수 있다면, 그깟 한기로 오장
육부가 얼어붙어도 아쉽지 않았다. 하늘을 품을 수만 있다면!
그 어떤 희생도 불사를 각오가 되어 있다.

그의 염원이 그렇게 강렬해서일까?

그의 앞까지 놓여진 길을 중심으로 이 열로 길게 늘어선 검
은 천에는 금박으로 다음과 같은 네 글자가 찍혀 있었다.

천하군림(天下君臨).

기득권을 단 한 번이라도 품고자 하는 그의 강한 의지를 읽
을 수 있었다. 횃불의 부재로 별다른 빛의 근원이 없음에도
불구하고 천장이 뚫려 있기에 새벽의 여명(黎明)과도 같이 희
미한 빛이 새어 들어와 금빛의 글자를 반짝였다. 오히려 횃불
로 그 부분을 밝히는 방법보다 '천하군림' 이라는 글자가 더
눈에 확연히 들어왔다.

빙산의 정상에서도 그 음기가 원활한 왕래를 보이는 지점
에 놓여진 그의 영전에 도착해서였을까? 피를 얼리는 한기에,
혹은 두려움에 여자는 떨고 있었다. 그 어떤 자의 눈에도 확
연히 잡힐 만큼 그 떨림은 컸다. 그녀는 애써 그 떨림을 감추
려 노력하지 않는 모습이었다. 그 누구라도 예외는 아니었다.
아무리 강단이 센 인물이라고 해도 세상을 내려다보는 듯한
오만하다고 느껴질 정도로 자신감에 가득 찬 눈을 상대하게

되면 떨림을 주체할 수 없으리라.

호랑이 앞의 토끼처럼 떨고 있는 여자는 바로 휘인의 포섭에 나섰던 소궁주였다. 그녀의 임무는 간단했다. 휘인의 가치를 알아보고 이용 가치가 있으면 포섭, 이용 가치가 있음에도 불구하고 포섭을 거부한다면 죽음을 선사, 이용 가치가 없어도 무조건 살(殺)! 어린아이에게 기어보게 하는 일만큼 쉬운 임무였다.

만인을 내려다보는 듯한 자는 이미 자신이 하잘것없다고 여긴 인물이 아직도 살아 있고, 지금의 무림에서 활개를 치고 있다는 소식이 들려 심기가 복잡했다. 침묵은 시간이 흐를수록 소궁주에게 마음의 짐이 되었다. 불안함은 계속 증폭될 줄밖에 몰랐다.

"임무는 실패했다고?"

소궁주의 입에서나 나올 법한 무미건조한 음성. 항상 입으로 내뱉지만 듣는 데에는 익숙하지 않았는지, 그 음성에 그녀는 몸을 움츠렸다.

"죄, 죄송합니다."

그녀는 고개를 들 줄을 몰랐다. 소궁주의 기분은 참담했다. 자신에게 실수는 용납할 수 없는 일이었다. 소궁주라는 위치는 서열 이위. 상좌에 앉은 자의 바로 아래 서열의 자리를 차지한 게 자신이었다. 그런 서열 이위가 눈앞의 사내의 위엄에 보탬이 되지는 못할망정 해는 되지 말아야 했는데, 역시나 인간의 운명은 머리로 풀어지는 게 아니었다.

어쩌면 궁주의 위엄에 있어 큰 흠을 만들었는지도 모른다는 생각에 소궁주는 괴로웠다. 누구보다도 완벽해야 했을 자신이었다. 그의 신임을 절대적으로 받고 있는 자신이었다. 신뢰라는 게 참으로 변덕스러운 게, 아무리 지금까지 열심히 쌓아왔어도 한 번이면, 단 한 번이면 그 신뢰가 무너질 수 있었다. 어쩌면 자신이 그 상황에 처했는지도 모른다고 그녀는 생각했다.

"흐음."

궁주의 반응에 순간 소궁주가 고개를 들었다.

그리고는 아차, 하는 심정으로 급히 고개를 숙였다.

'그의 기분이 나쁘지는 않다?'

궁주의 반응은 상당히 무덤덤했다. 만약 일이 틀어졌다면 자신의 어깨를 짓누르는 위압감을 느껴야 했는데, 이상하게도 좌중에 흐르는 중압감이 덜어지는 듯한 느낌이었다. 자신의 착각이 아니라면 지금 궁주는 상당히 기분이 좋은 편에 속했다. 아니, 담담함이 묻어 나오는 것을 봐서는 자신이 지금껏 그를 보좌해 온 이래로 가장 큰 기쁨을 표시하고 있는 것인지도 몰랐다.

소궁주의 머릿속은 혼란해졌다.

지금의 상황을 이해할 수 없었다.

"왜 실패했다고 생각하느냐?"

의문이 깃든 질문이었다.

"나는 네 능력을 잘 알고 있다. 너 역시도 네 능력에 대해서 잘 알고 있겠지. 나는 이번의 일에 대한 확신을 가지고 너를 보냈다. 너 역시 이번 임무를 상당히 하찮게 봤을 정도로, 이번 임무에 대한 성공을 일 푼도 의심하지 않았다. 그런 자신감을 가지고도 네가 감당하지 못할 변수가 있었단 말이냐?"

소궁주는 혈연으로 지금의 자리를 꿰찬 게 아니었다. 그녀가 일찍이 눈물과 감정을 버리고, 철저하게 무공의 증진과 빙궁의 일에 치중을 했기에 어렵게 지금의 그녀로 성장할 수 있었다. 그런 그녀가 감당하지 못할 변수.

소궁주는 상대가 이미 그 질문에 대한 대답을 알고 있다는 생각을 지우지 못했다.

"그는 생각보다 강했습니다. 사실 지금 무림이 돌아가는 모습을 보자면, 그 누구도 그를 예상하지 못했다고 감히 말할 수 있습니다."

그녀의 말을 끝으로 정적이 흐르고 있었다.

소궁주는 고개를 숙이고 있어 상대의 모습을 보지 못했지만, 궁주는 그녀의 말에 수긍을 하는 얼굴이었다.

"그렇지."

궁주의 답변을 들은 소궁주의 눈동자가 심히 흔들렸다. 너무도 돌변한 궁주의 모습에 익숙해지기 힘들었던 것이다.

"듣기로는 그자가 무림맹주를 죽였다고 합니다."

"그의 수하들만 해도 도악, 당기천을 꺾었지. 지금도 그의 처리 때문에 무림맹이 골머리를 썩는 모양이야."

이 부분은 아직 소궁주가 듣지 못한 정보였다.

단지 무림맹주를 죽였으니 무림공적으로 공표될 것이고, 무림은 경계 발동이 내려질 것이다. 그자가 운이 나쁘다면 빠르게 편성된 천라지망에 이미 잡혀서 무림맹의 뇌옥에 갇혔거나, 혹은 이미 죽었으리라고 그녀는 판단하고 있었다.

그런데 수하?

"수하라니요?"

예의가 아닌지는 미처 생각할 겨를이 없었다.

"뇌운비라는 자와 임홍이라는 자. 이 둘이라고 보고가 들어왔더군."

뇌운비에 대한 정보는 일전에 읽어본 적이 있었다.

'임홍?

무림의 중요 인사라면 철저하게 이름과 특징을 외우는 소궁주로서도 임홍이라는 자를 기억해 낼 수 없었다. 누군가가 그를 기억하고 있다는 자체가 어불성설이기에 그녀의 무지는 당연했다.

"자세한 사항은 직접 가서 듣도록. 이제 물러가라!"

바깥의 공기보다도 한랭한 한기가 담긴 음성에 이 열로 나열된 천이 흔들렸다.

“물러가겠습니다.”

기다렸던 문책은 그녀가 그의 영전에서 벗어날 때까지 없었다.

그는 앉아서 그녀의 모습을 조용히 바라보았다. 그의 영전으로 들어오는 문은 뚫려 있었기에 문이 닫히는 소리가 들릴 리가 없지만, 그녀의 희미한 기척에 이미 영전을 벗어났다는 사실을 인지했다.

“뜻밖의 행운이야. 천 년의 한이 담긴 일을 벌일 때라는 중요한 증거다.”

휘이잉!

한차례 한기가 장내를 훑고 지나갔다.

“……!”

오늘 만날 것이라고는 단 한 번도 생각하지 않았던 사람이 자신의 앞을 막고 있었다. 무공의 특성상 푸른빛을 띠는 머리가 그만큼 어울리는 남자도 없을 것이다. 싸늘하다 못해 모든 것을 얼려 버리는 환경 때문인지, 사내 역시 소궁주만큼이나 딱딱한 얼굴이었다. 얼굴 선이 날카롭고 콧날도 예리해 보였다. 상대가 자신의 길을 막아선 데에는 자신의 길을 막으려는 자의적인 의도가 아닌 궁주의 호출에 의한 타의적인 이유에 서였겠지만, 어쨌든 그는 결과적으로 자신의 앞길을 막고 있었고, 소궁주는 그런 상황을 좋아하지 않았다.

소궁주는 노골적으로 불쾌한 얼굴로 그를 노려봤다.

길을 비키라는 무언의 표시였다.

그 살벌한 눈빛에 사내는 비켜주는 대신 따뜻한 미소를 지어 보였다. 이곳이 한기가 사무치는 빙산의 정상임을 떠올려 봤을 때, 그의 미소만큼이나 이 자리에서 더 어색할 것은 없다고 봐도 무방했다.

"같은 소궁주끼리 너무 살벌한 게 아니오?"

빙궁의 궁주 아래에는 두 명의 소궁주가 그를 보좌하고 있었다. 그중에 하나는 자신이었고, 눈앞의 사내는 그 다른 하나였다.

"무슨 말씀을 그렇게 하세요. 저는 단지 길을 내어달라는 뜻으로 눈짓을 한 것뿐입니다."

그녀의 음성은 무미건조했다.

그녀를 두려움으로 떨게 할 수 있는 인물은 이 세상에 오로지 한 명밖에 없었다. 그 한 명은 자신의 등 뒤에서 무게를 잡고 있으니, 더 이상 공포를 걱정할 일은 없었다.

"아, 제가 귀하신 소궁주의 길을 막아서고 있었군요. 제 목으로 사죄가 될까요?"

사내가 상당히 유감스럽다는 어투로 대답했다. 분명 그의 내심은 그의 말과는 정반대이리라.

그녀나 사내나 이 만남을 전혀 내켜하지 않는다는 사실은 분명했다. 분명 둘은 빙궁을 이끌어 나가는 궁주의 두 팔임에도 불구하고 서로를 응시하고 있는 두 눈은 싸늘하게 식어 있었다. 특히 그녀는 칼날처럼 예리한 시선으로 상대를 노려보고 있었다.

"그대의 목으로 사죄가 될 것이라고 생각하셨나요? 아니, 그대의 목으로 제 길을 막아선 부분에 대해서 사죄가 된다고는 해도, 목을 베다가 피가 묻을 제 검에 대해서는 어떻게 그 죄를 사하시려고 합니까."

사내는 그제야 그 특유의 냉소적인 미소와 싸늘한 표정을 지었다.

툭.

사내가 어깨를 부딪치며 지나갔다.

만약 미리 힘을 주고 있지 않았더라면, 필시 자신이 눈 바닥에 뒹굴었을 정도로 힘이 담겨 있었다. 몸을 가눈 즉시 뒤를 돌아봤지만 사내는 이미 영전 안으로 들어갔다.

그의 뒷모습을 바라보는 소궁주의 눈에 불똥이 튀었다.

그를 보며 이를 가는 소궁주였다.

"소궁주님 오셨습니까."

궁주에게 보고를 하는 동안 소소는 수집된 정보를 모아왔다. 그 수집된 정보 중에서 소궁주의 관심을 사는 부분은 당연히 휘인에 관련된 부분이었다.

'무림맹주를 죽였다라.'

무림을 벗어나기 이전, 어렴풋이 들은 휘인에 대한 마지막 소문이었다. 그때 느꼈던 그녀의 충격이 얼마나 컸던가. 급한 귀환만 아니었으면, 그녀는 그 일에 대해서 더 자세히 캤을 것이다. 그렇지만 그녀는 끊임없이 정보가 돌고 도는 북해빙궁에서 직접 듣기로 하였다.

휘인에 관련된 정보는 거기에서부터 시작되었다.

처음에는 그 누구도 맹주의 죽음을 믿지 않았지만, 금천룡의 증언에서부터 무림맹주의 시신이 드러나자, 믿고 싶지 않아도 어쩔 수 없었다.

무림맹주의 시신에 명확히 드러나 있었다.

휘인의 미간일점홍!

마교의 마두들을 대거 죽임으로써 그를 신성(新星)으로 추앙하게 했던 무공임과 동시에, 무림맹주를 음해함으로 인하여 마신(魔神)으로, 천하의 마두로 탄생시킨 무공이 미간일점홍이었다.

그리고 다시 한 번 무림공적이 공표되었다.

잇따른 천라지망의 발동(發動)!

무림은 새로운 국면으로 접어들었다.

여기까지는 그녀가 쉽게 추측할 수 있는 부분이었다. 물론 휘인의 성격상 무림맹주를 죽였다는 사건의 시작은 받아들이기 힘들었지만, 드러난 결과가 명명백백했다.

'왜?' 라는 의문이 들었지만, 그녀는 애써 나머지 정보들을 읽어나갔다.

그리고 그녀의 표정은 경악으로 물들기 시작했다.

소소는 이미 그 내용을 읽어봤는지, 소궁주의 표정 변화에도 별다른 반응을 보이지 않았다. 사실 소소는 그녀보다 더했으면 더했지, 평정심을 유지하지 못했었다. 시간이 꽤나 흐른 후에야 마음을 바로잡을 수 있었을 정도로, 그 정보는 조금도 예상하지 못한 내용이었다.

삼 일에 완성된 천라지망을 바라기엔 무리가 있다고 해도, 어지간한 실세들도 천라지망을 뚫기에는 문제가 많았다. 그런데 두 번째로 체계화된 천라지망은 견고했다. 그 규모가 큰 편은 아니었지만 실세들도 대거 참여했고, 심지어는 도악마저 무림공적의 길목을 막아섰다.

그런 그녀가 임홍이라는 무명에게 패배하다니!

하지만 곧 수집된 정보의 하단 부분을 읽고는 표정을 굳혔다.

도악을 쓰러뜨린 무림공적 일행을 생포하기 위해 신승은 강수를 두었다. 무림맹을 운영하는 데 꼭 필요한 실세가 아니라면, 모두가 천라지망에 투입되었다. 심지어는…….

'맙소사! 전대 고수가 다섯이나!'

구파일방의 진정한 저력은 그 긴 역사에서 나온다. 인간에게 주어진 생을 연장하는 것인지, 아니면 애초에 그렇게 주어졌는데 범인들이 활용하지 못하는 것인지는 몰라도 강산이 바뀌면 바뀔수록 오히려 강해지는 전대 고수들이 구파일방의 깊은 심처에 대거 도사리고 있었다.

전대 고수들은 잊혀졌지만 살아 있는 전대 고수들의 명단만 확보할 수 있다면, 현경의 고수는 필시 지금 알려진 만큼의 두 배 정도에 달하리라.

그 부분은 무림의 숨겨진 저력의 일부이기에, 북해빙궁이 신중에 신중을 기할 수밖에 없었다.

정보를 모두 훑은 소궁주는 그제야 왜 궁주가 문책하지 않고, 오히려 심기가 좋았는지 이해가 갔다. 자신들의 입장에서 휘인은 굴러 들어온 복덩이였다. 자신들의 손으로 조정이 가능하지는 않지만, 휘인은 그 자체만으로도 제 역할을 톡톡히 해내고 있었다. 일단 그 덕에 숨겨진 전대 고수 중 다섯을 알아낼 수 있었다. '전대 고수 중에서 누군가는 살아 있겠지' 같은 막연한 추측과 '정확히 전대 고수 중에서 누구누구가 포함되어 있다' 는 아주 큰 차이가 있었다. 적어도 후자의 경우에는 그 저력의 부분을 정확히 알 수 있지 않은가?

'그건 부수적인 효과이지.'

북해빙궁이 백만금을 주고서라도 누군가에게 제발 해달라고 애걸하고픈 일을 지금 휘인이 무일푼으로 해주고 있었다.

눈가리개.

무림맹은 호락호락한 단체가 아니었다. 그들의 정보 단체는 눈을 시퍼렇게 뜨고 있었고, 거지들은 눈을 부라리고 있었

다. 심지어는 기생들마저 이런저런 정보를 수집한다. 천 년간
이나 기득권을 소유하고 있었으니, 그 체계마저 대단했다. 무
림맹이 있기 이전이면 몰라도, 무림맹이 창립한 이후로는 기
득권을 탐할 여유가 적어진 것도 사실. 시간이 흐를수록 때가
찾아오기는커녕, 오히려 때에서 멀어져 가고 있다는 생각이
절대적이어서, 북해빙궁은 당장에 무림에 뛰어들고 싶어 하
는 살기 어린 무인들을 안정시켜야 했던 일도 있었다.

북해빙궁은 근래에 눈가리개를 생각하고 있었다. 어떻게
든 이목을 돌려 자신들이 무림에 진출할 때까지는 안전하게
녹아 있어야 했다. 거사가 벌어지면, 은거기인들이 하나씩
꾸역꾸역 무림으로 몰려들기 이전에 재빨리 무림맹을 중심
으로 이루는 지금의 중원무림을 몰락시켜야 했다. 침략을
꾀하는 입장에서는 오로지 속전속결만이 유일한 묘책이었
다.

마교에서 그 역할을 해줄 듯도 싶었다. 아니, 어쩌면 마교
가 직접 나서서 친히 소모전을 대신 벌여줄 듯싶었다. 하지만
마교가 휘인이라는 자에게 혼쭐이 난 이후로는 다시 숨을 죽
이고 있었다.

북해빙궁이 다른 방안을 모색하는 가운데, 휘인이 일을 벌
였다.

무림맹의 모든 이목은 이제 휘인에게 쏠렸다.

아무리 천라지망이 펼쳐진다고 해도, 무림맹은 철저하게

새외무림을 감시했는데, 이번만큼은 달랐다. 전 무림이 휘인에게 이목을 집중하고 있었다. 그는 이 평화로운 무림에 세인들을 자극하는 충격적인 사건들만 골라서 꾸준히 생성했다.

만약 거사가 이루어진다면, 휘인에게 괜찮은 자리를 하나 내어줄 정도로 그는 북해빙궁에 큰 도움을 주고 있는 셈이었다.

왠지 그 내용을 읽는 소궁주의 마음은 착잡했다.

나름대로 호감을 가졌던 상대가 이제는 사라진다는 이유에서였을까?

'하긴, 나에게 그런 감정은 사치다.'

다행히도 이번 실수가 그냥 넘어갈 법한 일이었다. 하지만 앞으로도 그런 일이 있을 거라고는 생각하지 않았다. 자신은 철저해야 하며, 냉정하기도 해야 하고, 또 완벽해야 했다. 앞으로의 실수는 자신이 용납하지 못했다.

"휴우……."

소궁주의 눈은 결의에 차 있었다.

소소는 소궁주가 얼마나 들떴는지 직접 느낄 수 있었다.

"드디어 때가 왔구나!"

그 울림이 빙산 전체를 울렸다.

바야흐로, 천 년의 한을 풀 때가 되었다!

북해빙궁은 기회임에도 서두르지 않았다.

천천히.

천천히 중원무림을 옭아매었다.

제10장

마도천하(魔道天下)

　한 줌의 빛도 새어 들어오지 않는 무거운 분위기를 조금이나마 살려주는 건 오로지 두 계단 높은 상좌(上座)의 좌우에서 빛을 피워 올리는 횃불뿐이었다. 어둠을 물리치는 빛임에도 불구하고 그 빛이 미약한 게, 얼마나 그 어둠이 무거운지 조금이나마 알 수 있었다.

　왜?

　자신의 끝을 알 수 없는 마음에서 울림이 퍼진다. 그 울림은 하나의 파동을 일으켰고, 파동은 파동을 낳아 더욱 증폭되어만 갔다. 그 고조된 파동은 자신의 감정을 격하게 만들었다. 그리고 그 격한 감정에 그는 분노를 토했다.

어둠 속에서 그의 섬뜩한 안광이 번뜩였다.

횃불의 빛을 짓누르는 어둠의 무게가 더해졌는지 빛이 더욱 미미해졌다.

본교 이 할의 세력이 사라졌다. 거기에도 모자라 일 할 정도의 힘을 차지하는 자신도 수년을 요양해야 간신히 이전의 힘을 회복할 수 있을 정도로 깊은 내상을 입었다.

단 한 수에 망가진 건 자신의 몸뿐만 아니라 자존심이기도 했다. 무림맹주 정도는 쉽게 가지고 놀 수 있는 정도의 경지에 올랐다고 생각했지만, 그는 자신의 위이면 위였지 아래는 아니었다. 무영혈수침이 아니었다면 장담할 수 없었던 승부.

천마를 잇는 자신이다.

자신은 천하제일고수여야 한다.

마교는 강자지존의 세계이다. 이 강자지존이라는 의미는 그 세력 중에서의 최강자를 뜻하기도 하지만, 마교에서는 오로지 하나의 뜻으로 사용된다. 중원무림의 최고 지존(至尊)! 그 모든 무림인을 눈으로 제압할 수 있고, 시대를 풍미하는 고수들마저 무릎 꿇릴 수 있는 압도적인 힘!

교주의 자리는 오로지 마인들이 천하제일고수로 인정한 자만이 등극할 수 있었다.

조금이라도 틈이 보인다면, 마기를 풀풀 풍기는 마인들이 불신의 눈빛으로 자신을 쳐다보리라.

그런 일은 있을 수 없었다.

아니, 생각도 못해본 일이었다.

교주의 자리를 지켜온 지 어언 이십 년이다. 이십 년간 단 하루도 무림 침략을 꿈꿔보지 않은 날이 없었다. 그리고 단 하루도 의심치 않았다. 자신의 대에서 꼭 마교의 숙명을! 마도천하(魔道天下)를 이루리라고 다짐했다. 자신의 평생 소망이자, 이루어지기 전까지는 마교의 영원한 숙명!

마도천하(魔道天下)!

그 달콤하기 그지없던 말이 오늘날 이렇게 멀어져 보이는 이유는 어디에 있을까. 자신의 무능함? 무림의 저력? 상좌에 몸을 맡기고 있는 지배자가 고개를 힘없이 저었다. 지금 이렇게 앉아서 신세 한탄을 하는 자신이 한심스럽게 보였다.

자신이 언제부터 희망을 찾기 위해 발버둥 치게 되었는가!

어느 순간부터 그 어떤 속성보다 자신에게 위안이 되고, 아득한 느낌을 주던 어둠이 짐이 되어 자신의 어깨를 찍어 눌렀다. 희망이 한 줌도 없는 자신의 마음속에서 싹트게 된 것은 절망(絶望)이었다. 그 누구보다도 자존심이 강했기에, 한 번 꺾인 것만으로도 그가 느끼는 낙담 역시 컸다.

무엇보다도 지금의 상황을 타개할 방법이 보이지 않았다.

아무리 절박한 상황에서라도 희망이 보인다면 이렇게 자신이 한탄만을 늘어놓지는 않으리라.

순간 빛이 새어 들어왔다.

"부르셨습니까?"

주위를 감도는 중압감이 덜어졌다. 교주는 항상 그녀를 보면 마음이 편했다. 천마 이후 최고의 무재(武才)라고 칭함을 받는 자신이었지만, 눈앞의 그녀를 보면 자신의 명성도 헛되었다는 사실을 알 수 있었다. 그녀는 아마 천마 이상의 무재일 거라고 그는 생각했다. 천재(天才)라는 단어는 오로지 그녀를 위한 것이리라.

어둠 속에 한줄기의 빛과 함께 들어선 그녀.

그녀는 이십 년 전 마교에서 어린아이들을 납치해 왔을 때 끼어 있었던 자로서, 하급 무사에서 부교주를 모두 차례대로 거친 뿌리부터 마교인이었다. 그녀는 마공을 배운 그날부터 각광을 받기 시작했고, 결국에는 이 자리에까지 올랐다. 마인이라면 그 특유의 마기를 풀풀 날릴 법도 하지만, 그녀의 경지는 뛰어났다. 마기 정도는 쉽게 감출 수 있으리라. 생각하고 보면 그녀가 마기를 풍겼던 적이 단 한 번도 없었던 것 같기도 했다.

‘착각이겠지.’

상좌에 앉아 있는 자는 그렇게 치부했다. 그녀가 자신의 눈에 들기 시작한 때는 오 년 전. 그녀는 오 년 전서부터 남의 이목을 숨길 수 있는 경지에 올라 있었던 것일 수도 있었다. 그야말로 그녀의 빼어남은 그도 혀를 내둘릴 정도였다.

“무림에 잠입을 신청했다고?”

그렇다.

그녀는 며칠 전 무림에 들어설 수 있도록 허가를 신청한 상태였다. 지금 같은 일촉즉발의 상태에서 마교의 이동은 상당히 위험했다. 물론 무림맹의 이목은 이미 마교의 철천지원수에게 쏠려 있었다. 무림공적의 공표와 천라지망은 그만큼 거대한 규모의 정보 그물을 필요로 했다. 그렇지만 안심할 수 없었다. 마교는 더 이상의 손실을 허락할 수 없었다. 특히 부교주라면 더욱.

하지만 승률이 구 할을 넘지 않는 한 움직이지 않는 신중성을 보이는 부교주의 성격을 보건대, 분명 그녀가 무림에 발을 디디고 싶어 하는 이유가 있을 것이다. 그리고 그 이유는 분명 마교의 득이 되었으면 되었지, 실이 되지는 않으리라.

"예, 괜찮은 기회가 생긴 것 같습니다."

"기회라?"

그녀는 미소를 지으며 고개를 끄덕였다.

순간 어둠 속에서 빛이 일렁거린 듯한 느낌이었다.

수라마제의 기분이 좋아서인지, 아니면 그녀 특유의 분위기 때문인지 주위를 엄습했던 무게가 조금씩 덜어지기 시작했다.

기회!

무림의 정세를 살피고, 꾀를 내는 데 뛰어난 냉면혹마의 입에서 기회라는 단어가 나왔을 때보다 그녀가 말하는 기회에 수라마제는 더 혹했다.

냉면혹마는 그의 머릿속에 떠오르는 여러 가지 비책들을 한 번에 열거하는 유형이었고, 부교주는 최선책만을 입에 담는 유형이었다. 최선책 중에서도 본교에 가장 도움이 될 법한 것들만 밖으로 내뱉는다.

"어떤 기회이지?"

어지간해서는 모든 책임과 권한을 아무런 말 없이 내주지만, 요번만큼은 듣고 싶었다.

"현재 무림맹의 이목이 많이 약화된 지금, 그 점을 최대한 효과적으로 살려야 합니다."

시원한 답이 나오진 않았지만, 수라마제는 조급해하지 않았다. 그녀를 대할 때에 있어서는 기다림만큼 커다란 미학은 없었다.

"아무리 이목이 약화되어 있다고 해도, 본교의 세력 중 이 할이 드러나 무림인들의 경계는 건재하다. 그 정도의 머리는 있는 놈들이지."

그의 말에 부교주가 고개를 끄덕였다.

"그래서 제가 움직인다는 것입니다."

그녀의 성격이 이러했다. 한 번에 모든 정보를 쏟지 않는다. 듣는 사람으로 하여금 답답한 느낌이 들 정도로. 이야기를 하는 와중에도 그녀의 계획은 수정되고 보완되었다. 항상 생각에 빠져 있는 듯한 얼굴에는 그런 이유가 있었다.

"어떤 일을 벌일 텐가?"

그녀의 답은 바로 들리지 않았다. 교주의 앞에서 이만큼이나 뜸을 들일 수 있는 사람도 드물다.

"이목을 더욱 약화시킬 생각입니다."

"어떻게?"

정말 일일이 물어보게 하는 여자.

수라마제는 짜증이 치밀어 오르는 것을 찍어 내렸다. 그녀의 말은 그만큼의 가치가 있다. 그렇게 생각하고 있지만, 평소에도 감정 조절을 하는 건 익숙지 못했다. 익숙해질 의도도 없었고.

"이목이 돌려진 방향으로 완전히 틀어버려야죠."

그렇게 말하는 그녀의 눈이 차갑게 식었다.

'드디어 확신이 섰군.'

계획을 일단 세우면 모든 변수를 철저하게 계산하고 그 변수를 하나둘씩 없애 나간다. 그렇게 머릿속에서 가상 실험을 해나가면, 결국에는 필승을 확신하게 된다. 그때마다 그녀의 몽환적인 느낌을 주는 눈이 식는다. 평소에는 초점이 없는 듯한 눈에 이채가 돈다.

그녀의 눈을 가만히 보고 있자면 소름이 돋을 때가 있었다.

'적이 아닌 것에 대해 천마께 감사드린다.'

진심이었다.

"이목이 돌려진 방향이라면?"

확인 절차이다.

“무림공적!”

그렇게 말하는 그녀의 목소리에서 결의가 묻어 나왔다. 막연한 기대를 가져다주는 목소리였다.

“무림공적에게 쏠린 이목을 더욱 강화시키겠다?”

“그렇습니다.”

자신을 노려보는 듯한 그녀의 눈은 무례가 아니라 확고한 의지였다. 그 정도는 지금껏 그녀를 지켜봐 온 수라마제도 알고 있었다. 하지만 가만히 지켜보자면, 누가 상관인지 의아할 때가 있었다. 그만큼 그녀의 눈은 압도적인 안광을 뿜어냈다. 위험 요소임에는 틀림없었지만, 쳐내지는 않는다. 자신은 바보가 아니다. 그녀는 자신을 넘보고 있지 않았다. 그녀가 자신을 몰아내려 했으면, 수많은 기회를 거들떠도 보지 않았을 이유가 없었다.

볼 때마다 인재라는 생각이 지워지지 않는다.

“이목을 그쪽으로 돌린다고 치자. 우리는 무림을 장악할 힘이 없다. 이미 우리는 그 무림공적이라는 놈에게 질렸다. 그리고 지쳤다.”

수라마제의 입에서 뜻밖의 말이 튀어나왔다. 자신감에 가득 차 있던 그가 아니었다. 항상 한을 키워왔던 그의 입에서 의지가 결여되어 있었다.

그녀는 그의 자존심을 회복시킬 수를 준비해 놓았다.

“원로원(元老院)에서 이번 일에 개입하겠다는 뜻을 표명했습니다."

"……!"

무덤덤한 반응을 고수하던 수라마제로서도 이번만큼은 평
정심을 유지하지 못했다.

원로원!

거사가 벌어지면 혹여나 그들이 개입할지 모른다는 막연
한 기대를 하고 있었다. 비록 마교의 내사에 간섭을 하지도,
신경을 쓰지도 않겠다는 의지가 역력한 원로원이라도 마교와
무관하지는 않기에 위기일 때나, 중요한 일을 도모해야 할 때
에는 그들 역시 나서리란 생각은 하고 있었다. 단지 확신은
아닐 뿐이었다.

원로원은 또 하나의 마교이다. 마교는 애초에 원로원을 빼
놓고 그 전력을 평가하는데, 원로원을 포함한다면 무림에 과
연 적이 없다고 할 수 있었다. 원로원 고수들의 수가 적을지
는 몰라도, 원로원은 그야말로 노마(老魔)가 들끓는 곳이었
다. 중원무림 중에서도 정파의 진정한 저력이라 할 수 있는
전대 고수들과 비교할 수 있었다.

태상 교주를 포함하여 전대의 거마들, 심지어는 전전대의
거마들마저 수두룩했다. 그들이 힘이 되어준다면 중원무림
의 침략은 꿈도 아니었다.

원로원이 있음에도 불구하고 수라마제가 자신감을 잃은
데에는 이유가 있었다. 지금까지 마교의 역사를 통틀어 그들

이 공식적으로 마교의 일에 개입을 한다는 뜻을 나타내어 본 적이 없었다. 그들에게 가서 사정을 하려고 해도, 교주인 자신마저 출입을 금지하는 원로원은 이야기도 들으려 하지 않았다. 그들의 권위는 교주인 자신마저 어쩔 수 없을 정도로 커서 지금껏 포기하고 있던 차였다.

부교주는 그런 폐쇄적인 원로원에 자유로운 왕래가 가능한 유일한 마인이었다.

"어떻게 그들을 설득했지?"

왕래가 가능한 것은 알고 있었지만, 그들에게 영향력을 보일 정도로 그녀의 입김이 클 줄은 몰랐다. 거기에 생각이 미치자 등골이 서늘해지는 수라마제였다. 원로원을 움직일 수 있다면, 그건 자신과 그녀의 위치를 하루아침에 바꿀 수 있는 저력이었다. 마교의 교주라는 자리가 원로원의 인정을 필요로 하지는 않았지만, 원로원이 우기고 나온다면 아무리 자신이라도 두말없이 물러나야 한다.

'정말 무서운 여자다!'

수라마제는 애써 속내를 감췄다.

"아마 이번이 마지막 기회라고 생각하신 것 같습니다."

누구의 생각을 지칭하는지 정확하게 몰랐지만, 아마 원로원을 이끄는 원장(院長)일 가능성이 높았다.

"마지막……."

세상에 살다 보면 인간에게 찾아오는 기회가 약 세 번 정도라고 한다. 마교의 경우에도 그렇게 생각할 수 있을까? 과연 요번이 그 세 기회 중에서 마지막일까?

'어쩌면 그럴지도…….'

원로원이 힘을 보태는 건 그야말로 대환영이다.

하지만…….

자신의 마음을 읽었는지 그녀가 입을 열었다.

"원로원에서 이 일에 대한 모든 권한은 전적으로 교주님에게 있다는 사실을 받아들이셨습니다. 그들 또한 마교의 일부이며, 모두가 교주님의 수하입니다. 수족을 부리듯 부리셔도 별 불만을 가지실 분들이 아닙니다."

확인된 바는 아니었지만, 그녀의 입에서 직접 그런 말이 나오니 괜히 안심되었다.

묘한 마력이 있는 여자였다.

"내가 할 일은 딱 하나이지?"

그녀가 고개를 끄덕였다.

"네가 이목을 돌려놓는 동안, 최대한 은밀히 마교의 세력을 중원무림에 흡수시킨다."

자신의 입으로 내뱉는 말이었지만, 그렇게 달콤할 수가 없었다.

원로원이 자신의 아래에 들어온다는 말에 순간 자신감이 회복되었지만, 역시 그 공허감이 순식간에 채워지기는 무리였을까? 자신감의 부족에서 비롯되는 불안감이 싹텄다.

“네 의견을 듣고 싶다.”

“어떤 의견을…….”

그녀가 확인시켜 준다고 해서 표면적으로 변하는 것은 없었다. 하지만 듣고 싶었다. 그 말을……!

“원로원이 흡수된 우리의 세력이 과연 현재의 중원무림을 주름잡고 있는 무림맹의 뿌리를 뽑아낼 수 있을까? 구파일방, 팔대세가, 사벌이궁. 이자들을 굴복시킬 수 있을까? 모든 무림인을 마교의 깃발 아래 무릎 꿇릴 수 있을까? 천마도 이루지 못한 마도천하를 이룩할 수 있을까?”

그의 아득한 물음이 장내에 퍼졌다.

그의 물음을 들은 부교주의 입가에 미소가 번지기 시작했다.

“물을 가치가 없는 질문입니다.”

“그래도 듣고 싶다. 그대에게서 직접.”

아무리 염두에 두고 있고, 나름대로의 확신을 가지고 있다고 해도 남에게서 들으면 감회가 새로운 법이다.

확신이 견고해지기 마련이다.

수라마제는 고개를 슬며시 들고는 눈을 감았다.

머리로는 산봉우리에서 자신이 내려다보고 있는 마도천하를 떠올리고 있었고, 귀로는 부교주의 음성에 집중하고 있었다.

기다리던 부교주의 목소리가 들렸다.

“이미 마도천하는 시작되었습니다.”

마도천하(魔道天下)!

…이 얼마나 달콤한 단어인가!

중원에 용과 호랑이의 그림자가 드리우기 시작했다.

『무림공적』 4권에 계속

청어람 판타지의 재도약!!

혁신과 참신함으로 무장한
새로운 판타지 전문 브랜드의 탄생!

판타지계의 커다란 근간을 이뤄온 청어람 판타지 소설!
새로운 브랜드 「알바트로스」라는 커다란 날개를 달고
거대한 웅비를 시작합니다.

알바트로스는 판타지의, 판타지를 위한 개척자이자 도전자로 존재하겠습니다.

알바트로스는 형식적이고 나태해진 판타지계의 구습을 벗어나겠습니다.

알바트로스는 판타지계의 도약을 위한 든든한 날개 역할을 묵묵히 수행합니다.

알바트로스는 변화와 혁신을 통해 새롭게 태어날 환상 공간입니다.

알바트로스는 판타지를 아끼고 사랑하는 이들을 향한 청어람의 굳은 약속입니다.

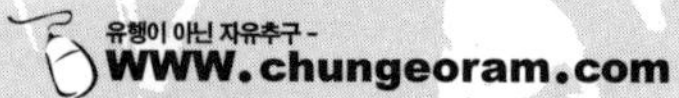

초등학생이 반드시 읽어야 할 좋은 책 49권

각 학년별로 초등학생이 반드시 읽어야할 좋은 책을
선정하여 통합논술의 기본이 되는 '올바른 독서법'을
일깨워 줍니다.

교과서와 함께하는
초등학교 통합논술

초등1학년 | 값 12,000원 / 초등2학년 | 값 9,500원 / 초등3학년 | 값 11,000원 / 초등4학년 | 값 9,500원 / 초등5학년 | 값 9,500원 / 초등6학년 | 값 11,000원

♣ 혼자 할 수 있어요.

엄마가 책 읽는 방법을 가르쳐 주어도 좋아요.
독서지도하는 선생님이 가르쳐 주어도 좋답니다.
"초등 교과서와 함께하는 **통합논술 시리즈**"는
아이 스스로 독서할 수 있도록 꾸며진 책이에요.
엄마와 선생님은 요령만 가르쳐 주시면 된답니다.

♣ 교과서의 중요한 내용이 총정리되어 있어요.

각 학년별로 중요한 교과 내용이 함께 수록되어 있어요.
초등학생은 교과서 내용을 충실하게 공부해야 합니다.
아울러 그와 병행한 독서가 대단히 중요하지요.
"초등 교과서와 함께하는 **통합논술 시리즈**"는
두가지 방법 모두 알려준답니다.

♣ 이 책은 훌륭하신 선생님들이 함께 쓰신 책이랍니다.

동화작가 선생님들이 쓰셨어요. 소설가 선생님도 쓰셨답니다.
국어 논술독서지도 선생님들도 함께 쓰셨지요.
"초등 교과서와 함께하는 **통합논술 시리즈**"는
엄마의 마음으로 모든 선생님들이 함께 꾸민 책이랍니다.

입소문을 통해 아는 분은 다 알고 계십니다!
올 한해 공인중개사 최고의 화제작!

1~2권 합본 | 이용훈 지음
3~4권 합본 | 이용훈 지음
5~6권 합본 | 이용훈 지음
용어해설 | 이용훈 지음

수험생 기본 필독서
만화 공인중개사

제목 : 만화공인중개사 쓰신 분에게 감사드립니다.

학원을 두달 다녔어요. 근데 과연 그 숫자 외우기 그렇게 몇 문제나 나올까 생각을 했어요.

아니라는 생각이 드네요. 학원강의를 뒤로 하고 서점을 갔어요. 내 머리에 가장 이해될 수 있는

책이 없나 하구요. 거기서 만화를 발견했어요. 무조건 세번 봤어요. 3개월 걸렸어요. 문제 집을

보라고 했는데 그건 시행을 못했어요. 근데 합격을 했네요.

어떻게 감사의 말을 해야 될지…

도서관에서 만화책 들고 다니니까 사람들이 비웃더라구요. 만화책으로 공인중개사를 공부한

다고 미친사람처럼 보더라구요. 근데 그거 다 감수하고 했던 내가 자랑스럽습니다.

어떻게 감사의 말을 해야 할지 정말 감사합니다.

부디 행복하세요. 제 나이 41살에 좋은 스승을 만난 거 같습니다.

엎드려 감사드립니다.

—본사 홈페이지에 독자분이 올린 메일 中에서 발췌—

외눈박이의 일기

오늘 영어 선생님이 성병으로 결근하셔서 담임 선생님이 대신 수업을 하셨다. 담임 선생님은 "뭐, 원조교제 하다 보면 그럴 수도 있으니 이해하라"고 말씀하시더니 여자 반장한테도 병원에 가보라고 하셨다. 반장은 눈물을 글썽이며 외쳤다. "너무해요! 선생님! 전 원조교제 같은 건 안 했어요!" 그러나 매독이라는 담임 선생님의 말을 듣곤 벌떡 일어나 후다닥 짐을 챙겼다. 그러더니 남자 부반장 면상에 욕과 함께 주먹을 날렸다. 부반장은 "습진인 줄 알았다"고 변명했다. 그걸 본 다른 아이들도 병원에 간다며 서둘러 교실 밖으로 나갔다. 결국 교실엔… "계… 제길! 나만 남았다. 그래, 나만 숫총각이다. 제기랄!" 담임 선생님은 자책하지 말라며 "세상은 용모로 살아가는 게 아니잖아"라며 화를 돋우셨다. "뭐라구요? 지금 놀리시는 겁니까? 선생님! 그래! 나 외눈박이다! 그래서 한번도 못해봤다! 크아악!!"